Halbnackte Baua

Martina Brandl

# Halbnackte Bauarbeiter

Roman

Scherz

www.fischerverlage.de

Siebte Auflage 2007
Erschienen bei Scherz,
einem Verlag der S. Fischer Verlag GmbH,
Frankfurt am Main

Satz: H & G Herstellung, Hamburg
Druck und Bindung: GGP Media GmbH, Pößneck
Printed in Germany

ISBN 978-3-502-11019-4

Inhalt

## Sex und Moabit

Er war mir schon aufgefallen, als ich aus der Haustür auf die menschenleere Straße trat. Lasziv lehnte er an einem parkenden Auto in der kalten Mainacht, und ich fragte mich: Was macht so ein attraktiver junger Mann mitten im Frühling ausgerechnet vor meiner Haustür? Sollte er nicht bei seiner 18-jährigen süßen kleinen Freundin sein oder cool in irgendeiner Lounge herumhängen, um sich eine zu suchen? Während ich das dachte, hatte ich plötzlich das Gefühl, er hätte in eben diesem Moment meine Gedanken gelesen, denn er blickte mich unverwandt an und verzog den linken Mundwinkel zu einem ganz kleinen spöttischen Lächeln. Ich fühlte mich ertappt, schämte mich ein wenig und versuchte mich dafür zu bestrafen, indem ich im Kopf ausrechnete, wie minderjährig ich damals hätte schwanger werden müssen, um heute seine Mutter zu sein. Schließlich konzentrierte ich mich wieder darauf, mich zu erinnern, welche Soße meine Mitbewohnerin Kirsten auf ihren Döner haben wollte.

Als ich bei »Sahara« ankam, fiel es mir wieder ein. Gar keine. Dafür ohne Zwiebeln, ohne Gurken, und Tomaten nur, wenn in der Mitte der Strunk rausgeschnitten war. Ich kenne niemanden, der so komplizierte Bestellungen aufgibt wie Kirsten, und normalerweise weigere ich mich, so was von einem Dönerverkäufer zu verlangen. Aber schließlich hatte sie den Müll, die leeren Flaschen und das ganze Altpapier runtergebracht, die Küche gewischt und das Bad geputzt, während ich an unserem seit Wochen geplanten WG-Putztag erst um halb vier aufgestanden war und es dann gerade noch geschafft hatte, die auf dem Wohnzimmertisch verstreuten DVDs zurück in die leeren Etuis zu stecken.

Inzwischen war ich schon wieder auf dem Rückweg, mit meiner dünnen Plastiktüte voll Döner, Schokolade und lauwarmem Becks-Bier, und in 10 Minuten fing Golden Girls an. Von weitem sah ich, dass meine kleine Sexfantasie sich von seinem Auto gelöst hatte und direkt auf mich zukam. Ich war froh, dass ich, bevor sich unsere Wege kreuzten, in den Hauseingang abbiegen konnte. Aber gerade als ich den Schlüssel ins Schloss steckte, sprach er mich an. Ob ich wisse, wo hier in der Nähe ein cooler Club sei, und ich antwortete wahrheitsgemäß, nirgends hier in der Nähe, da müsse er schon nach Mitte fahren. Wo das denn sei, in welche Richtung er da müsse, er sei nur zu Besuch in Berlin, er komme grade aus seinem Hotel und wolle irgendwas erleben und dann kam's:

»Willst du nicht mitkommen? Mein Wagen steht gleich um die Ecke in der Tiefgarage. Du könntest ja für heute Nacht meine Fremdenführerin sein!«

Genau drei Gedanken schossen mir durch den Kopf:

Eins: Das ist definitiv deine letzte Chance, mit jemandem ins Bett zu gehen, der unter 40 ist und noch alle Haare auf dem Kopf hat.

Zwei: Wenn du Glück hast, sparst du dir den Club und ihr macht's gleich in der Tiefgarage.

Drei: In sechs Minuten kommt Golden Girls.

Ich stammelte irgendwas von ›Clubs sind eigentlich nicht so mein Ding, es ist schon spät, ich bin nicht richtig angezogen‹, und ich hasste mich für jede einzelne Silbe, die ich da ausstotterte.

»Okay, schade«, sagte er. »Ich bin morgen auch noch hier, vielleicht laufen wir uns ja noch mal über den Weg.«

Er machte ein paar ganz langsame Schritte rückwärts und winkte verträumt.

Ich wischte mir unauffällig den Sabber vom Mund und drehte mich wieder zur Haustür. Plötzlich spürte ich seinen Atem an meinem Hals. Ich ärgerte mich zu Tode, denn zu so einem Moment gehört natürlich auch ein Duft, und ich war mir sicher, er trug das atemberaubendste Aftershave, das je eine notgeile Frau gerochen hat. Aber erbarmungslos kroch die Dönerwolke aus meiner Tüte an uns hoch und es stank erbärmlich nach Fett, nach Knoblauch und nach sieben Jahre keinen anständigen Sex mehr gehabt.

Als ich mich endlich traute, mich zu ihm umzudrehen, stand vor mir Johnny Depp. Genau dieselben braun-indianischen Augen, diese lässige Frisur, die sagt, ist mir egal, wie meine Haare aussehen, solange ich sie schütteln kann, in der Mitte der zum Reinbeißen muskulöse Hals, drunter eine Jeansjacke und wieder etwas weiter oben der leicht spöttische, halb geöffnete Mund. Der Kerl hatte sogar erotische Zähne! Ich konnte die ganze Zeit an nichts anderes denken, während er hauchte:

»Weißt du was: Ich will überhaupt nicht in einen Club. Ich will hier bleiben. Bei dir. Ich hab dich gestern vom Hotelzimmer aus gesehen und heute den ganzen Tag gewartet, bis du rauskommst.«

Ich nahm meine knisternde Imbisstüte in die andere Hand, wie um Zeit zu schinden, und dachte an meine hungrige Mitbewohnerin, an einen gemütlichen Abend auf dem Sofa und daran, dass ich mir seit fünf Tagen die Beine nicht rasiert hatte.

Und dass ich nur noch drei Minuten hatte, bis Golden Girls anfing.

Er streckte mir seine braun gebrannte, von drei makellosen Adern durchzogene Hand hin und sagte: »Komm.«

Was jetzt geschah, kann ich nur auf die hirnvernebelnde Wirkung schieben, die der Dönerdunst anscheinend auf meinen Geist ausübte, oder ich erinnere mich falsch; jedenfalls muss es eine andere Frau gewesen sein, die ich jetzt sagen hörte:

»Ein andermal gern.«

Wie in Trance durchschritt ich die gläserne Eingangstür und ging geradeaus in den Aufzug. Dennoch, ich konnte nicht anders: Ich musste mich noch mal umdrehn.

Er stand immer noch da, traurig, unbeweglich, während die Aufzugstür sich langsam schloss. Der Döner war kalt, Golden Girls hatte schon angefangen und ich wusste, wenn ich oben wäre, würde ich erst mal die Unterhose wechseln und mir dann eins in die Fresse hauen.

»Hast du an die Tomaten gedacht?«, rief Kirsten mir aus dem Wohnzimmer entgegen, und ich überlegte kurz, warum ich eigentlich die Einzige sein sollte, die was aufs Maul kriegt. »Wegen dem Strunk?«, setzte sie nach.

Ich wackelte blöde mit dem Kopf und äffte: »Wegen dem Strunk? Wegen dem Strunk?« Halblaut murmelte ich: »Sagst du das auch im Bett: ›Ich möchte mit dir schlafen, aber ich kann nicht wegen dem Strunk‹?«

»Was?«, rief Kirsten, »ich versteh kein Wort! Was treibst du denn so lange im Flur? Das wird doch alles kalt! Komm schnell, Rose erzählt von St. Olaf!«

Ich stellte meine Schuhe ordentlich ins Regal und hängte meinen Schal auf. Ich bin ein Kontrollfreak. Ehe nicht alles seine Ordnung hat, komme ich nicht zur Ruhe. Wobei ich eher sagen müsste: ehe nicht alles *meine* Ordnung hat. Es geht mir nicht um Sauberkeit. Der Boden in meinem Arbeitszimmer hat drei Ebenen: Die oberste, ungefähr auf Leitzordner-Höhe, besteht aus Unterlagenstapeln, über die ich grade noch so hinwegsteigen kann. Dazwischen gibt es auf Normalnull fest eingetretene Wege, auf denen ich mich von Stapel zu Stapel bewege. Um die Fußspuren herum erhebt sich eine ca. zweieinhalb Zentimeter hohe Staubschicht. Ich habe mir in meinem Mikrokosmos ein ausgeklügeltes System eingerichtet, innerhalb dessen ich mich sicher fühle oder dessen Sklave ich bin. Das ist eine Frage der Betrachtung. Ich würde nie einen Unterlagenstapel schief stehen lassen. Sie sind alle schön parallel zueinander ausgerichtet. So pfriemle ich im Kleinen vor mich hin und verliere dabei jegliches Zeitgefühl. Ich kann zum Beispiel nicht sagen, wie viele Monate seit dem letzten Mal Fensterputzen vergangen sind, aber mit Sicherheit wäre ich Champion in dieser Fernsehshow, wo der Kandidat ganz genau beschreiben muss, was er in welcher Jackentasche hat.

*Linke Außentasche*: Handy. Und zwar nur das Handy.

Im Winter zusätzlich ein Päckchen Tempo-Taschentücher. Kein volles Päckchen; das würde die Tasche zu sehr ausbeulen. Idealerweise drei bis vier Tücher. Das reicht zum Brilleputzen, wenn man vom Kalten ins Warme kommt, und es sind immer noch genug übrig, falls man wo auf Toilette geht, und es gibt kein Klopapier. Wenn ich ein neues Päckchen anbrechen muss, nehme ich bis auf vier Tücher alle raus; wenn nur noch eins übrig ist, fülle ich auf.

Keine Bonbons, keine U-Bahnfahrkarten, keine Münzen. Die könnten das Handy zerkratzen oder verkleben, und beim Herausfingern der Fahrkarte könnte es mit rausfallen.

*Rechte Außentasche*: Portemonnaie, Labello, ein Päckchen Fisherman's Friend, eine einzeln verpackte Slip-Einlage, ein

Tampon, zwei Kopfschmerztabletten (falls mich jemand um eine anschnorrt, hab ich immer noch eine für den Notfall) und ein weiteres Päckchen Tempos, falls die aus der linken Tasche ausgehen. Ich glaube, die rechte Außentasche meiner Jacke ist der Grund, warum irgendwann mal jemand das Wort »ausgebeult« erfunden hat.

*Linke Innentasche*: mein Schlüsselbund. Jedes Mal, wenn ich ihn einstecke, mache ich den Reißverschluss sorgfältig zu. Dann ziehe ich ihn wieder auf, hole den Schlüsselbund raus, um noch mal zu kontrollieren, ob die Tasche auch wirklich kein Loch hat, und dann stecke ich die Schlüssel wieder ein und mache den Reißverschluss zu. Ich habe noch nie einen Schlüssel verloren.

Handtaschen benutze ich nicht. Zu unübersichtlich. Zu planlos. Ich denke, man kann sagen: Spontaneität ist meine Sache nicht. Und deshalb hatte ich gerade eine Chance auf ein Abenteuer verpasst, die eine Frau über 35 ungefähr einmal in zehn Jahren bekommt. Zumindest redete ich mir das ein. Womöglich passierte anderen Leuten so was andauernd. Die wurden bestimmt schon nervös, wenn sie mal zwei Monate drauf warten mussten. Bei mir waren es jetzt auf den Tag genau zwei Jahre.

Heute war »Tag der Arbeit«, und seit ich wach war, dachte ich dauernd: ›Heraus zum revolutionären 1. Mai!‹ So schallte es jedes Jahr durch Kreuzberg, als ich mich da noch rumtrieb. Vor zwei Jahren war ich nach einer Walpurgisnacht-Party im Bett von Kai gelandet. Ich erinnerte mich, wie er, als er keine Kondome fand, gesagt hatte: »Es wird schon nichts passieren«, und damit sollte er Recht behalten. Viel war's wirklich nicht. Hinterher hatte er gefragt: »Bist du eben gekommen?«, und ich hatte geantwortet: »Nö, ich war schon die ganze Zeit hier«, und er: »Nein, ich meine, ob es dir Spaß gemacht hat«, und ich: »Ach, hatten wir grade Sex? Hättst ja mal was sagen können.« Daraufhin hatte Kai sich wütend umgedreht und gesagt: »Komikerin.« Und ich: »Auf Männer ohne Humor ist doch geschissen.« Danach haben wir uns nie wieder gesehen, und eine Zeit lang nahm ich nur noch Reiseangebote nach *Kai*ro, die *Kai*mauern der Spree und die *Kai*ser-Wilhelm-Gedächtniskirche wahr. Dann beschloss ich, dass mein nächster verunglückter One-Night-Stand unbedingt Thorsten heißen muss, weil das in keinem deutschen Wort vorkommt.

So weit war es dann nicht mehr gekommen. Die Männer, die für eine Affäre in Frage gekommen wären, verschwanden nach und nach hinter den schwangeren Bäuchen ihrer Freundinnen, und ich glaube, ich war die Einzige in meinem schwindenden Bekanntenkreis, die nie eine Beziehung hatte, die länger als ein Jahr ging. Ich hielt das auch nicht für nötig.

Im Moment fand ich viel nerviger, dass Kirstens Klamotten schon wieder im Flur auf dem Boden lagen. Kirsten ließ, wenn sie nach Hause kam, immer alles so liegen, wie es ihr vom Leib purzelte. Ihre Schuhe lagen dahingeschleudert in der Ecke und zeigten traurig in verschiedene Richtungen. Eben latscht sie noch durch Hundescheiße, und dann stellt sie die dreckige Sohle auf den Schnürsenkel, den sie später zum Zubinden wieder mit den Händen anfassen muss. Ich hängte Kirstens Jacke auf, so gut es eben ging. Der Aufhänger am Kragen war schon seit Monaten linksseitig abgerissen. Dann rollte ich die Schnürsenkel ihrer Schnürstiefel zusammen, steckte sie in den Schaft und stellte die Stiefel parallel unter die Garderobe.

Als ich endlich auf dem Sofa saß, den Ayran eingeschenkt und meinen Döner ausgepackt hatte, war Werbepause.

Kirsten mäkelte heute ausnahmsweise nicht an ihrem Essen rum, sondern manschte mit vollem Mund: »Denk dran, dass wir morgen bei Millie zum Brunch eingeladen sind«, und ich ächzte: »Och, nee, ich hab kein Bock, mir deswegen 'n Wecker zu stellen.«

Millie war eine so genannte Neuberlinerin. Ich finde den Ausdruck unpassend, weil er so klingt wie Neureiche. So, als hätte sie gerade ein Vermögen gewonnen, nur weil sie nach Berlin gezogen ist. Millie, die eigentlich Kamilla heißt, aber meint, dass Millie weniger antiquiert klingt, hat vorher in Köln gewohnt. Früher haben alle, die in so genannten Kreativberufen arbeiten, sich in Köln wichtig gemacht, und jetzt kommen alle diese wichtigen Leute hierher, verteuern die Mieten und rennen mit Coffee-to-go-Bechern durch die ehemaligen Ostbezirke. Seit ich vor siebzehn Jahren nach Berlin gezogen bin, habe ich nie in einem der angesagten Bezirke gewohnt. Zum Teil, weil ich mir die Mieten nicht leisten kann, und zum Teil, weil ich den Arsch nicht hochkriege. Deswegen bin ich jetzt neidisch auf Leute wie Millie, die, kaum dass sie nach Berlin gezogen sind, gleich im Mittelpunkt der Szene stehen. Aber ich schäme mich dafür. Ehrlich. Ich stelle mich jeden Morgen vor den Spiegel und sage dreimal:

«Ich will keine miesepetrige Altberlinerin werden!

Ich will keine miesepetrige Altberlinerin werden!

Ich will keine miesepetrige Altberlinerin werden!«

Kirsten war nicht in gnädiger Stimmung und sagte: »Nee, nee, nee; du hast es versprochen. Ich geh da nicht alleine hin. Du kommst mit. Punkt.«

Ich wurde bockig: »Meinst du, wenn du alles dreimal wiederholst und am Ende ›Punkt‹ sagst, dann ist das Gesetz, oder was?«

»Das ist gar nicht die Frage. Darum geht's nicht. Völlig anderes Thema. Du willst nur wieder ablenken.«

»Da! Du hast es schon wieder gemacht!«

»Du auch. Immer wenn du dich in die Ecke gedrängt fühlst, fängst du an, irgendein albernes Nebenthema anzusprechen.«

»Aber du machst es wirklich! Ist dir noch nie aufgefallen, dass du immer deine Argumente einfach anders formuliert noch mal anbringst, obwohl der Inhalt derselbe ist? Nur weil du deinen Willen durchdrücken willst?«

»Komm, jetzt ist aber gut. Millie ist *deine* Freundin ...«

»Millie ist nicht meine Freundin«, unterbrach ich.

»...dann eben Bekannte.«

»Allenfalls entfernte Kollegin.«

»Von mir aus. Auf jeden Fall hat sie dich eingeladen, und du hast gemeint, aus Höflichkeit hingehen zu müssen. Und dann hast du mich bequatscht, dass ich mitkomme, weil sonst niemand Zeit hatte. Kommt überhaupt nicht in Frage, dass du mich jetzt hängen lässt.«

Sie biss von ihrem Döner ab und angelte mit der Zunge nach einem Stück Salat, das ihr aus dem Mund hing.

Ich nestelte am Sofakissen herum.

»Und wenn wir beide nicht hingehen?«

»Das ist doch unfair«, antwortete sie kauend. »Wir haben zugesagt. Die Frau hat Essen eingekauft. Was ist, wenn da nur sieben Leute eingeladen sind und die Hälfte nicht kommt?«

»Vielleicht kommen aber auch 20 Leute und es fällt gar nicht auf, dass wir nicht da sind.«

Kirsten pulte ein fettiges Stück Fleisch aus dem Fladenbrot und steckte es sich in den Mund. Dabei sah sie mich mit ihrem »Jetzt-werd-nicht-kindisch«-Blick an und aß schweigend weiter.

»Was?«, fragte ich unschuldig, »du kennst Millie! Die hat doch Hunderte von Bekanntschaften, weil sie sich überall einschleimt! Und jedem erzählt, wie toll er ist. Deswegen mögen sie auch alle.«

»Wenn du sie nicht leiden kannst, wieso bist du dann mit ihr befreundet?« Kirsten wischte sich den Mund ab und griff nach der Fernbedienung.

»Musst du jetzt mit den fettigen Fingern die Fernbedienung einsauen?«, motzte ich.

»Du lenkst schon wieder a-hab«, sang sie.

»Ich bin nicht mit Millie befreundet.«

»Aber du lässt dir gern von ihr Honig ums Maul schmieren.« Kirsten grinste.

»Aber nicht um elf Uhr morgens«, maulte ich.

Die Werbepause war zu Ende, und Kirsten machte den Ton wieder an.

Wir starrten auf den Fernseher.

Nach einer Weile sagte Kirsten, ohne mich anzusehen: »Du erreichst sie heut Abend sowieso nicht mehr. Und wenn du dir 'n Wecker stellen musst, um sie morgen früh anzurufen, dann können wir auch gleich hinfahren.«

Im Fernseher riefen drei Frauen gleichzeitig: »Halt die Klappe, Rose!«

## Prenzlbrunch

Der nächste Morgen war wie jeder Morgen im Frühjahr in Berlin: Es nieselt, man fröstelt und es scheint keine anderen Farben zu geben als das Grau, das sich übergangslos vom Asphalt über die Häuser hin zum Himmel zieht, und das Orange der Abfalleimer der Berliner Stadtreinigung. Ich war stinkig. Wieso musste man sich um halb elf Uhr morgens aus dem warmen Bett in diese trübe Suppe werfen und eine knappe Stunde mit zweimal Umsteigen quer durch die Stadt fahren, unterm Arm die übliche »Ich-weiß-nicht-was-ich-mitbringen-soll-dann-nehm-ich-mal-ne-Flasche-Mumm-mit-Sekt-kann-man-ja-nix-falsch-machen«-Pulle? Und dann auch noch das:

»Vorderhaus«, konstatierte ich, als wir das Treppenhaus hochstapften.

»So, so. Frisch nach Berlin ziehn und dann gleich ins Vorderhaus, gleich nach Prenzlauer Berg, mitten nach wo die Szene tobt und alle zwei Tage 'ne neue Werbeagentur aufmacht, weil's hier so hip ist«, schnaufte ich. »Früher hat man sich als Provinzler erst mal hinten angestellt. Ist nach Neukölln mit Ofenheizung, Erdgeschoss und In-der-Küche-Duschkabine gezogen; und zwar im Hinterhof!«

Ich fing an zu keuchen und wunderte mich, warum neuerdings alle meine Bekannten im fünften Stock wohnten. Ich hatte ewig keine Wohnung mehr unterhalb des dritten betreten. Was verbirgt Deutschlands Hauptstadt in den unteren Stockwerken?

Wohnt überhaupt jemand im ersten und zweiten? Es ist ein Mysterium.

»Früher ...«, motzte ich während einer Verschnaufpause auf dem vierten Treppenabsatz, »früher hat man auch nicht zum Brunch eingeladen! Da hat man sich ausgeschlafen, ordentlich zu Hause am Tisch gefrühstückt und sich dann den ganzen Tag lang überlegt, was man abends auf die Fete anzieht, der man seit drei Wochen entgegenfiebert!«

Kirsten zog schwer atmend an mir vorbei, und ich folgte ihr nach oben. Aber mein Drang zu lästern war größer als mein Bedürfnis, Luft zu holen. »Wenn man's genau nimmt«, rief ich ihr hinterher, »sind wir zwölf Stunden zu früh dran!« An der Stelle ging mir vollends die Puste aus, und sie konnte, während ich klingelte, noch dazwischenschieben: »Mir egal. Ich hab Hunger.«

Aus der Wohnungstür drangen Geräusche, die auf eine ganze Menge gut gelaunter Bruncher schließen ließen, denen der Aufstieg nicht das Geringste ausgemacht zu haben schien. Wahrscheinlich gut im Training. Alles Obenwohner.

Tür auf.

Schweigen.

Ich kannte den Mann nicht. Wir sagten schüchtern »Hallo« und steckten noch etwas unschlüssig in unseren dicken, spießigen Anoraks. Mindestens 40 blutjunge, attraktive Menschen, für die jetzt überall diese Clubs gebaut werden, lächelten uns nach und nach an, und ich wollte rufen: »Wartet, noch nicht kucken! Ich hab da drunter was total Schickes an!«

Ich war natürlich vorbereitet. Ich weiß, was angesagt ist. Bei New Yorker hatte ich mir solche Denim-Hüftjeans gekauft, die ich als Teenie nicht mit der Kneifzange angefasst hätte, weil die so nach Blaumann aussahen. Aber meine Trumpfkarte waren eindeutig meine Titten. Jahrelange Krankengymnastik-Termine waren der Lohn gewesen für die in der Pubertät antrainierte Buckel-Haltung, damit ja nix vorsteht. Aber heutzutage: endlich! Freiheit! Push-up-BHs und knalleng anliegende T-Shirts mit riesigen Madonnengesichter-Aufdrucken quer über die Möpse! Einmal das noch zeigen, bevor man 40 ist!

David, Millies Lebensgefährte, führte mich ins Schlafzimmer, wo sich der übliche Party-Kleiderberg emportürmte. Wenigstens daran hatte sich anscheinend nichts geändert. Während ich hinter ihm herging, fiel mir auf, dass er gekleidet war wie die Sozialhilfeempfänger bei uns in Moabit. Kackbraune Trevira-Hosen und ein vergilbtes Altmänner-Hemd mit drüber einem dicken, grün-beige karierten Wollpullunder, der sagt: ›Kuck mal, ich hab zwei Schichten Klamotten an und seh immer noch total dünn und ausgemergelt aus.‹ Wahrscheinlich war das das neue Lebensmotto in Berlin: Wohnen im sanierten Altbau in Prenzlauer Berg und Einkaufen in der Rot-Kreuz-Sammelstelle in Moabit. Ich war nicht nur altersmäßig zehn Jahre hinterher, und auf einmal war es mir peinlich, dass ich immer noch auf'm Ku-Damm einkaufe.

In der Küche roch es wie am Frühstücksbüffet eines 5-Sterne-Hotels, und es sah auch genauso aus: Lachs, Mozzarella, Champagner, exotische Früchte und belgische Waffeln mit Sahne und heißen Kirschen. Die Gäste sahen aber alle aus wie die armen Menschen, die Frank Zander alljährlich zu seinem Obdachlosen-Weihnachtsessen ins Hotel Estrel einlädt. Ausgemergelte, blasse Gestalten mit strähnigen Haaren, die quer über die Stirn ins Gesicht fielen. Junge Frauen, die krummrückig ihre spitzen Knochen an Designer-Küchenmöbel lehnten und uns aus großen Augenhöhlen verwundert anlächelten.

So musste sich ein dicker Ami in Kambodscha fühlen. Ich senkte den Blick und sah direkt auf den Teller mit den Waffeln. Mein Bauch schrie sofort: ›Ja! Her mit den fettigen Dingern! Wann kriegt man schon mal Belgische Waffeln mit heißen Kirschen und Sahne!‹

Mein Kopf warf ein: ›In ca. 600 von den über 1000 Cafés, die du schätzungsweise in deinem Leben besucht hast, standen Belgische Waffeln auf der Speisekarte, und du hast dir nie welche bestellt. Wieso jetzt?‹

Mein Bauch schrie: ›Wann kriegt man schon mal Belgische Waffeln! Juhuuu!‹

Kirsten war mittlerweile irgendwo im Getümmel untergetaucht, und ich setzte mich auf den einzigen freien Stuhl, der gerade so zwischen Büffet-Tisch und Fensterbank passte. In der rechten Hand die Gabel und in der linken den Teller mit den aufgetürmten Waffeln, kam ich mir vor wie eine dieser älteren Damen, die auf Sofas sitzen und Teetassen balancieren. Seien wir ehrlich: Ich war eine ältere Dame. Vorher war mir nie so deutlich aufgefallen, dass ich 38 und Millie höchstens 28 war. Zehn Jahre sind nicht so viel, mag man einwenden. Aber ich sag euch was: Zehn Jahre sind der Unterschied zwischen Lachs im Stehen mit Small Talk und Champagner und Hauptsache sitzen, auch wenn man sich dazu zwischen Tisch und Fensterbank einzwängt. Zehn Jahre sind der Unterschied zwischen einer Frau, die versucht, mit ihren eng verpackten Pfunden zu wuchern, und all den ätherischen Geschöpfen, die mich hier umgaben, ihre Modelmaße in konturenverhunzende Fetzen gehüllt. Groß gemusterte, dicke wollene Röcke, die in mir reflexartig ein ›Ich versteh die Mode der heutigen Jugend nicht mehr!‹ aufsteigen ließen. Und da saß ich nun, mit meinem Kaufhaus-Ketten-Style und verstand nicht, wie man so viel Kohle für so hässliche Klamotten ausgeben konnte. War ich nun alt oder nicht? Auf jeden Fall war ich plötzlich davon überzeugt, dass mir ein gigantisches H&M-Preisschild quer über der Stirn klebte, und ich fuhr mir nervös übers Gesicht.

Ich stellte den Teller auf die Fensterbank und stand auf. Inzwischen war es ziemlich eng in der Küche geworden. Man musste sich praktisch alles, Teller, Essen, Besteck, Getränke und Kaffeekannen, umständlich um die Körper der anderen herumreichen, und dabei stand jeder jedem permanent im Weg. Einer der jungen Menschen stach aus der Designer-Obdachlosen-Mode heraus. Er trug Blaumann und Arbeitsschuhe, allerdings verfeinert mit einer hintenrum um den Hals getragenen Billig-Plastik-Sonnenbrille. Aha!, dachte ich, es gibt also noch Proletarier. Und sie können sich nicht mal eine ordentliche Schweißerbrille leisten. Ich hatte plötzlich das spontane Bedürfnis, ihm meine Solidarität zu bekunden, aber schon während ich auf ihn zuging, merkte ich, dass ich gar nicht wusste, was ich sagen wollte. Er sah mir jetzt direkt in die Augen; ein Abbiegen war nicht mehr möglich, also klopfte ich ihm im Vorbeigehen anerkennend auf die Schulter und sagte: »Heraus zum revolutionären 1. Mai!«

Das war totaler Schwachsinn. Schlimmer noch: Das war Schwachsinn vom Vortag, und ich setzte den Kerl als Nummer drei auf die Liste derer, denen ich bitte nie wieder in meinem Leben begegnen mochte. Zusammen mit Kai und dem Typen, den ich gestern mit »ein andermal gern« abgespeist hatte.

Einfach weiterlaufen, dachte ich, irgendwann ist diese Wohnung zu Ende, und dann tut sich in der Wand ein güldenes Portal auf, hinter dem alle Peinlichkeiten zu Ende sind. Stattdessen traf ich auf David, der gerade einigen von den Hungerharken das schicke Badezimmer mit den Terrakottafliesen zeigte. Ich drängelte mich mit in den Türrahmen und hörte mir Sätze an, wie: »Oh, schön groß!«, »Ach, ihr habt das Waschbecken links von der Tür.«, »Und oben ist eine zusätzliche Lüftung!«

Warum stehen Menschen in Wohnungen herum und beschreiben das Offensichtliche? Sie sinken auf das geistige Niveau von Dreijährigen, zeigen auf Gegenstände und rufen: »Holz! Vorhang! Ikea!« So lange, bis jemand sagt: »Und hier hinten ist dann noch ein Gästezimmer.« Dann trotten sie einen Raum weiter und bleiben im nächsten Türrahmen stecken.

Ich blieb zurück im Badezimmer und schloss die Tür. Die Klobrille war außen mit einem bunten, expressionistischen Motiv bemalt, das von Mirò hätte sein können, und als ich mich setzte, stellte ich fest, dass sie ergonomisch geformt war. Ich fragte mich, ob man mit dem Bemalen von Klodeckeln womöglich mehr Geld verdienen konnte als mit dem Layouten von Werbeanzeigen. Dann überlegte ich, wie viele vier mal vier Zentimeter große Schwarz-weiß-Anzeigen für Stützbandagen ich gestalten musste, um mir so eine Klobrille leisten zu können. Bei mir zu Hause hatte ich seit zwölf Jahren dieses billige Teil von Tchibo, das mein Ex-Mitbewohner Micha damals schief montiert hatte, so dass man immer mit dem rechten Schenkel das kalte Porzellan berührte.

Während ich da saß, fragte ich mich

a) warum man neuerdings Badezimmer nicht mehr abschließen kann und

b) warum man in solchen Bädern prinzipiell neben einem riesigen Fenster hockt, das keine Jalousien hat. Außerdem fragte ich mich, was mich dazu getrieben hatte, solche

Unmengen von belgischen Waffeln mit literweise Kaffee runterzuspülen, wo mir doch hätte klar sein müssen, dass man von so viel Fett auf nüchternen Magen Dünnpfiff bekommt.

Ich zog daraus aber die Lehre, dass ich

erstens: Nie wieder vor dem ersten Toilettengang das Haus verlassen würde und

zweitens: Ja, ich konnte auch ohne die obligatorische Zigarette. Und zwar ordentlich. Immerhin ging es schnell, wahrscheinlich aus Angst, es könnte jemand reinkommen und fragen, was ich da tat. Natürlich ließ sich das Fenster nicht kippen, und natürlich stand auf dem Fensterbrett eine ganze Armada von Topfpflanzen und Badekugel-Behältern, die ein anderweitiges Öffnen verhinderte.

Viel schlimmer war meine dritte Feststellung, die ich nicht zum ersten Mal machte: Junge Menschen haben keine Klobürsten. Wieso? Wahrscheinlich, wenn man so schön und so jung ist, dann klebt da einfach nichts. Oder die nehmen was dafür ein. Oder die essen einfach nix. Oder nur Flüssiges: Evian und Soja-Drinks, dachte ich, während ich mit Klopapier unter Wasser ging.

Die Musik wurde lauter, und der karierte Anzug stand in der Tür. Der mit den schwarzen Haaren und der eckigen Hornbrille, den der kleine Neid-Drache in meinem Kopf schon beim Reinkommen mit den Worten ›Lieber alt sein als so scheiße wie der‹ abgefackelt hatte. Jetzt stand er zwei Meter groß hinter mir, fragte ehrlich lächelnd, ob er mir helfen könnte, und mir fiel nix Besseres ein als: »Mir ist mein Handy reingefallen.« Wortloses Türzuklappen.

Ich ging nicht über Los, zog keine 4000 Mark ein und begab mich direkt ins Schlafzimmer, wo meine Jacke lag. Dort traf ich auf Kirsten, die mit Millie das »Tolle-Wohnung-habt-ihr-hier«-Gespräch abspulte.

Eine Menge reingesteckt hätten sie und David. Vorher hätte man das mal sehen sollen. Der Stuck hätte erst mal freigelegt werden müssen. Mein kleiner grüner Neid-Drache freute sich: Aha, durch ein bisschen Kacke hatten sie also doch waten müssen, bevor sie dieses Luxusdomizil beziehen konnten. Das tröstete.

»Ja, wir ham hier wirklich monatelang Staub geschluckt«, sagte Millie mit einem strahlenden Lächeln. So, als ob sie erwartete, dass alle Welt sie nun dafür bewunderte. »Wobei ich zugeben muss, dass wir nicht alles selbst gemacht haben«, fuhr sie fort. »Ich bin ja leider nicht so handwerklich begabt wie Ute«, sagte sie und strahlte in meine Richtung. Kirsten nickte, und Millie wandte sich jetzt an mich: »Ich fand das irre mit deinem Zimmer. Du hast doch die ganzen Dielen alleine abgezogen. Und den Stuck abgewaschen. Mir fehlt da einfach die Ausdauer. Und wir haben uns gesagt: Es gibt doch genug arbeitslose Handwerker im Osten.« Ab da wusste ich, dass ich jetzt nicht noch mehr hören wollte. Millie fing an, sich um Kopf und Kragen zu reden, und ich versuchte, auf Durchzug zu schalten. »Seien wir doch mal ehrlich«, sagte sie, »für den Stundenlohn kann ich das doch selber gar nicht machen.« Ich nickte und ließ meinen Blick durch den Raum schweifen. Aber sie war nicht zu halten: »Da fahr ich doch billiger, wenn ich in der Zeit den neuen Kalender fertig mache. Ich verdien doch im Büro an zwei Tagen das Geld, was ich hier in einer Woche ausgebe.«

In dem Moment schüttete jemand Papaya-Saft auf den neuen Parkettboden im Flur, und ich rannte sofort hin, um mit meinen Not-Tempo-Taschentüchern erste Hilfe zu leisten. Die Menschenmenge kam in Bewegung, und das gab uns Gelegenheit aufzubrechen.

Die Haustür schon in der Hand, fragte ich doch noch schnell, wie viel Miete sie denn hier bezahlten, und hatte im Hinterkopf schon ein triumphierendes ›Da wohnen wir in Moabit aber günstiger!‹.

Millie gab verschämt zu: »Das ist 'ne Eigentumswohnung. Meine Großeltern haben gesagt: Wir müssen euch jetzt mal was Gutes tun. Ihr jungen Leute habt's so schwer heute. Schlimmer noch als wir damals nach'm Krieg.«

Als wir die Wohnungstür hinter uns geschlossen hatten, fragte ich Kirsten: »Was meinst du: Von welchem ihrer drei Landgüter in Oberschlesien haben sie sich wohl am schwersten getrennt?«

Als wir am S-Bahnsteig ankamen, saß der traurige Junge im Blaumann auf der Bank. In der Hoffnung, die Scharte von vorhin auszuwetzen, sagte ich aufmunternd: »Na, geht's wieder zur Arbeit?«

»Nee, wieso?«, fragte er zurück.

»Ich dachte nur«, antwortete ich kleinlaut, »wegen der Klamotten. Könnte ja sein, dass du grad irgendwo 'ne Wohnung renovierst.«

Er kuckte gelangweilt zu uns hoch und sagte ruhig: »Ich hatte heute halt Bock auf den Worker-Style.« Kirsten und ich nickten. »Jeans waren ursprünglich auch Arbeitsklamotten.«

Wir kamen uns unendlich zurückgeblieben vor.

Die Bahn kam, und wir behaupteten, wir müssten in die andere Richtung, nur um nicht mit ihm endlose zwei Stationen lang im Zug zu stehen und zu schweigen.

Wir setzten uns auf die Bank, und ich hatte große Lust auf

eine Zigarette. Aber ich rauchte ja nicht mehr. Das war blöd und es ärgerte mich, dass der verhunzte Vormittag mich wieder an den Suchtrand führte. Um es mir leichter zu machen, stellte ich mir vor, ich hätte dafür jetzt meine Leute. Wenn Millie andere für sich arbeiten lassen konnte, wieso sollte ich nicht welche für mich rauchen lassen? Ich würde ihnen silberne Etuis kaufen, damit sie die ekligen Sprüche nicht lesen müssten, sie liebevoll mit Stoff versorgen, mich ab und zu dazusetzen, mich ein bisschen voll qualmen lassen und tolerant sein.

Ja, ich war destruktiv. Ja, ich hatte schlechte Laune.

Die nächste Bahn kam, und wir stiegen schweigend ein. Der einzige freie Platz war auf einer Bank, auf der eine ältere Frau mit ihrem Dackel saß. Links von ihr hatte sie drei Penny-Markt-Tüten aufgepflanzt, und rechts von ihr saß der Dackel.

»Entschuldigung?«, sagte ich und forderte sie mit einem Blick auf, Platz zu machen.

Sie ignorierte mich.

»Hallo?«, sagte ich etwas lauter und deutlicher.

»Wat'n?« Sie funkelte mich hinter ihrem verschmierten Kassengestell an.

»Wir würden gerne sitzen«, beharrte ich.

»Sind doch jenuch freie Plätze. Wo jibt's 'n sowat?«

Na, die kam mir gerade recht. Sollte sie mich nur anmeckern. Ich wohnte lange genug in der Welthauptstadt des Anschnauzens, dass ich meine Lektionen gelernt hatte.

»Pass ma uff, Mutti, ja, entweder du machst jetz Platz oder ick setz ma uff die Töle!«

Nun fing sie an, durch den ganzen Waggon zu kreischen.

»Na, ick fass et ja nich. 'Ne arme alte Frau vom Sitz scheuchen. Schnuppi, wat sagste dazu?«, fragte sie den Dackel.

»Wenn er könnte«, wetterte ich zurück, »würde er sagen: Hättste in der achten Klasse besser uffjepasst, müsstest jetzt nich bei Penner-Markt einkoofen.«

Die Bahn hielt an der nächsten Station, die Frau schnappte sich Tüten und Köter und stieg aus.

Ich rief ihr noch ein fröhliches »Alte Vettel« hinterher. Mein Tag war gerettet.

## Der Pförtner

Als wir nach Hause kamen, verzog sich Kirsten sofort in ihr Zimmer und telefonierte. Wahrscheinlich hatte sie erst mal genug von mir, und ich konnte sie verstehen. Ich wollte selbst nicht in meiner Nähe sein.

Kirsten wohnte nun schon seit zweieinhalb Jahren bei mir. Vorher hatte ich die Wohnung fast zehn Jahre mit Michael geteilt. Michael und ich kannten uns, seit wir Teenies waren. Er ging zum Studieren nach Berlin, und als ich nachkam, zogen wir zusammen. Das war günstiger und stellte sich als absoluter Glücksfall heraus. Wir ergänzten uns in jeder Hinsicht. Männer sind im häuslichen Zusammenleben sowieso viel pflegeleichter als Frauen. Einfach deswegen, weil ihnen die meisten Dinge egal sind. »Du hast alle deine Erinnerungsfotos in blaue Rahmen gezogen und ohne mich zu fragen in der Küche aufgehängt? Aha. Und jetzt passt die hellgrüne Farbe der Wandfliesen nicht mehr dazu und ich soll dir beim Streichen helfen? Okee.« So sind Männer. Es ist so, als ob sie jeglichen Wunsch nach Mitbestimmung an der Wohnungstür abgeben und sagen »Richte meine Höhle ein, Weib. Ich bin hier nur zu Gast.« Bei Michael kam noch hinzu, dass er gern und gut kochte und wusste, wie man die Waschmaschine bedient. Ganz klar, ich hatte mit ihm den Jackpot geknackt. Es war das perfekte Idyll, bis er ein Angebot an einem Wissenschaftsinstitut im Elsass bekam. Er packte für neun Monate die Koffer und kam nie wieder zurück. Ausgerechnet

700 Kilometer von mir entfernt erwischte ihn die Liebe, und er blieb in Frankreich. Kirsten war mir von der Mitwohnzentrale vermittelt worden, und ich hatte mich nach und nach an sie gewöhnt. Aber wirklich ausgesucht hatte ich sie mir nicht.

Ich legte mich aufs Bett und dachte an Millie. Genau genommen hatte sie mir nie etwas getan. Sie hatte nur die falsche Herkunft. Ich habe mit Kindern reicher Eltern schon immer Probleme gehabt. Eine meiner Freundinnen aus der Schulzeit hatte ziemlich begüterte Eltern und versuchte all die Jahre hindurch, sich freizuschwimmen von der Rolle der Tochter aus reichem Hause. Damals hatte ich den Verdacht, dass sie nur mit mir befreundet war, um Kontakt zur Arbeiterklasse zu haben. Aber uns trennten Welten. Sie wohnte in einem Riesenteil von Bungalow im Neubaugebiet vor der Stadt mit Garten, Hund, Tennisplatz und eigenem Schwimmbad, während ich und meine drei Geschwister in der Assi-Siedlung im sozialen Wohnungsbau mit 'ner Schildkröte und 'nem Kasten Bier auskommen mussten. Und dabei war der Kasten Bier nur für meinen Vater!

Es war ganz schön unfair von mir, Millie mit meiner reichen Freundin aus Kindertagen zu vergleichen. Ich kannte ihre Familie nicht. Vielleicht tat ich ihnen Unrecht. Millies Eltern hatten bestimmt gar keinen Tennisplatz. Oder nur einen ganz kleinen. Einen Tischtennisplatz. Ja! Womöglich hatten sie sich ihr Leben lang den Pool vom Munde abgespart und dann aufs Wasser verzichtet, um ihrer Tochter dereinst in Berlin eine schicke Wohnung kaufen zu können. Und weil sie sich schon selbst nichts gönnten, gaben sie dem Kind wenigstens einen ausgefallenen Namen: Kamilla.

Meine reiche Schulfreundin hieß Saskia. Wir andern hießen alle Petra, Elke, Moni, Gabi, Ute oder bestenfalls Susanne. Saskia fand die Kohle ihrer Eltern »voll Panne« und sie wollte damit

»echt nichts zu tun haben«. Ihre große Rebellion bestand darin, dass sie nicht mehr zum Klavierunterricht ging. Ihre Mutter jammerte: »Der Flügel muss gespielt werden!«, und »Ich werde dafür sorgen, dass meine einzige Tochter eine standesgemäße Erziehung erhält!«

Bei uns zu Hause hieß es immer nur: »Kinder, klebt keine Pril-Blumen an die Fliesen, die gehören uns nicht, die gehören der GSW.«

Meine Mutter ging, seit ich denken kann, in die Fabrik zum Putzen, und Saskia erzählte mir an den Nachmittagen, wenn meine Mutter bei der Arbeit war und wir bei ihr am Swimmingpool rumhingen, dass die Frau, die jeden Tag bei ihnen zum Saubermachen kam, ihr »am Arsch lieber wäre als ihre Mutter im Gesicht«.

Trotzdem tat mir Saskia Leid dafür, dass sie mit ihrer wasserstoffblonden Mutter und deren 60 Paar Schuhen im begehbaren Kleiderschrank ganz alleine war. Ihr Vater war, genauso wie meiner, die meiste Zeit über nur körperlich präsent, sein Hirn war gut in Alkohol eingelegt; eine Tatsache, die uns verband. Ich konnte mir ein Leben ohne meine große Schwester und meine beiden Brüder nicht vorstellen.

Bestimmt hatte Kamilla auch keine Geschwister. Reiche Leute leisten sich nur ein Kind. Deshalb sind sie ja so reich. Und dann stecken sie alle Erwartungen, Hoffnungen und Träume in dieses kleine rosa Schreibündel. Im Grunde genommen war Millie doch eine arme Sau.

Ich seufzte, drehte mich auf die Seite an den Rand des Betts und langte mit dem Arm nach dem Handy, das auf dem Boden lag. Kurz nach halb fünf. Was sollte ich mit dem angebrochenen Nachmittag anfangen? Entweder ich hing jetzt hier ab und versank in melancholischen Kindheitserinnerungen; was bedeutete, ich würde mich spätestens in zwei Stunden zur Tanke schleppen, mir eine Schachtel Mini-Dickmanns und zwei Tafeln Schokolade holen, den Fernseher anschalten und mich danach schlecht und schuldig fühlen. Oder ich raffte mich jetzt auf und ging wenigstens noch für eine Stunde ins Fitness-Studio.

Alle reden doch immer davon, dass Sport glücklich macht, dass da körpereigene Opiate freigesetzt werden, die einen in eine Art Rauschzustand versetzen. Na, ja, ich kann nur sagen: Ich hab mich einmal über eine Stunde lang auf so ein Trimm-dich-Rad gesetzt, weil ich es wissen wollte. Mir tat hinterher nur der Arsch weh.

Trotzdem rappelte ich mich hoch und packte meinen Rucksack. Ich suchte in der Küche eine Weile nach einer passenden Plastiktüte für meine Turnschuhe. Sie durfte nicht zu groß sein, sonst hatte ich zu wenig Platz im Rucksack, und wenn sie zu klein war, so wie diese Mini-Tüten, die man im Drogeriemarkt umsonst bekommt, wurden mir die Turnschuhe zu sehr gedrückt. Schließlich fand ich die Dönertüte von gestern und packte, wie immer, nach festgelegtem System meinen Rucksack: Erst die Turnschuhe in die Tüte eingewickelt mit der Sohlenseite nach außen. Dann kann ich Hose und T-Shirt zwischen Schuhe und Trägerseite des Rucksacks legen, damit ich es am Rücken schön weich habe. Die Badelatschen kommen in einer extra Tüte auf die linke Seite; und wenn ich das Handtuch straff zusammenrolle, passt es genau in die Lücke, die auf der rechten Seite bleibt. Das ist etwas umständlich und dauert länger als bei Leuten, die ihr Zeug einfach wie es kommt in ihre Sporttasche werfen, aber auf mich hat dieses Ritual eine sehr beruhigende Wirkung.

Als ich schließlich in der U-Bahn saß, war ich richtig stolz auf mich und kam mir vor wie jemand, der auf Abenteuerfahrt geht.

Obwohl ich genau wusste, was mich in den nächsten zwei Stunden erwartete.

Seit fünf Jahren ging ich in dieses Fitness-Studio. Ziemlich regelmäßig, dreimal bis ungefähr gar nicht pro Woche. Und immer saß unten am Eingang ein älterer Herr, dicklich mit Schnäuzer und so einer Pseudo-Wachmann-Uniform. Also eine dunkelblaue Hose und ein dunkelblauer Wollpullover mit Stoffschulterklappen. Er hatte schlohweißes Haar und grüßte immer sehr freundlich. Er saß direkt neben dem Aufzug; was blöd war, weil ich da oft endlos wartete, bis das klapprige Ding angefahren kam. Und es ist ja nun so: Wenn man sich freundlich mit »Guten Abend« gegrüßt, sich aber darüber hinaus absolut nichts zu sagen hat, können zwei Minuten sehr, sehr lang sein. So lang, dass man in seiner Not plötzlich anfängt, an diesem Faden an der Jacke rumzunesteln, an der Stelle, wo eigentlich ein Knopf sein müsste. Irgendwann, vor zwei Jahren oder so, ist der abgefallen und nun tut man so, als bemerke man das gerade jetzt zum allerersten Mal. Mit zusammengekniffener Stirn starrt man auf den fehlenden Knopf und wickelt den Faden unablässig um den Zeigefinger, als wäre er das Zentrum der Welt. So vertieft ist man angeblich darin, dass es die volle Konzentration des ganzen Menschen dafür braucht, der deshalb natürlich gar nichts anderes mehr wahrnehmen kann. Schon gar nicht einen alten Mann, der Wache für ein paar junge Fitness-Hühner schieben muss, um seine magere Rente aufzubessern.

Manchmal kam ich gerade dann vorbei, wenn er seine Leberwurststulle ausgepackt hatte. Ich weiß nicht, was er da wirklich draufhatte, aber ich stelle mir vor, dass auf einer Schwarzbrotklappstulle, die so einem rührend altmodischen Butterbrotpapier entspringt, unbedingt Leberwurst drauf sein muss. Und zwar grobe. Was anderes würde darauf gar nicht halten. Ich weiß aber, dass ich jedes Mal, wenn ich ihn da sitzen sah, wie er mich freundlich durch seine viel zu große Lesebrille anfunkelte, wie ich dann jedes Mal dachte: Was heißt das eigentlich, »schlohweißes Haar«? Was zum Geier ist eigentlich schlohweiß? Ist das so was wie strohblond, wenn man es schlampig ausspricht? Und dann nahm ich mir immer vor, das zu Hause mal nachzuschlagen. Und nie tat ich es. Wenn ich dann wieder ins Fitness-Studio ging, machte mich das zornig und ich dachte: ›Da sitzt er ja wieder mit seinem schlohweißen Haar. Das macht der doch mit Absicht! Wieso muss ich den überhaupt grüßen? Das ist doch total aufdringlich, dass der mir das jedes Mal reinwürgt, bloß weil ich an ihm vorbei muss. Hätt er eben früher vorsorgen müssen für seine Rente. Jeder ist seines Glückes Schmied. Ich will hier auch *mal* was für mich tun, da will ich nicht ans Elend alter Leute erinnert werden.‹

Und dann grüßte ich doch wieder jedes Mal zurück, nur einmal, als er nicht sprechen konnte, weil er gerade in seine Stulle gebissen hatte, sagte ich »Wohl bekomm's«, und die ganzen vier Stockwerke im Aufzug hasste ich mich dafür und dachte, »Guten Appetit« hätt's auch getan, oder das gute, alte »Mahlzeit«. Du hast dich gerade zum Gespött eines altersschwachen Pförtners gemacht. Es reicht. Geh nach Hause und werde in Ruhe fett!

Und der alte Mann dachte wahrscheinlich: »Statt wie bekloppt dauernd in die Muckibude zu rennen, sollte sie sich lieber mal ordentlich flachlegen lassen.«

Dafür hasste ich ihn noch mehr, und während ich jetzt missmutig die Treppe zum U-Bahn-Ausgang hochstapfte, überlegte ich, ob ich ihn heute mit Nichtbeachtung strafen oder einfach mal flott an ihm vorbeigehen sollte und sagen: »Ich wünsch noch 'n schönen Lebensabend!«

Aber als ich das Hochhaus betrat, saß hinter dem Tischchen neben dem Aufzug ein höchstens 26-jähriger Student mit dunklen Locken, dunklen Augen und diesem jungenhaften Lächeln, das nur Kerle draufhaben, die so selbstsicher sind, dass sie es sich leisten können, so zu tun, als wüssten sie überhaupt nicht, wie gut sie aussehen. Dieses selbstverständliche Lächeln, das sagt: »Ich weiß nicht viel von der körperlichen Liebe, ich sitze hier nur ganz unschuldig und studiere, aber vielleicht magst du mir zeigen, wie das geht?«

All diese Gedanken liefen ab in den zweieinhalb Sekunden zwischen dem Moment, in dem ich begriff, was da saß, und der gleich darauf folgenden, spontanen Entscheidung, heute die vier Stockwerke hinauf zu Fuß zu gehen.

Denn erstens hätte ich Angst gehabt, dass ich mir diesmal beim Warten auf den Aufzug die ganze Jacke aufgetrennt hätte, und zweitens sollte er mich nicht für einen Schlappschwanz halten. Ins Fitness-Studio mit dem Aufzug fahren. Wo gibt's denn so was?

Oben angekommen war ich dermaßen außer Atem, dass ich erwog, direkt in die Sauna zu gehen, ohne den Umweg über Stairmaster, Butterfly und all die anderen Geräte, die möglichst blumige, wohlklingende englische Namen haben, um zu verschleiern, dass man sich auf ihnen komplett zum Deppen macht. Und für wen? Für den jungen Pförtner? Der hätte wahrscheinlich nicht bemerkt, wenn ich mit einer Straußenfeder im Hintern an seinem Tisch vorbeigegangen wäre. Okay, mich hatte gestern ein gut aussehender Kerl angegraben, der auch nicht viel älter war. Aber vielleicht hatte der ja Sehstörungen oder war einfach zu faul, ein paar Stunden auf die Piste zu gehen.

Während der letzten zwei Jahre war ich ganz gut ohne Mann klargekommen. Sex mit sich selber hat zwei entscheidende

Vorteile: Man muss vorher nichts erklären und hinterher nicht lügen. Und man ist vor Überraschungen sicher. Das unverschämte Grinsen von dem Jeansjacken-Kerl vor dem Hotel hatte mich allerdings direkt in den Unterleib getroffen, und das ließ sich jetzt nicht mehr so einfach abschalten.

Ich beschloss, meinen Hormonen erst mal davonzurennen und stieg aufs Laufband. Neben mir war wieder die Verrückte, die nicht nur über die Ausdauer eines Marathonläufers zu verfügen schien, sondern dabei auch noch lautstark die R & B-Musik, die sie auf dem Kopfhörer hatte, mitsang. Immer, und ich meine wirklich immer, wenn ich ins Studio kam, war sie schon da und joggte. Und wenn ich nach 50 Minuten Walking mit steifen Hüften vom Gerät stieg, rannte sie immer noch; hatte ein Handtuch um den Kopf gewickelt und sang die Charts rauf und runter. Dabei sah sie nicht mal durchtrainiert aus. Sie wog bestimmt gut zehn Kilo mehr als ich. Wenn ich mopplig war, war sie dick. Und ich konnte nicht singen. Sie musste sich noch nicht mal die Mühe machen, ab und zu die Brille abzunehmen, so wenig schwitzte sie. Das war einfach zu frustrierend, um es für echt zu halten. Bei nächster Gelegenheit würde ich unters Laufband kriechen und nachsehen, ob sie angeschraubt und verkabelt war.

Nach dem Training hüpfte ich federnd die Treppe hinunter, nahm die letzten fünf Stufen mit einem kühnen Sprung und verstauchte mir dabei den Knöchel.

Der alte Mann mit der Wachuniform ließ sich nichts anmerken und sagte nur gelangweilt: »Wiedersehen.« Am liebsten hätte ich gesagt: »Mein lieber Mann, sie sollten hier gar nicht sitzen. Ihr Kollege mit den Locken sollte jetzt aufspringen und fragen, ob ich mir wehgetan habe, mich zu dem Tischchen tragen, mich dort sanft absetzen, vor mir niederknien, meinen Schuh ausziehen, vorsichtig die Socke abstreifen und fragen: ›Tut es hier weh?‹ Und ich würde dann antworten: ›Ein bisschen‹, und er: ›Versuchen Sie mal aufzutreten.‹ Und dann würde ich meinen schlanken Fuß auf den Marmorboden setzen, leicht aufseufzen und tapfer sagen: ›Es wird schon gehen‹, und er: ›Ich bestehe darauf, Sie nach Hause zu bringen‹, und ich würde fragen: ›Woher können Sie so gut mit Füßen umgehen? Sind Sie Medizinstudent?‹ Und er: ›Nein, aber ich weiß, was Frauen Ende dreißig für verkitschtes Geseier brauchen, ehe sie ihre Verklemmungen ablegen können.‹«

An dieser Stelle meiner Gedanken saß ich schon in der U-Bahn allein auf der Bank und so 'n jungscher Machotyp mit Goldkettchen und weißer Hose stieg ein. Er fläzte sich genau neben mich, und als er ansetzte, die Beine zu grätschen, setzte ich meinen Bergstiefel neben ihn aufs Polster und sagte: »Denk nicht mal dran.«

## Politologenparty

Die folgenden Tage vergingen mit viel Rumtrödeln und wenig Arbeiten. Im Moment hatte ich nicht allzu viel zu tun. Die Auftragslage war nicht besonders, und ich beneidete Leute wie Millie, die fest angestellt waren.

An sich gefiel mir die Selbstständigkeit gut. Sein eigener Chef zu sein ist eine prima Sache. Ich stehe auf, wann ich will, arbeite, so viel ich Lust habe, und wenn ich unzufrieden mit mir bin, schmeiß ich mich raus.

Natürlich ist das Layouten von Gebrauchsanweisungen für medizinische Geräte und Vereinszeitungen nicht das, was ich mir vorgestellt hatte, als ich die Ausbildung zur Grafikerin machte, aber wenigstens muss ich mich dafür nicht persönlich verbiegen, und künstlerische Ambitionen habe ich mir schon lange abgeschminkt. Ich sehe mich als Dienstleister, und ich positioniere die Anzeigen und die Fotos genau an der Stelle und in der Größe, in der sie der Auftraggeber haben will. Mittlerweile bin ich ganz gut darin, schnell herauszuhören, was der Kunde möchte, auch wenn er es selbst nicht ausdrücken kann. Millie verdient bestimmt doppelt so viel wie ich, aber dafür muss ich mich nicht der Hektik und dem Termindruck eines Großraumbüros aussetzen. Wenn gerade Flaute ist, nutze ich die Zeit, um ins Fitness-Studio zu rennen oder lange zu schlafen, und wenn mir danach ist, hocke ich mich schon ab 15 Uhr vor die Glotze und schalte von einer Sitcom zur nächsten.

Seit dem Brunch bei Millie waren fast zwei Wochen vergangen, und ich hing durch. Um irgendetwas Sinnvolles zu tun, hatte ich den Tag zuvor beschlossen, unseren alten Büffetschrank in der Küche abzubeizen und mit einem neuen Anstrich aufzufrischen. Mit dem Ergebnis, dass er hinterher genauso aussah wie vorher, nur dass jetzt sämtliche Türen klemmten.

Mufflig strich ich hier und da noch ein bisschen an den Kanten herum und schlurfte dann ins Wohnzimmer. Samstagsnachmittags läuft im Fernsehen nur Schrott, und um trainieren zu gehen, war es schon fast zu spät. Eigentlich hätte ich es locker noch schaffen können. Das Studio machte um 20 Uhr zu, und es war noch nicht mal fünf. Aber ich rechnete mir aus, dass ich um zwölf gefrühstückt hatte, und wenn ich jetzt losging, würde ich genau, wenn ich dort ankam, Hunger kriegen. Dann müsste ich mich völlig unterzuckert aufs Laufband stellen und mir auf nüchternen Magen das Gesinge von der Verrückten mit dem Walkman anhören. Natürlich konnte ich jetzt in die Küche gehen, mir ein Brot schmieren und dann losgehen. Aber ein Brot würde mich nicht über den Abend bringen. Garantiert hätte ich nach dem Sport so Kohldampf, dass ich mir abends um halb zehn noch 'ne Pizza bestellen müsste. Und dann wäre ja der ganze Aufwand umsonst gewesen. Genauso gut konnte ich zu Hause bleiben, weniger Kalorien verbrauchen und mir um acht eine Suppe kochen.

Ich sah auf die Uhr: 16.55 Uhr. Um fünf fing irgendwo auf einem der Kanäle, für die man zwei Tasten auf der Fernbedienung braucht, eine Serie an. Oder ein Cartoon? Nur mal kucken, dachte ich, ich muss es ja nicht bis zu Ende sehen. Diese Cartoon-Serien gehen eh immer nur 'ne halbe Stunde. Wenn ich um halb sechs meinen Rucksack packte, konnte ich es immer noch schaffen. Mit der U-Bahn zwei Stationen, inklusive Umziehen bräuchte ich 30 Minuten, bis ich auf dem Laufband stand; dann blieben mir immer noch zwei Stunden Zeit, bis das Studio schloss.

Ah! Da war ja der Sender, den ich gesucht hatte. Ich kuckte eine Weile und fand die Folge langweilig; also schaltete ich weiter.

In der nächsten oder übernächsten Werbepause hörte ich, wie Kirsten die Wohnungstür schloss, ihre Jacke und die Tasche auf den Boden fallen ließ, die Schuhe in die Ecke pfefferte und zwei Sekunden später den Schlüssel auf die Kommode neben der Garderobe warf. Sie streckte den Kopf ins Wohnzimmer: »Wolltest du heute nicht trainieren gehen?«

»Mach ich noch.«

Sie sah auf die Uhr. »Es ist halb sieben.«

»Oh.«

»Hast du wieder den ganzen Tag vor dem Fernseher gehangen?«

»Hast du wieder den ganzen Tag Leute kritisiert?«

»Wow, da hat aber jemand schlechte Laune«, antwortete sie und verzog sich in die Küche.

Jetzt hatte ich tatsächlich schlechte Laune. Wieso schaffte ich es nur immer wieder, den Tag völlig an mir vorbeiziehen zu lassen, wie gelähmt auf dem Sofa zu hocken und mich am Ende selbst dafür zu hassen? Und Kirsten hatte den Frust nun ungerechterweise abbekommen.

Ich atmete tief durch und schaltete den Kasten ab. Auf dem Weg zur Küche rief ich: »Wie war's denn an der Uni?«

Kirsten bestaunte die gähnende Leere im Kühlschrank und sagte: »Wie immer. Das war mal wieder eine völlig überflüssige Sitzung.«

Sie schloss die Kühlschranktür mit einem Glas Mayonnaise und einem gekochten Ei in der Hand.

Ich setzte mich an den Küchentisch.

»Habt ihr euer Paper fertig?«, fragte ich, als ob mich die Antwort interessierte, und sah ihr dabei zu, wie sie an der Spüle ihr Ei schälte.

»Immerhin haben die anderen ihren Text endlich geliefert, aber ich hab mich wieder bequatschen lassen, das noch mal Korrektur zu lesen.«

Ich gab ein zustimmendes Geräusch von mir und beschloss, darüber hinwegzusehen, dass sie die Eierschalen in die Spüle bröckelte. Ich wusste zwar, dass ich sie später alle einzeln aus dem Abflusssieb prokeln müsste, aber im Moment war ich ihr dankbar, dass sie kommentarlos über meine zickige Bemerkung im Wohnzimmer hinwegging. Kirsten hatte viele kleine Angewohnheiten, die mir den letzten Nerv raubten; aber sie hatte auch ein von Grund auf freundliches Wesen und ertrug klaglos meine Launen.

Sie setzte sich mit ihrem Teller zu mir und fing an, sich ein Ei-Mayonnaise-Brot zu machen.

»Ach, warte mal«, unterbrach sie sich und ging in den Flur. Sie kam mit ihrer Tasche zurück und zog ein Blatt Papier heraus, das sie mir über den Tisch reichte, während sie hastig von ihrem halb fertigen Brot abbiss.

»Hier, lies das mal und sag mir dann, was du davon hältst.«

»Die ganze Seite?«, fragte ich lustlos.

»Nur den ersten Abschnitt«, antwortete sie mit vollem Mund. »Vor allem den zweiten Satz.«

Sie wischte sich Mayonnaise vom Mundwinkel und beobachtete mich erwartungsvoll.

Ich wandte mich dem Papier zu. Da stand:

*Der Mechanismus des Zwangs beruht primär auf der Ausnutzung asymmetrischer Machtverhältnisse.*

»Na ja«, sagte ich zögerlich, »ist ja logisch, dass man nur dann jemanden zu etwas zwingen kann, wenn man Macht über ihn hat. Das kann man auch weniger geschwollen ausdrücken.«

»Ha!«, rief Kirsten triumphierend, »ich hab's gewusst, dass jeder Idiot das sofort als Geschwafel identifizieren würde.«

Ich war zwar etwas gekränkt über den Idioten, zog es aber vor zu schweigen, denn sie war nun ganz weit weg vom Thema »Ute hat schlechte Laune« und schimpfte über ihre Kollegen vom politikwissenschaftlichen Institut:

»Es ist so grauenhaft, sich immer wieder dieselben Phrasen durchzulesen«, würgte sie zwischen zwei Bissen hervor. »Keiner von denen schreibt, was er meint. Es geht nur darum, möglichst viele Fußnoten am Ende des Textes zu versammeln und irgendwie wissenschaftlich zu klingen.« Sie verdrehte die Augen und biss wieder in ihr Ei-Brot. Dabei fiel ihr Blick auf die graue Farbdose auf dem Boden mit dem eingetrockneten Pinsel darin. Nachdem sie zu Ende gekaut hatte, sagte sie: »Wenn du morgen daran weiterarbeiten willst, solltest du den Pinsel auswaschen.« Sie musterte den Schrank, und ich schwieg.

»Willst du das so lassen?«, fragte sie.

»Schlechtes Thema«, antwortete ich.

Sie rieb sich die Brösel von den Händen und sagte geziert: »Oh, Majestät, mich deucht, Ihr hattet einen schweren Tag, und mir fällt nichts ein, um Euch aufzuheitern!«

Dann lass es doch, dachte ich, aber grinste nur gequält. Kirsten stand auf, um sich die Hände an der Spüle zu waschen. Ich trug ihr den Teller hinterher, und sie bespritzte mich zum Spaß mit Wasser. Ich wandte mich seitlich ab und maulte: »Das war nie witzig. Das ist nicht witzig, und es wird auch nie witzig werden.«

»Ich bin heute Abend auf 'ne Fete eingeladen, vom Institut aus«, sagte Kirsten, während sie sich die Hände an einem Geschirrtuch abtrocknete.

Ich warf ihr kommentarlos das Handtuch, das zum Händeabtrocknen bestimmt war, zu und fragte: »Sind da auch Menschen über 25?«

Sie warf mir das Handtuch zurück und hängte das nasse Geschirrtuch mit beiden Händen und gespreizten Fingern an den Haken. »Das ist eine Instituts-Party. Da kommen Dozenten und wissenschaftliche Mitarbeiter, und soviel ich weiß, sind die meisten von denen aus der Pubertät raus. Vielleicht kommt Professor Oderberg. Mit dem kannst du dich ja dann in die Schmollecke setzen und über die heutige Jugend jammern.« Sie drehte sich zu mir, fuchtelte ausladend mit den Armen und verbeugte sich: »Denn ja, oh Majestät, ich muss euch warnen darob der schröcklichen Wesen, vom Volke Studenten genannt, die auch auf dieser Festivität ihr Unwesen treiben werden.« Sie richtete sich wieder auf, hielt mir den Mund ans Ohr und säuselte: »Nichtsdestotrotz, Majestät, verspricht dieser Abend Ausgang, Amüsement und Flirtgelegenheit.«

»Ist ja gut, ich komm mit«, antwortete ich, »aber hör mit dem Mummenschanz auf. Du hast kein Talent fürs Theater.«

Die Party fand in einer alten Schmiede statt. Wieso die das an einem Ort machten, in dem tagsüber eine Werkstatt war, weiß ich auch nicht. Vielleicht wollten sie sich irgendwie den Anschein von Authentizität geben angesichts all der überflüssigen Publikationen, die Politologen von Berufs wegen täglich produzieren und die dann doch keiner liest.

Auf der Party wurde ausgelassen getanzt, und ich beteiligte mich ziemlich bald daran, weil ich mich mit den vorhandenen

Geisteswissenschaftlern nicht übers Abbeizen unterhalten konnte. Einer fragte mich tatsächlich, ob es denn beim Einbauen der Schranktüren eine bestimmte »Rummigkeit« gäbe.

Tanzen war einfacher, und ich versuchte Blickkontakte zu einzelnen Männern aufzunehmen, stellte aber fest, dass die Studentinnen von heute auch nicht mehr das sind, was sie mal waren. Sie waren plötzlich alle 15 Jahre jünger als ich, tranken RedbullmitWodka und hatten bauchfreie T-Shirts an. Ich hatte nicht den Hauch einer Chance. Vielleicht lag es auch an den hellgrauen Farbspritzern in meinem Gesicht.

Meine Laune hatte sich in den letzten zwei Stunden nicht wesentlich gebessert, und gegen elf beschloss ich, ohne Kirsten zu gehen. Als ich auf dem Weg zum Ausgang, schon mit Jacke an, die Tanzfläche noch mal durchpflügte, hielt mich einer am Ärmel fest und schrie mir ins Ohr: »Gibst du mir deine Telefonnummer für mal auf'n Kaffee?« Dabei erwischte mich eins seiner Spucketröpfchen an der Schläfe. Die anderen landeten auf meinem Ärmel. Er war ziemlich unscheinbar und dünn, aber durchaus noch innerhalb der Toleranz. Vielleicht auf dem unteren Drittel der Skala, aber er war nicht schwul, trug keinen Pferdeschwanz, und seine Tennissocken waren schwarz. Außerdem fühlte ich mich total gebauchpinselt, um im Handwerkerjargon zu bleiben, also fackelte ich nicht lange und diktierte ihm meine Nummer ins Handy.

Kaum war ich am Ausgang, laberte mich an der Tür gleich noch einer an: »Oh, du gehst schon. Wie schade. Ich wollte unbedingt noch mit dir tanzen.« Nun war ich grade so schön dabei, also schob ich ihm den Ärmel hoch und schrieb ihm meine Nummer auf den Unterarm. Und dahinter setzte ich ein Herz.

Das war mir zwar, als ich keine zehn Meter gegangen war, dermaßen peinlich, dass ich am liebsten mit Waschlappen und

Seife zurückgerannt wäre, aber ich war erfüllt von Beutestolz, und mein kleiner Rucksack fühlte sich an wie der stattliche Zwölfender auf dem Rücken der Försterin vom Silberwald.

## Blattschuss

Das Aufwachen am nächsten Morgen war klarer und frischer als sonst. Normalerweise drehe ich mich so oft noch mal um, dass ich irgendwann Rückenschmerzen vom langen Liegen bekomme, und selbst dann stehe ich nicht schwungvoll auf, sondern setze mich erst mal auf die Bettkante und starre belämmert auf den Boden, bis entweder ich den Zweikampf gewinne oder mein Kreislauf, und ich aufstehe oder mich einfach rücklings noch mal aufs Bett fallen lasse. Aber heute fiel mir, noch bevor ich die Augen aufgeschlagen hatte, ein, dass mein Kugelschreiberherz auf dem muskulösen Unterarm eines blonden Hünen blinkte, dem nur noch ein schwedischer Akzent zur perfekten erotischen Fantasie fehlte, und ich grinste. Mit beiden Händen schlug ich die Decke zurück und seufzte. Mir war nach Singen und durch die Wohnung tanzen! Ich probierte es sogar kurz, aber schon nach zwei Tanzschrittchen ließ ich die Arme wieder sinken, weil ich mir vorkam wie in einem lindgrün eingefärbten Kaffee-Werbespot.

Kaffee war eine gute Idee. Ich schaltete das Handy ein und befüllte die Espressokanne. Ich legte das Telefon in die Ecke und ließ es hochbooten, bis der Kaffee fertig war. Dann hielt ich es nicht länger aus. Ich setzte mich mit der heißen Tasse ins Bett, klappte das Handy auf und sah nach, ob er schon angerufen hatte.

*0174 567 43 4 hat versucht Sie zu erreichen. Es wurde keine Nachricht hinterlassen.*

Hastig rief ich zurück, und als es schon tutete, fiel mir ein, dass das ja auch der andere Typ gewesen sein konnte. Und wie sollte ich das jetzt so schnell rauskriegen? An der Stimme würde ich den nicht wieder erkennen. Und ich konnte ja schlecht fragen: »Sag mal, bist du der Unscheinbare, Spirrelige oder der mit den muskulösen Unterarmen?« Außerdem sollte er mich nicht für so eine halten, die jedem ihre Nummer gibt.

»Ja«, kam es verschlafen vom anderen Ende der Leitung.

»Oh, hab ich dich geweckt?«, sagte ich.

Und er: »Wer ist denn da?«

Ich stammelte: »Ich hab dir gestern meine Nummer gegeben.«

Und dann dachte ich: Wieso rufe ich *ihn* dann an? Er müsste doch *mich* anrufen. Das läuft doch hier komplett aus dem Ruder!

Er schien sich eine Zigarette anzuzünden, und ich stellte mir vor, wie er sich lasziv in seiner grauen Satinbettwäsche räkelte. Die würde nämlich gut zu seinen meerblauen Augen passen.

»Hi«, sagte er gedehnt, und ich meinte, ihn grinsen zu hören.

Also grinste ich auch und sagte: »Hi.«

Und fragte mich, ob das wohl mit dem Einsetzen der Wechseljahre endlich aufhört, dass man das, was der andere am Telefon sagt, wiederholt und dann eine Gesprächslücke lässt, in der man dämlich die Augen verdreht und sich auf die Unterlippe beißt.

Schließlich fragte er: »Hast du schon gefrühstückt?«

»Nö. Und selbst?«

»Ja«, antwortete er. »Nachdem ich dich heute Morgen angerufen hatte, war ich beim Joggen und danach hab ich mir Müsli gemacht.«

Aha. Also doch der Spirrelige. Vom Im-Bett-rumliegen-und-räkeln wird man nicht so dünn. Der liegt gar nicht im Bett. Der sitzt vor seinem piefigen, kleinen, dünnen Notebook und schreibt Sätze mit Fremdwörtern.

Dann sagte er: »Ich musste zwar damit rechnen, dich womöglich zu wecken, aber ich hatte Angst, dass beim Duschen deine Nummer von meinem Arm abgeht.«

Ja! Danke Gott!, rief meine innere Stimme. Es ist doch der Schöne! Er ist zwar zu doof, um sich 'ne Nummer vom Arm abzuschreiben, aber was soll's? Wir machen einfach immer laut Musik an, dann hör ich nicht, was er sagt.

Aber jetzt sagte er doch was, und zwar:

»Hol mich doch mit deinem Flitzer ab, dann machen wir 'ne Spritztour. Ich wohne ja bei dir um die Ecke.«

»Ach, du wohnst auch in Moabit?«, fragte ich.

Und er: »Bist du nicht die mit dem roten Cabrio?«

Ich antwortete: »Nein, ich bin die mit der Farbe im Gesicht. Grau. Wie deine Bettwäsche.«

Dann hörte ich nur ein genuscheltes »Oh, du ich krieg grad 'n anderen Anruf rein. Mach's gut«, und das war's dann.

Ich klappte das Handy zu und ließ mich aufs Kissen fallen. Was jetzt? Sollte ich traurig sein wegen einem Typen, der auf Satinbettwäsche und Sportwagen-Miezen steht? Ich verschränkte die Hände über dem Kopf und stöhnte. Schlafen kam nicht mehr in Frage, und um halb elf kam noch nichts im Fernsehen. Ich musste mich irgendwie anders ablenken. Zum Arbeiten war ich zu sauer, also beschloss ich, mich beim Sport abzureagieren.

## Der Medizinstudent

Als ich den Hauseingang vom Fitness-Studio betrat, saß wieder der braun gelockte Student an der Pforte und las. Innerlich stöhnte ich genervt. Es hatte sich nämlich herausgestellt, dass der Alte und der Junge in völlig unregelmäßigen Abständen Dienst hatten. Und ich nahm die Treppe immer nur dann, wenn Adonis am Tischchen saß. Das heißt, es trat auch nach zwei Wochen kein Trainingseffekt ein, und mir schmerzten jedes Mal höllisch die Oberschenkel. Fast den ganzen Weg nach oben musste ich dann die Luft anhalten, damit er mich nicht durchs Treppenhaus keuchen hörte.

Drei Tage zuvor war ich die Treppe runtergekommen und mich hatte ein fürchterlicher Furz geplagt. Natürlich kam es nicht in Frage, den rauszulassen, also verdrückte ich ihn die ganze Zeit, was zu unangenehmen Blähgeräuschen in meinem Bauch führte. Ich fing an, laut zu pfeifen; und um mich abzulenken, stellte ich mir vor, nicht ich, sondern er würde genau in dem Moment, wo ich an ihm vorbeiging, tierisch laut einen abbraten, und ich würde, um ihm die Peinlichkeit zu nehmen, freundlich lächeln und sagen: »Nichts Menschliches ist mir fremd!« Über diesen blöden Spruch musste ich dann innerlich so lachen, dass ich mich an meinem eigenen Gepfeife verschluckte, das, als ich das Pförtnertischchen passierte, in einen lauten Schluckauf überging. Der Medizinstudent, dem die Frauen vertrauen, sagte: »Gesundheit.«

Ha! Jetzt hatte ich ihn. Seit wann wünschte man bei einem Schluckauf Gesundheit? Da hatte er sich ja voll blamiert. Das war meine Chance, ihm wieder auf die Beine zu helfen. Also lächelte ich huldvoll und sagte: »Ein Schluckauf ist aber keine Krankheit! Machen Sie sich nichts draus, das kommt sicher erst im nächsten Semester!« Er schaute mich daraufhin völlig entgeistert an, und ich hickste mich so schnell ich konnte Richtung Ausgang. Am selben Tag hatte ich mir vorgenommen, einen großen Leberwurstvorrat anzuschaffen und nie wieder eine Treppe zu steigen.

So konnte es nicht weitergehen. Ich wurde zur wandelnden Peinlichkeit. Ich würde einen Schlussstrich ziehen. Jetzt. Ich atmete tief durch und ging zielstrebig zum Aufzug. Ich drückte auf den Knopf und wartete. Ich spürte, wie er mich von der Seite ansah, aber ich hielt stand. Was bildete er sich ein? Bloß weil er zehn Jahre jünger war als ich, und genau so ein Honk wie er sich in diesem Moment wahrscheinlich gerade angewidert mein Kugelschreiberherz vom Unterarm schrubbte, konnte er mich noch lange nicht nach Belieben die Treppe hochscheuchen. Was sollte ich mit so was Unreifem überhaupt anfangen? Die haben doch nur 'ne große Klappe, und im Bett spulen sie das Standardprogramm ab. Ich hörte, wie er sein Buch zuklappte. Und was hieß überhaupt Medizinstudent? Wahrscheinlich studierte der das nur, um die hübschen Krankenschwestern abzugreifen. Das konnte er aber vergessen! Für die Weiße-Kittel-Nummer sind wir, seit Dr. Brinkmann sich in den 80ern durch die Schwarzwaldklinik seierte, doch alle verdorben.

Er räusperte sich. Wichtigtuer. Ja, ja, ich hab bemerkt, dass du da sitzt. Na und? Dann siehst du eben aus wie der junge Antonio Banderas. Kratzt mich nicht. Das bringt dich jetzt wohl aus der Fassung, was? Dass all deine schöne Lockenpracht und deine

Dackelaugen einfach nicht beachtet werden. Er stand auf. Ich begann, an dem knopflosen Faden an meiner Jacke rumzunesteln. Wurde ich rot? Oh Scheiße, ich wurde knallrot. Er konnte doch meine Gedanken nicht gelesen haben! Das war unmöglich! Er kam hinter seinem Tischchen hervor und stellte sich ganz dicht neben mich. Ich ließ den Faden los und fing an, mit dem Pappschild rumzuspielen. Er nahm meine Hand und hielt sie fest. Ich fing an, nervös zu kichern. Er löste das Pappschild mit beiden Händen sanft aus meinen Fingern, und ich glaube, sie waren schweißnass und eiskalt. Erst als ich es losließ, bemerkte ich, dass das Schild an der Aufzugstür befestigt war. Es pendelte jetzt vor meinen Augen hin und her.

Er hielt es an und las vor, was darauf stand:

»Außer Betrieb.«

Ich senkte den Kopf und sah ein Schweißkügelchen, das den langen Weg von meiner Stirn bis auf den Boden tropfte und dort zerplatzte.

Dann stieg ich die Treppe hoch. Diesmal nur zwei Stockwerke bis ins Büro des Studios, um meinen Vertrag zu kündigen.

Es war muffig in dem Raum, und er wirkte keinen Deut anders als jedes andere x-beliebige Großraumbüro auch. Ein knappes Dutzend Schreibtische, blassgrüner Teppichboden und Neonröhren an der Decke. Ich stand wie bestellt und nicht abgeholt neben einem Kopiergerät, ging ab und zu einen Schritt nach vorne, wenn jemand an den Kopierer musste, und dann wieder zurück, weil ich für jemand anderen den Durchgang blockierte. Vor gut sieben Minuten hatte eine von den aufgetufften Schreibkräften gesagt: »Es kümmert sich gleich jemand um Sie.« Das klang, als ob ich bekloppt wäre oder krank. »Gehen Sie schon mal rein. Der Doktor kommt gleich.«

Das hier hatte nun gar nichts mehr mit der bunten, ewig jungen, gut gelaunten Fitness-Welt zwei Stockwerke höher zu tun, und langsam hatte ich die Faxen dicke. Einerseits konnte ich von zu Hause aus schriftlich kündigen, andererseits hätte ich dann ganz umsonst gewartet. Mein Handy klingelte.

»Hallo?«

»Hallo, ich bin's, Michael.«

»Michael! Alter Mitbewohner! Deine Stimme zu hören, ist das erste Angenehme, was mir heute passiert. Ich bin hier grade im Büro vom Fitness-Studio«, sagte ich im Rausgehen, »und will meinen Vertrag kündigen. Oh, Mann, wenn du wüsstest, was mir heute passiert ist. Wart mal kurz, ich muss die Tür aufmachen.«

Ich nahm das Handy in die Linke, schwang den Rucksack über die rechte Schulter und drückte die Klinke zum Flur. Von oben waren wummernde Bässe zu hören. Es war kurz nach zwölf, und der Kurs PZG II hatte begonnen: Problemzonengymnastik für Fortgeschrittene.

»Sag mal, wie geht's dir denn?«, fragte ich aufgeregt.

Im Takt der Bumm-Bumm-Ibiza-Musik schrie eine hysterische Frauenstimme im Befehlston: »Hoch! Hoch! Hoch! Hoch! Pa-ra-llel! Jetzt lin-ke Sei-te hoch! Hoch! Hoch! Hoch!«

Michael sagte: »Gut.«

»Ich kann dir sagen«, plapperte ich los, »die ganze Männerwelt spielt verrückt. Oder es liegt an mir. Wahrscheinlich bin ich total ungeeignet für das Geschlechtsleben in der Großstadt. Ich hab gestern auf so 'ner bescheuerten Politologenparty zwei Typen meine Nummer gegeben. So tief bin ich gesunken. Aber es kommt noch besser: Der eine ist 'ne Niete und der andere hat mir heut Morgen am Telefon 'ne Abfuhr erteilt. Grade eben hab ich mich vor einem höchstens 25-jährigen Pförtner zum Horst gemacht und jetzt hab ich beschlossen, meinen Vertrag zu kündigen. Was soll die ganze Trainiererei? Ich kann meiner Zellulitis doch nicht davonlaufen. Aber ich will dir auch nicht die Ohren voll jammern, wenn du dich schon mal meldest. Micha, ich vermisse dich! Kirsten ist ja ganz nett, aber sie wird dich nie ersetzen können. Erzähl doch mal! Wie ist denn das Wetter im Elsass?«

Es rauschte in der Leitung.

»Bist du noch da?«, fragte ich, »die Verbindung ist so schlecht.«

»Ich bin noch da«, antwortete er »aber ich glaube, du verwechselst mich.«

Plötzlich fiel mir auf, dass seine Stimme so verändert klang. Er hatte doch gesagt: »Hier ist Michael.« Ich kannte nur einen Michael.

Ich ging ein paar Stufen runter, um weg von der lauten Musik zu kommen und fragte: »Wer ist denn da?«

Er antwortete: »Hier ist die Niete von gestern.«

Ich stand da mit dem Handy am Ohr und lauschte hinein, als ob von da irgendeine Erklärung nachkommen müsste. Eine Auflösung, irgendeine Art von Erlösung; aber es kam nichts. Die Musik verstummte. Ich setzte den Rucksack ab.

»Hör mal«, gelang es mir schließlich hervorzupressen, »das ist jetzt grad ungünstig. Ich steh hier im Hausflur. Und die Verbindung ist ganz schlecht. Das weißt du schon. Klar. Ich hab's ja eben gesagt.« Ich fuhr mir mit der freien Hand durch die Haare. »Zusammen mit all dem anderen peinlichen Zeug.«

Er lachte.

Ich hatte mich grade in die peinlichste Situation gebracht seit Heinrich Lübkes »Liebe Damen und Herren, liebe Neger«, und er lachte!

»Ich kann mir das ganz gut vorstellen, wie du jetzt da stehst«, sagte er.

Jetzt wurde ich neugierig. »So? Wie stehe ich denn da?«

»Du hältst dir mit der rechten Hand das Handy ans Ohr, überlegst, wie du mich am schnellsten los wirst, und vor dir steht ein kleiner grüner Rucksack«, antwortete er.

Unwillkürlich sah ich nach unten auf meinen Rucksack, der tatsächlich grün war. Ich war geplättet.

»Woher weißt du das?«, fragte ich.

»Das mit dem Loswerden oder das mit dem Rucksack?«

»Das mit dem Rucksack.«

Ich musste lächeln.

»Du hast gesagt, du bist im Fitness-Studio, also hast du bestimmt deinen Rucksack dabei. Den grünen, den du gestern auch mithattest.«

Blöd war der Typ jedenfalls nicht, und er schien das mit der Niete ziemlich gut weggesteckt zu haben.

»Ich glaube, ich muss mich bei dir entschuldigen«, sagte ich nach einer kleinen Pause.

»Ja, das glaube ich auch«, antwortete er, »obwohl ich sonst wahrscheinlich nie so ehrlich erfahren hätte, was du von mir hältst.«

»Ich kenn dich ja gar nicht. Vielleicht wollte ich nur meine Story aufpeppen, als ich gesagt habe, du seist eine …«

Mist, jetzt hatte ich mich genau dahin manövriert, wo ich nicht hinwollte.

»Niete«, ergänzte er, »das war glaub ich das Wort.«

»Oh, Mann. Tut mir Leid«, stöhnte ich, »ich kann mich nur entschuldigen.«

Ich hörte, wie er Luft holte und sich sein Ton veränderte:

»Ich gebe zu, ich hab mir das Gespräch auch ein bisschen

anders vorgestellt. Und du kennst mich wirklich nicht. Irgendwie hab ich jetzt das Gefühl, ich müsste meine Ehre retten. Wie wär's, wenn du deinen Vertrag kündigst, und ich rufe dich in zehn Minuten noch mal an. Du kannst es ja bei einer Tasse Kaffee wieder gutmachen.«

Jetzt war ich im Zugzwang. Der Typ schien erstaunliche Nehmerqualitäten zu besitzen, aber ich konnte mir beim besten Willen nicht vorstellen, dem Mann, dem ich grade von meiner Zellulitis und meinem nicht existierenden Sexualleben erzählt hatte, gegenüberzutreten, ohne dass mindestens ein Handy zwischen uns war. Auf der anderen Seite wollte ich ihm, jetzt wo er mir sympathisch geworden war, nicht dieselbe blöde Abfuhr geben, wie ich sie heute Morgen erhalten hatte.

Also erklärte ich: »Das ist im Moment ungünstig. Ich bin heute den ganzen Tag unterwegs.«

Emotionslos sagte er: »Du willst mich doch loswerden.«

»Nein«, log ich.

»Und wenn ich dich später anrufe?«, schlug er vor.

Jetzt fing ich an, mich zu winden. »Du, später bin ich wahrscheinlich am Arbeiten und es kann sein, dass ich dann nicht rangehe.«

»Ich kann dir ja 'ne Mail schicken. Die kannst du dann lesen, wenn du Zeit hast.«

Mann, war der hartnäckig. Ich war beeindruckt. Meine Mail-Adresse. Das war eine Möglichkeit. Mails kann man beantworten, wann man will, der andere ist weit weg, und mehr als einen Virus schicken konnte er mir schließlich nicht.

»Hast du was zu schreiben?«, fragte ich lächelnd.

Als ich nach Hause kam, machte ich den Computer an, noch bevor ich die Jacke auszog.

Kirsten streckte den Kopf zur Tür herein und fragte: »Wie war's beim Training?«

»Hab gekündigt.« Ich starrte auf den Bildschirm.

»Willst du nicht deine Jacke ausziehen?«

»Willst du nicht die Tür von außen zumachen?«

»Langsam habe ich dein Frage-Gegenfrage-Spiel satt«, sagte sie beleidigt und schloss die Tür mit einem Rums, der mir sagen sollte: »Du bist zu weit gegangen. Diesmal bin ich wirklich sauer.«

Ich startete mein Mailprogramm. *Ute Nehrbach hat 12 neue Nachrichten.* Hastig scrollte ich runter durch die Spam-Flut, und da lag sie: funkelnd und neu wie der junge Frühling. Meine Mail.

Doppelklick.

Hallo Ute.

Ich hab echt lange überlegt, wie ich dich anreden soll. Oder anschreiben soll? Ich konnte ja nicht liebe Ute schreiben. Ich glaub, du würdst nicht wollen, dass dich eine Nite mit Liebe Ute anspricht. Oder anschreibt. Ha, ha, okee, ich zieh dich jetzt damit nicht merh auf.
das mit den Kaffee klappt wohl nicht. Wäre schon toll, dich mal zu treffen. Es muss ja nicht Kaffee sein. Ich trink auch Tee. Ha, ha. War nicht ernst gemeint. Wir können uns auch abends treffen. Nur chillen.

Du hast mich auf der Partie schwer beeindruckt.

Michael

Jetzt war ich verwirrt. Chillen? Mein Gott, wie alt war der denn? Und dann diese Rechtschreibfehler! Las der sich seine Mails nicht noch mal durch, bevor er sie abschickte? Eben am Telefon hatte der Junge doch einen ganz fitten Eindruck gemacht. Und jetzt schrieb er Niete ohne e. Na, schön, dachte ich, es ist nicht jeder gut im Tippen, aber »Partie«? War das jetzt die neue Rechtschreibweise oder hatte der Typ sich sein Abiturzeugnis aus dem Internet gezogen? Oder war das vielleicht gar keiner von der Uni? Wieso war der dann auf dem Fest? Ganz offensichtlich gab es nur eine Möglichkeit, das herauszufinden. Ich bewegte die Maus auf »ANTWORTEN« und klickte.

Lieber Michael,

schrieb ich

ich wähle jetzt mal diese Form der Anrede, weil ich glaube, ich habe einiges wieder gutzumachen. Auch wenn ich im Moment nicht weiß wie. Zur Zeit habe ich ziemlich viel zu tun, und mit einem Treffen sieht es eher schlecht aus. In der Nähe vom Uni-Gelände bin ich fast nie. Mich hat eine Freundin mit zu der Party geschleppt. Vielleicht ist sie ja eine Dozentin von dir. Sie heißt Kirsten Spanth.

Also, ich hoffe, du hast unser missglücktes Telefongespräch einigermaßen verdaut, und ich wünsche dir ein schönes Sommersemester.

Liebe Grüße,
Ute

P. S.:
Wieso habe ich dich beeindruckt?

Ich las mir die Mail noch mal durch. Auf die vielen Uni-Anspielungen musste er auf jeden Fall eingehen. Vielleicht hätte ich Kirstens Namen nicht preisgeben sollen. Aber wenn er an ihrem Institut verkehrte, kannte er sie sowieso, und wenn nicht, konnte er damit nichts anfangen; wir standen beide nicht im Telefonbuch. Der Satz mit dem Sommersemester war vielleicht ein bisschen unterkühlt, aber so wirkte es, als sei ich völlig gleichgültig, was unsere noch nicht vorhandene Beziehung anging. Und mit dem PS ließ ich ihm eine Hintertür offen, falls er doch zurückschreiben wollte.

Jetzt meldeten sich bei mir allerdings Zweifel. War das ein Schritt in die richtige Richtung? Eine Affäre mit einem viel jüngeren Mann anzufangen ist doch der absolut sicherste Weg in den Frust, dachte ich, und mein Drache sagte: ›Ein, zwei Monate, quälst du dich damit ab, ihn zu beeindrucken und der Hecht im Bett zu sein, und eines Tages erwischst du ihn beim Chillen mit irgendeinem von Millies Brunchopfern.‹

Ein paar Minuten lang starrte ich durch den Bildschirm hindurch ins Leere und trommelt sachte mit den Fingern auf der Tastatur.

Dann schickte ich die Mail ab.

## Von Männern und Hasen

Der Vorteil von Mails gegenüber Telefongesprächen ist, dass man denjenigen, von dem man noch nicht so genau weiß, was man von ihm halten soll, nicht am Ohr hat. Man muss nicht direkt reagieren. Es entstehen keine peinlichen Pausen, und wenn man keinen Bock mehr hat, kann man den Computer einfach ausschalten und später weiterschreiben. Die schlechte Nachricht ist: Man wartet.

Alle halbe Stunde, von morgens nach dem Aufstehen (also in meinem Fall ab zwölf) bis nachts um halb drei ruft man seine Mails ab, um nachzusehen, ob nicht doch schon eine Antwort gekommen ist.

Das heißt, 29-mal, in Worten neunundzwanzig, wurde ich am Tag, nachdem ich meine Mail abgeschickt hatte, enttäuscht. Dasselbe Spiel an den beiden darauf folgenden Tagen. Dann kam das hier:

Liebe Ute.

wie geht es dir? Hast du noch so viel zu tun? Ich hab mich über deine mail gefreut. Die letzten zwei Tage war ich offline und heute dann die Freude: ine mail von dir!
Das mit der Uni macht nichts. Ich bin auch nie da. Ich arbeite in der Schmiede. Jetzt bist ud wohl entäuscht.

Melde dich doch mal, wenn du ein eisernes Eingangstor brauchst, ha, ha ...

Ich trinke immer noch gerne Kaffee.

Michael.

»Und was ist mit dem Beeindrucken? Wieso hab ich dich beindruckt???«, schrie ich den Bildschirm an. Na, das war ja wohl die langweiligste Mail, seit heute Morgen die Rückbestätigung meiner Bahnfahrkarten gekommen war. Den tiefen Teller hatte er offenbar nicht erfunden. Und was sollte immer dieser Punkt nach der Anrede?

Am unteren Bildschirmrand poppte ein Fenster auf:

*Sie haben 1 neue Nachricht.*

Ich las:

Liebe Ute.

ich hab vergessen zu schreiben, warum du mich beeindruckt hast:
du standst da in der Ecke und sahst in Richtung Tansfläche. Ich hörte auf mich zu bewegen und sah dich an. Alle die Heinze um dich rum waren pausenlos am reden und die Frauen zappelten rum und gackerten wie die Hühner. Du warst ganz ruhig und dann hast du dich abgestossen und bist los. Mitten durch die Tansfläche und ich dachte: Wenn die Frau sich mal entschlossen hat kann sie keiner mehr aufhalten.

Das wollte ich dir noch sagen.
Und das du schöne fingernägel hast.

Michael

Ich lehnte mich zurück und starrte auf den Bildschirm. Mit dem Daumen strich ich über die Leertaste und versuchte einzuordnen, was ich da grade gelesen hatte. Der Typ hatte ein Bild von mir gezeichnet, das ich überhaupt nicht kannte. Er hielt mich für entschlossen und durchsetzungsfähig. Ich konnte das jetzt auf seine Jugend schieben und seine mangelnde Menschenkenntnis, aber ich musste zugeben, dass es mir schmeichelte. Und es gefiel mir, mich so zu sehen. Aber was zum Geier war denn das mit den Fingernägeln? Was konnte er denn daran finden? Meine Fingernägel waren kurz geschnitten und weder manikürt noch lackiert. Noch eine Verwechslung würde ich nicht ertragen. Vielleicht sollte ich ihm einfach ein Foto vom letzten Sommer schicken, wo ich nur mit einer Unterhose und einem Schlabber-T-Shirt breitärschig auf dem Balkon im Liegestuhl saß, mit der Unterschrift: »Nur, damit wir uns richtig verstehen: An diesem Körper wird sich nichts ändern.«

Ja. Und wenn er gar nicht interessiert war an meinem Körper? Genau! Das musste es sein. Wahrscheinlich suchte er eine mütterliche Freundin.

»Wenn die Frau sich mal entschlossen hat, kann sie keiner mehr aufhalten.«

Das klang doch wie: »Von der Sowjetunion lernen, heißt siegen lernen.« Hatte ich Bock, einem halb gebildeten Kunstschmiede-Lehrling meine mühsam zusammenerlebten Erfahrungen einzutrichtern?

Schon wurde ich wieder schwankend und dachte: Jetzt hör auf. Du bist ungerecht. Vielleicht hat er schon ausgelernt. Das Schmiedehandwerk hat sicher goldenen Boden. Er führt ein ausgefülltes Leben mit Wunschberuf und praller Brieftasche und ist ein weltoffener, unvoreingenommener junger Mann. Für ihn steht die Altersfrage nicht im Vordergrund. Er findet dich interessant und möchte dich näher kennen lernen. Weiter nichts. Mach dir nicht ins Hemd.

Ich atmete tief durch und setzte mich gerade hin. Ja. Der Gedanke war angenehmer. Und schon lief der Videorekorder in meinem Hirn wieder an. Nur mit einer anderen Kassette. Ich sah Menschen jeden Alters, Frauen, Männer und sogar kleine Kinder, die in der Schmiede vorbeischauten und freundlich in den dunklen Raum riefen: »Servus, Michael! Wie geht's?« Sie lachten und sagten Dinge wie: »Danke für den Tipp mit der Rostschutzfarbe. Das hat super funktioniert!« Eine alte Dame mit Stützstrümpfen und blasslila Haaren lobte: »Ach, Michael. Du guter Junge. Die neue Gehhilfe von dir ist eine große Erleichterung. Man hat sich ja doch geplagt mit dem Schieben. Und jetzt geht das viel leichter. Ich kann sie sogar alleine die Stufen vor dem Haus runtertragen. Vielen Dank, mein Junge!« Als schließlich ein kleiner blonder Junge traurig sein Kinderfahrrad in den Hof schob und ein älterer Herr sich zu ihm runterbeugte und ihn tröstete: »Keine Angst. Der Michael, weißt du, der ist Schmied, der kann dir die Stützräder im Handumdrehen wieder anschmieden«, drückte ich innerlich die Stopptaste.

Ich stand auf und lief Slalom durch meine Papierstapel auf dem Boden. Neben dem Bett stand noch eine Flasche Wasser von gestern. Trinken war eine gute Idee. Anscheinend war mir der Verstand ausgedörrt. Nachdem ich die Flasche wieder abgesetzt und den Deckel zugeschraubt hatte, fiel mir auf, dass dieser

Michael in meinem Film nicht einmal zu sehen gewesen war. Jetzt erst bemerkte ich, dass ich mich überhaupt nicht an sein Gesicht erinnern konnte. Nur, dass er mir dünn und unscheinbar vorgekommen war.

Sind Schmiede nicht große, bärtige Riesen mit einem Kreuz wie ein Schrank?, sinnierte ich. Aber dann, während ich die Flasche zurück auf den Boden stellte, dachte ich achselzuckend: Er ist ja auch kein richtiger Schmied, sondern nur Kunstschmied.

Ich verließ mein Zimmer in Richtung Küche, ohne zu wissen, was ich da wollte. Trotzdem ging ich sofort wie ferngesteuert zum Kühlschrank. Ich gehe immer zuerst zum Kühlschrank, wenn ich die Küche betrete. Manchmal denke ich, Küchen wurden nur erfunden, damit man etwas um die Kühlschränke drum rumbauen konnte. Wenn ich früher ratlos war, konnte ich mir immer über die nächsten fünf Minuten hinweghelfen, indem ich erst mal eine rauchte. Jetzt musste eben die Kühlschranktür als mein kleines Zeitfenster herhalten. Ich machte auf:

Margarine, Marmelade, unten die üblichen Senf-, Essiggurken- und Mayonnaise-Gläser und im obersten Fach eine ganze Reihe Joghurt. Ich mag keinen Joghurt. Ich finde, breiige Kost ist was für Kleinkinder und alte Leute.

Ich zog das Gemüsefach auf und sah hinein: Ganz hinten, unter einer halben, eingetrockneten Salatgurke und dem kümmerlichen Rest dessen, was mal Staudensellerie gewesen war, schimmerte etwas durch. Es glitzerte golden, und als ich es herausgefischt hatte, war ich wenig erstaunt, einen in Stanniol verpackten Osterhasen in der Hand zu halten. Das war typisch Kirsten: Wir waren schon über Pfingsten hinaus, und sie kaufte noch reduzierte Osterartikel. »89 Cent, da kann man nicht meckern, und Schokolade ist Schokolade«, hatte sie Ende Januar über die acht Nikoläuse gesagt, die sie anschleppte.

Ich bin da anderer Meinung. Schokolade schmeckt ganz anders, wenn man sie von einer Tafel abbricht, als wenn sie dünnwandig im Mund zerknispert. Wenn es mir nur um die bloße Schokoladenmasse ginge, könnte ich mir auch einen Topf Kakao, Milch und Zucker in den Bauch gießen. Nein! Entscheidend ist selbstverständlich die Konsistenz! Die Temperatur! Hohlkörperschokolade muss natürlich aus dem Kühlschrank kommen! Bei Raumtemperatur schmilzt so ein kleiner Weihnachtsmann viel zu leicht und er knispert nicht im Mund.

Eine Tafel Schokolade ist wie ein Laib Brot. Eine gleichförmige Masse. Jeden Tag schneidet man ein Stück ab, und eine Scheibe ist wie die andere. Aber nehmen wir nur einen simplen Schokoladenosterhasen, so bietet er mindestens vier verschiedene Stufen des Genusses.

Zuerst beißt man schräg das eine Ohr an. Man hat einen dicken Brocken Schokolade im Mund und befühlt mit der Zunge gleichzeitig die glatte, halbrunde Oberfläche und den scharf abgebrochenen Rand. Dann nimmt man den Hasen in die linke Hand, kneift ein Auge zu und schaut zum ersten Mal in sein Inneres. Dunkel, kühl und doch verheißungsvoll erscheint es. Die andere Hand greift beherzt nach dem Stanniolpapier und wickelt das Tier komplett aus. Anerkennend staunt man über das kunstvoll gezeichnete Hasengesicht und wirft einen letzten Blick auf die perfekte Form. Dann bricht man mit der Rechten das erste Stück Wand aus dem Gesicht, und ab da ist kein Halten mehr. Wie ein Kannibale macht man sich gierig daran, die ganze Figur auseinander zu brechen, wahllos immer größere Stücke in den Mund zu stopfen, bis man schließlich, wenn man am Boden ankommt, wo die Schokolade etwas dicker ist, eigentlich schon übersättigt ist. Man ahnt, dass einem hinterher fürchterlich schlecht sein wird, aber der Schokoladenrausch hat einen schon zu weit fortgerissen, als dass ein Umkehren noch in Frage käme. Einen Osterhasen kann man nicht halb angefressen liegen lassen! Einen Osterhasen muss man restlos vernichten! Mit übervollem Mund kaut man auf den letzten dicken Bodenbrocken, und noch bevor man geschluckt hat, zerreibt man in einer finalen Geste die goldene Hasenhülle zwischen den kakaoverschmierten Händen.

So einen Exzess gönnt man sich nur einmal im Jahr: an Ostern! Und nicht hinterher.

Ich stellte das Tier zurück und schloss die Kühlschranktür. Ob ich mir einfach einen Kaffee machen sollte? Die Chance, dass ein mir unbekanntes Heinzelmännchen über Nacht die Espressokanne sauber gemacht hatte, war gering, und ich hatte keine Lust, unter kaltem Wasser die Kaffeekrümel vom Dichtungsring zu kratzen. Ich hob den Deckel an und sah in die Kanne: Es war noch genug Espresso für eine Tasse übrig. Ich müsste nur Milch heiß machen. Die Frage war, ob man Espresso vom Vortag trinken kann. Wurde der über Nacht schlecht? Eigentlich war er ja nur kalt. Aber was wusste ich denn über unsichtbare Koffein-Metall-Reaktionen?

Während die Milch warm wurde, dachte ich über meinen merkwürdigen Mailwechsel nach.

Was, wenn Schmied-Michael, wie ich ihn mittlerweile in Gedanken nannte, der für mich bestimmte Schokoladenhase war und ich Ostern verpasst hatte? Mein Gott, ich war 38 und hatte noch nie woanders Sex gehabt als im Bett. Okay, das eine Mal auf dem Fußboden im Flur mit Thomas, aber das war total unbequem gewesen, und hinterher hatten wir eine Stunde lang den Teppich schrubben müssen, damit seine Eltern nichts mitbekamen. Ich starrte in den Milchtopf und versuchte mir vorzustellen, was ich alles an akrobatischen Kunststückchen aufbieten müsste, um mit den jungen Frauen mitzuhalten, die Schmiedi normalerweise mit schwarz verschmierten Händen auf der Werkbank vernaschte. All diese langbeinigen, flachbäuchigen Politologie-Studentinnen, die seit der Party bei ihm Schlange standen, ihre Jeans runterzogen und ihm ihre tätowierte Arschbacke zeigten mit den Worten: »Kannst du mir dazu ein passendes Piercing schmieden?« Ich hatte noch nicht mal Ohrlöcher.

Die Milch kochte hoch, und ich schaltete schnell das Gas aus. »Du bist eine bösartige, verdorbene alte Frau«, sagte ich halblaut zu mir selbst und dachte an den Satz über meine Fingernägel. Entweder war der Kleine ein ganz durchtriebenes Stück, der genau wusste, wie man Frauen verblüfft, oder er war einfach ein netter Junge.

Ich füllte den kalten Kaffee mit der heißen Milch auf und ging zurück an den Computer.

Ich schrieb:

Hallo Michael,

danke für das Kompliment. Zwar werde ich kein schmiedeeisernes Eingangstor brauchen, bevor ich nicht im Lotto gewonnen und mein Schloss an der Loire bezogen habe, aber ich trinke auch gern Kaffee. Die nächsten Tage bin ich ziemlich im Stress, aber am Wochenende hätte ich Zeit.

Liebe Grüße,

Ute

Ohne zu zögern oder den Text noch mal durchzulesen, schickte ich das Ding ab. Das mit dem Stress war natürlich gelogen, aber ich wollte Zeit gewinnen. Heute war Dienstag, und so hatte ich noch mindestens drei Tage Zeit, mich auf mein Date vorzubereiten.

In der Küche hörte ich Kirsten rumoren, und anhand der Geräusche, die sie machte, konnte ich erkennen, dass sie sauer auf mich war. Das war wie früher, als wir schweigend um den Küchentisch saßen, wenn mein Vater in den Hof einfuhr, und wir nur an der Art, wie er die Autotür zuwarf, hören konnten, wie viel Bier er getrunken hatte. Alkoholikerkinder können so was.

Ich wusste, Kirsten verlangte jetzt nach meiner Aufmerksamkeit. Ich stand auf und ging zu ihr. Sie räumte grade die Spülmaschine aus und tat so, als hätte sie gar nicht bemerkt, dass ich die Küche betreten hatte. Weil mir nicht klar war, wo ich mit einer Entschuldigung ansetzen sollte und ob überhaupt eine fällig war, lehnte ich mich erst mal an den frisch renovierten Büffetschrank und schwieg. Ich überlegte, ob es immer noch darum ging, dass ich sie vor drei Tagen aus meinem Zimmer geworfen hatte. Aber wenn ich ehrlich war, war das mehr so ein Alibi-Nachdenken, denn wir waren uns seitdem nur flüchtig zwischen Tür und Angel begegnet. Es konnte also nichts Neues dazugekommen sein.

Bis bei Kirsten das Maß voll ist, kann man eine Menge reinschütten, aber wenn es überläuft, läuft es lange. Sie stapfte zwischen Spülmaschine und Schrank hin und her und räumte mit eckigen, hektischen Bewegungen das Geschirr ein. Ich hätte ihr geholfen, aber ich wollte nicht zwischen die Fronten geraten. Wie sie den Raum durchpflügte und mit einer fahrigen Bewegung zwischendurch eine ihrer langen blonden Haarsträhnen zurück in die Spange am Hinterkopf stopfte, wirkte sie auf mich bedrohlich und lächerlich zugleich. Eine Weile lang sah ich zu, wie sie manche Töpfe aus zu großer Höhe auf andere Töpfe knallen ließ und vier Teller auf einmal mit einem kräftigen Ruck und lautem Scheppern aus der Maschine holte.

Dann hielt ich es nicht mehr aus, drehte mich um und ging wieder in mein Zimmer.

Gleich darauf flog die Tür auf, Kirsten wehte herein und sagte, noch bevor sie zum Stehen kam: »Ja, ich bin sauer! Ja, ich warte auf eine Entschuldigung! Du kannst dich gerne in deinem Zimmer verschanzen, aber warte bloß nicht darauf, dass ich als Erste wieder angekrochen komme!«

Dann schloss sie den Mund, sah mit flackernden Augen durch mich hindurch und schnaufte. Jetzt wurde ihr offenbar klar, dass sie genau das gerade getan hatte. Es war zwar kein Kriechen, mehr ein Durch-die-Tür-brechen, aber sie war zu mir gekommen, obwohl ich mich von ihr abgewendet hatte. In einer sinnlosen Geste stopfte sie sich das Geschirrtuch, das sie in der rechten Hand gehalten hatte, halb in die Hosentasche und stand dann da wie ein manövrierunfähiger Panzer. Ich durfte jetzt nicht lachen, also sagte ich gar nichts, sondern sah sie nur mit unbewegter Miene an. Sie wischte sich die Hände an den Hüften ab, als wären sie befleckt, und verließ das Zimmer.

Ich stand auf und schloss die Tür hinter ihr. Eigentlich schämte ich mich dafür, dass ich sie so hatte gehen lassen, aber ich kann mit Menschen nicht umgehen, wenn sie emotional so aufgebauscht sind. Deswegen kann ich mich auch nicht richtig streiten. Ich kann zwar hässlich und gemein werden, aber ich schreie nicht. Je mehr mein Gegenüber aus sich rausgeht, sich aufbläht, mich angreift, desto ruhiger werde ich. Es ist, als ob ich ständig erhöht auf einem Hügel sitze, und wenn mir danach ist, dreh ich den Hahn auf und lasse Wasser einlaufen. Das fließt dann rund um mich herum, und ich sitze sicher im Trocknen.

Ich schlich durch den Flur an der dunklen Küche vorbei ins Bad. Kirsten hatte sich in ihr Zimmer verzogen. Während ich mir die Zähne putzte, dachte ich: Bis morgen hat sie sich wieder beruhigt. Ich bin müde. Ich muss mich jetzt nicht darum kümmern.

Ich spuckte aus, spülte, löschte das Licht im Bad und trottete zurück in mein Zimmer. Als ich im Bett lag, schlief ich sofort ein und fing an zu träumen.

## Der Traum

Das war unsere alte Wohnung. Ich erkannte sie sofort wieder. Die Wohnung mit dem Balkon, ganz oben im dritten Stock. Merkwürdig, dass ich nie von meinem Kinderzimmer träume oder von der Küche, in der sich unser halbes Familienleben abspielte. Auch nicht von der Ecke im Flur, wo die Kommode stand. Darüber der Spiegel und links an der Wand das graue Telefon. Unser erstes. So hoch angeschraubt, dass nur die großen Kinder rankamen. Die Kleinen mussten auf die Kommode klettern. Stunden hatte ich auf dieser Kommode zugebracht. Sitzend. Auf den einen Anruf wartend. Den von Jens. Oder Thomas. Oder wer eben gerade aktuell war und der wichtigste Mensch auf der Welt. Man konnte nie wissen, wann er anrief. Ob er anrief. Aber wenn das Telefon klingeln sollte, wollte ich auf jeden Fall die Erste sein, die den Hörer in die Hand nahm, bevor mein Vater rangehen konnte, um in einem alkoholisierten Anflug von Erziehungsauftrag zu lallen: »Meine jüngste Tochter hält es nicht für nötig, ihrem alten Vater mitzuteilen, mit wem sie gerade geht, oder wie nennen sie das, junger Mann?«

Mein Traum begann wie immer im Wohnzimmer, mit Blick auf den Balkon. Ich stand da mit nackten Füßen auf dem weichen Persianerteppich und blickte nach draußen. Die Balkontür war geöffnet und ein Windhauch blähte die bodenlange, weiße, halb durchsichtige Gardine. Draußen schien die Sonne an einem Himmel, der blau war wie ein Opel Kadett in den Siebzigern, und ich stieg über den Balkontürrahmen ins Freie, ohne den Vorhang beiseite zu schieben. Ich ging einfach geradezu und ließ den zarten Stoff wie einen Schleier über meinen Kopf gleiten. Ich trat ans Geländer und sah nach unten: Drei Stockwerke unter mir lag der grüne Rasen, der zwischen unserem und dem nächsten Mietshaus lag. Er war wunderschön und über und über bedeckt mit weißen Tupfen von Gänseblümchen. Und am Rand der Wiese, wo die Straße anfing, standen zwei Gestalten, die winkten und gestikulierten mit beiden Händen. Sie riefen etwas in meine Richtung, in einer Sprache, die ich nicht verstehen konnte. So etwas wie: »Li vä rungfü rute närah.«

Sie ruderten verzweifelt mit den Armen und zeigten in Richtung Straße, wo ihr Auto stand, und schrien, die Hände zum Trichter geformt, so laut sie konnten: »Liiiiiii vährung fü ruuuuuuuuteeeeeenääärah.«

Ich drehte mich zu Kirsten, die auf einmal links von mir an der Hauswand lehnte. »Verstehst du, was die wollen?«, fragte ich und mir fiel auf, dass sie irgendetwas zwischen den Fingern drehte, einen kleinen runden Gegenstand, an dem sie rumfingerte.

Ohne aufzusehen, sagte sie: »Weil du nicht zuhörst.«

Ich strengte mich an, versuchte, alle anderen Geräusche auszublenden, und konzentrierte mich nur auf diese Rufe. Und da sauste die Stimme plötzlich, mit blitzartiger Geschwindigkeit, an mein Ohr. Wie eine Ohrfeige, von einem 30 Meter langen Arm geschlagen, klatschte sie auf mein Trommelfell, und eine nüchterne Männerstimme, die in meinem Kopf zu sitzen schien, sagte wie ein Nachrichtensprecher in Zimmerlautstärke: »Lieferung für Ute Nehrbach.«

Ich drehte mich zu den beiden Männern und rief hinunter: »Das kann nicht sein! Ich wohn doch nicht mehr hier!«, aber da machte der eine schon Zeichen, dass er rumkommen würde, und es blieb mir nichts anderes übrig, als auf den Türöffner zu drücken.

Während ich in der geöffneten Tür wartete, hörte ich das Keuchen der Paketboten im Treppenhaus und wie etwas Großes an der Wand entlangschrappte. Was um Gottes Willen wurde da angeliefert? Ich trat einen Schritt aus der Wohnungstür und spähte hinunter. Als sie nur noch ein paar Stufen entfernt waren, konnte ich sie erkennen: Es waren der junge und der alte Pförtner aus dem Fitness-Studio und sie trugen irgendein riesiges, weißes Pappding.

»Kirsten, komm«, rief ich in die Wohnung, »das musst du gesehen haben!«

Aber Kirsten bewegte sich nicht. Sie stand auf dem Balkon, knubbelte an dem kleinen Ding rum, und aus ihren Händen rieselten kleine weiße Bröckchen.

Die beiden Männer kamen mit der Pappe die letzten Stufen hoch und ächzten. Das Ding war mindestens zwei mal drei Meter groß.

Ich sagte: »Das hab ich nicht bestellt.«

Der Alte antwortete: »Wir machen hier nur unsere Arbeit. Wie Sie das Layout hinkriegen, ist Ihre Sache.«

»Ich will das Ding nicht in der Wohnung haben«, beharrte ich, während sie das Riesenteil ins Wohnzimmer wuchteten. Durch die offene Balkontür rief ich: »Kirsten, hilf mir doch!«

Aber sie lehnte nur weiter an der Wand, bearbeitete das kleine runde Ding zwischen ihren Händen und sagte gelangweilt: »Wenn du so große Aufträge annimmst, musst du so große Aufträge erfüllen.«

Ich wollte etwas sagen, aber ich konnte nicht. Ich würgte nur. Etwas bahnte sich den Weg durch meinen Schlund. Zuerst dachte ich, ich müsste kotzen, aber dann spürte ich, dass es etwas Lebendiges war. Etwas wollte von mir geboren werden, und zwar durch den Mund. Der alte Mann sah mich ruhig durch seine kleinen Brillengläser an und wickelte ein Leberwurstbrot aus. Auf dem Gesicht des jungen Medizinstudenten-Pförtners spiegelten sich Ekel und Entsetzen wider, als er mir stirnrunzelnd zusah, wie ich würgte und dabei hustete und mich krümmte. Schließlich schoss etwas aus meinem Mund.

Es war ein silbernmetallicfarbenes Aufklapp-Handy, und es flatterte wie ein Vogel durch die Luft. Auf seiner Außenseite war mit dicker Kugelschreiberschrift eine Nummer geschrieben und ein Herz. Und ich versuchte verzweifelt, es einzufangen. Den Blick nach oben gerichtet stolperte ich durch das Wohnzimmer und rannte dabei abwechselnd in die Leute, die mir im Weg standen, taumelte, drehte mich um meine eigene Achse und versuchte, das Handy einzufangen. Der junge Medizinstudenten-Pförtner hatte jetzt einen weißen Kittel an und sagte: »Jetzt beruhigen Sie sich doch. So was ist in ihrem Alter völlig normal.«

Ich stolperte auf den Balkon. Das Handy flatterte direkt vor meiner Nase. Ich reckte mich weit über die Brüstung, kippte vornüber und fiel. Dann plötzlich, als würde ein Stück Film fehlen, endete der Fall ohne Aufprall und ich lag in der Wiese.

Ausgestreckt auf dem Rücken lag ich da. Ich schien unverletzt zu sein und bewegte mich vorsichtig. Der Boden unter mir knirschte. Drei Stockwerke über mir auf dem Balkon stand Kirsten. Obwohl ich jetzt viel weiter weg war, konnte ich endlich erkennen, was sie zwischen den Händen hielt. Es war ein Ei, und sie schälte es in einer stoischen Bewegung. Sie drehte es unablässig in ihren Händen, schälte es, und es wurde trotzdem nicht weniger. Kleine weiße Kalkstückchen fielen aus ihren Händen,

Stückchen, die größer wurden, während sie auf mich herabfielen.

Ach, dachte ich, das sind gar keine Gänseblümchen auf meiner Wiese. Das sind Millionen und Abermillionen von hässlichen, harten Eierschalen.

Alles geschah jetzt schneller, von einer Sekunde zur anderen fing ich an zu weinen, drehte mich auf alle viere, begann davonzukrabbeln, und als ich den Blick hob, hielt mir jemand das Handy hin, das jetzt einen Spalt weit aufklaffte: In seinem Inneren lag lecker duftendes, knusprig braunes Dönerfleisch mit frischem tautropfenden Salat. Und das Handy ruhte in einer perfekt geformten, männlichen Hand, die aus dem Ärmel einer Jeansjacke schaute. Den Ärmel hoch wanderten meine Augen über den gespannten Stoff an der Schulter hin zum lässig ausgefransten Jeanskragen, in dem ein glatter, sonnengebräunter, muskulöser Hals steckte; und etwas weiter oben der mir vertraute, halb geöffnete, leicht spöttische Mund. Das war der Typ, der vor vier Wochen vor meiner Haustür aufgetaucht war. Er ging in die Hocke und senkte den Blick zu mir herab. Dabei fiel ihm eine dunkelbraune Haarsträhne in die Stirn. Er lächelte und sagte:

»Wir müssen ja nicht gleich in die Tiefgarage, wie können auch einfach nur zusammen dönern.«

## Die Suche

Als ich aufwachte, tastete ich auf dem Boden neben dem Bett nach meinem Handy und war erleichtert, dass es nicht verschmiert war. Wieso träumte ich von einem Typen, dem ich vor vier Wochen den Laufpass gegeben hatte, noch bevor überhaupt irgendwas passiert war? Wieso träumte ich nicht von meiner Verhaftung aufgrund eines neuen Gesetzes zum Schutz von jungen Schmieden vor verblühenden Frauen mit Torschlusspanik? Offenbar hatte das Döner-Date in meinem Unterbewusstsein mehr Eindruck hinterlassen als das Bild vom unbekannten Kunstschmied.

Ich zog meine Unterhose an und taperte Richtung Bad. Mir war bewusst, dass Kirsten alles von mir gesehen hatte, was mein Frauenarzt auch schon gesehen hatte, aber trotzdem wollte ich ihr den Anblick von mir mit einem Schlaf-T-Shirt an und unten rum nichts außer Zellulitis und einem Paar Ringelsocken ersparen. Ich hörte die Dusche rauschen und beschloss, ein Versöhnungsfrühstück für uns beide zu machen. Zuerst musste der Tisch freigeräumt werden von Zeitschriften, leeren Flaschen, dem zugewachsten, gusseisernen Kerzenständer und einem Haufen von Münzen, Büroklammern, halb leeren Streichholzbriefchen und kaffeebefleckten Bestellservice-Zetteln.

Ich war erst zufrieden, als die zugemüllte Küchentischplatte sich in eine vollkommen leere Fläche verwandelt hatte, und begann, sie mit Spülschwamm und Scheuermilch zu bearbeiten.

Dann wischte ich zweimal mit klarem Wasser nach und rieb die Platte sorgfältig mit einem sauberen Geschirrhandtuch trocken. Nun konnte ich anfangen: Espresso und Milch aufsetzen, Eier aufschlagen, Tomatenscheiben schneiden und Orangen auspressen. Das bricht ihr das Herz, dachte ich, das oder die Tatsache, dass ich die Tomatenscheiben alle einzeln durch zwei präzise Schnitte im 45-Grad-Winkel vom Strunk befreit habe. Um ganz sicher zu gehen, setzte ich auf gebratenen Speck. Das mit dem Braten war zwar ein Risiko, weil die Dinger bei mir immer entweder labberig blieben oder anbrannten, aber ich wusste, der Duft würde sich genau in Nasenhöhe durch den ganzen Flur bis zur Badezimmertür schlängeln und meine verfressene Mitbewohnerin milde stimmen. Kirsten isst für ihr Leben gern und zwar am liebsten fettiges Zeug. Mit ihren 1,82 m Körpergröße, den stämmigen Hüften und ihrer spärlichen Oberweite wirkt sie wie eine ehemalige Stabhochspringerin, dabei kann sie ihren rechten Fuß nicht vom linken unterscheiden.

»Was brutzelst du denn da?«, hörte ich sie rufen, noch bevor sie zu sehen war, »ist das Speck?«

Ich wollte antworten: ›Nein, das riecht nur so. In Wahrheit brat ich dir einen Storch‹, aber das Stichwort hieß Versöhnung, also hielt ich den Mund und hantierte weiter am Herd.

Ich hörte sie hinter mir reinkommen, und als sie sich setzte, stellte ich ihr sofort einen Teller mit Rührei, Tomatenscheiben und duftendem Speck vor die Nase.

»Ist leider ein bisschen angebrannt«, sagte ich, während ich um den Tisch ging.

»Ach, das macht doch nichts. Hm, wie das riecht!«, schwärmte sie, »und du hast sogar frisch gepressten Orangensaft gemacht!«

»Ja«, lächelte ich, »der ist mir gelungen«, und setzte mich ihr gegenüber.

Sie fing an, die verkohlten Speckränder abzuschneiden und mit dem Messer über die Tellerrandklippe auf die frisch geputzte Tischplatte zu schieben.

Ich lächelte tapfer dazu und fragte: »Hast du gut geschlafen?«

»Ich glaub schon«, antwortete sie, während sie mit der Gabel versuchte, eine Speckscheibe aufzuspießen. »Aber ich hatte 'n merkwürdigen Traum.«

Ich sah sie schweigend an.

»Ich hab geträumt, ich stehe an der Bushaltestelle«, fuhr sie fort.

»Und dann?«, fragte ich interessiert.

»Nichts«, antwortete sie und stocherte auf ihrem Teller herum. »Ich stand da und hab auf den Bus gewartet.«

Ich biss von meinem Pflaumenmusbrot ab und wartete, ob da noch eine Pointe kam. Nach einer angemessenen Pause von ein paar Sekunden nahm ich einen Schluck Kaffee, wischte mir bedächtig mit dem Handrücken über den Mundwinkel und sagte:

»Ich hab geträumt, dass mir jemand ein mit Dönerfleisch gefülltes Klapphandy unter die Nase hält und Sex von mir will.«

»Du hast gewonnen«, stellte sie fest und nahm die fettige Speckscheibe zwischen Daumen und Zeigefinger.

Ich holte einen Untersetzer aus dem Büffetschrank und sammelte die verkohlten Speckbröckel neben ihrem Teller auf.

»Sah er gut aus?«, fragte sie.

Ich stellte ihr den Bröckchenteller hin. »Ja, genauso wie ich ihn in Erinnerung habe.«

Kirsten sah auf. »Jemand, den du kennst?«

»Na, ja. Eigentlich nicht. Es war der Typ, der mich neulich

hier auf der Straße angequatscht hat. Hab ich dir das nicht erzählt?«

»Nein, du hast es mir nicht erzählt. Du hast mich aus deinem Zimmer geworfen.« Sie sah beleidigt wieder auf ihren Teller.

»Das neulich war was anderes. Da ging's um einen völlig anderen Typen«, sagte ich schnell und dachte: Das ist der falsche Weg. Kehr um. Du reitest auf die Klippen zu!

»Also«, fing ich noch mal von vorne an, »vor ein paar Wochen hat mich hier vor'm Haus 'n Typ angequatscht: groß, breitschultrig, schmalhüftig, Mandelaugen, Samtlippen, die ganze Palette. Zu jung, zu gut aussehend, zu selbstbewusst. Wahrscheinlich war grade nichts Besseres greifbar. Da hat er eben mich angegraben. Weil ich zufällig vorbeikam.«

»Hm«, machte Kirsten, weil sie genau wusste, dass sie so mehr aus mir rauslocken konnte, als wenn sie direkt nachfragte.

»Jedenfalls«, erklärte ich und schraubte den Deckel auf das Marmeladenglas, »wollte er mich in seinem Auto mitnehmen, und ich war nicht auf so was eingestellt. Ich kam grade vom Döner holen und wir wollten fernsehen. Das war der Abend vor Millies Brunch.«

»Gott, das ist doch schon ewig her«, sagte Kirsten »und der Typ spukt dir immer noch im Kopf rum?«

»Er sah aus wie Johnny Depp«, antwortete ich.

»Wie der Richtige oder nur wie einer, der aussieht wie Johnny Depp?«

»Besser als der Richtige«, sinnierte ich, »abenteuriger, nicht so püppihaft.«

»Hm«, machte sie und stopfte sich mit der Gabel unter Zuhilfenahme der anderen Hand den Rest vom Rührei in den Mund.

»Was, hm?«, meckerte ich.

»Das war vielleicht die Chance deines Lebens«, antwortete sie mit vollem Mund, »warst du deswegen neulich so bockig?«

»Nein, das war wegen dem anderen Typen. Den hab ich auf der Party in der Schmiede kennen gelernt, und der schreibt mir jetzt komische Mails und will sich mit mir treffen.«

»Ein Politologe?«, fragte sie.

»Nein, ein Schmied.«

»Ha, ha, ha«, machte Kirsten beleidigt.

»Nein, er ist wirklich ein Schmied«, sagte ich hastig, »glaube ich. Jedenfalls arbeitet er da. Aber der ist höchstens 24.«

»Und den willst du auch nicht.«

Sie zog zwar fragend die Augenbrauen hoch, aber es klang mehr wie eine Feststellung.

»Weiß ich noch nicht.« Ich fing an, mich zu winden. »Ich glaub, der ist ganz nett, aber wenn ich mich recht erinnere, fand ich ihn schon bei der Party nicht so prickelnd. Vielleicht fühl ich mich nur geschmeichelt. Vielleicht seh ich ihn nur als zweite Chance, weil ich mir schon mal so was hab entgehen lassen.«

»Den Dönermann«, stellte sie fest.

»Nenn ihn nicht so«, sagte ich genervt.

»Ich kann ihn auch Karl nennen.«

Anscheinend fing sie jetzt an, sich an mir zu rächen. Wenn Kirsten anfing, die kumpelinige, lustige Bohne zu geben, wurde es unerträglich. Es war mir für sie peinlich, dass sie nicht merkte, wie angestrengt ihre Witze rüberkamen. Also sagte ich erst mal gar nichts, sondern sah nur kauend aus dem Fenster. Aber damit machte ich es nur noch schlimmer, denn jetzt versuchte sie, mir zu helfen.

»Wo ist das Problem?«, sagte sie aufmunternd. »Wenn er dich

sogar bis in deine Träume verfolgt, dann solltest du Kontakt zu ihm aufnehmen.«

»Gute Idee. Das mach ich«, höhnte ich. »Ich geh einfach ab jetzt jeden Abend um zehn zum Döner holen und stell mich dann mit der stinkenden Tüte vors Haus, bis er eines Tages auftaucht.«

Aber sie war nicht zu bremsen.

»Gib doch 'ne Anzeige auf unter der Rubrik Wanted«, schlug sie begeistert vor, »das wollte ich schon immer mal machen!«

»Ich weiß nicht. Ich frag mich jedes Mal, wer diese Anzeigen eigentlich liest«, nölte ich

»Na, du.«

»Ja, aber ich such ja auch niemanden.«

»Jetzt schon«, konterte sie.

»Und was soll ich schreiben?« Ich zeigte mit der rechten Hand die Anzeigenworte in die Luft: »›Du, Sexfantasie, aussehend wie Johnny Depp, lehntest am Wagen. Ich, mopplig, mit Dönertüte, ließ dich stehn. Möchte auf dein Fickangebot zurückkommen und muss dich unbedingt wiedersehen.‹?«

»Den Namen Johnny Depp sollten wir vermeiden«, sagte Kirsten entschlossen und holte einen Zettel aus der Tischschublade.

Nach einigem Hin und Her und nachdem Kirsten gesagt hatte »Komm schon, ich schmeiß 'ne Runde Kontaktanzeigen!«, musste ich lachen, und sie hatte mich auf ihrer Seite. Wir einigten uns auf folgenden Text:

*01.05., Funkestraße: Du warst zu Besuch in Berlin und suchtest eine Fremdenführerin. Ich hatte schon was vor, und das bereue ich jetzt.*
*Wenn du dich meldest, würde ich dir gerne die Stadt zeigen.*

Ich setzte mich an den Computer, gab die Anzeige online auf und holte gleich noch Mails ab. Eine vom Schmied:

Liebe Ute.
das ging ja schnell mit der Antwort. Na, ja ich hänge auch grade zuhause rum und hab nix zu tun. ich hab mir auf Arbeit den Fuß verletzt und bin einpaar Tage krank geschrieben. Bis zum Wochenende sollte das wieder ok sein. Oder du musst mich durch die Gegend tragen, ha, ha ...
Was hälst du davon, wenn wir am Sonntag spazieren gehen. Im Tiergarten. Falls ich nicht laufen kann, kann ich dich wenigstens über dne See rudern.
du machst dich bestimmt gut in so einem Boot. Du machst dich bestimmt überall gut.

Ich freu mich.

Michael.

Ich klickte den Mailordner zu und schnaufte. Das hatte ich jetzt davon. Eine Verabredung zum Bootfahren mit einem legasthenischen Schmied. Es war wirklich nicht einfach, den Kerl einzuschätzen. Er wollte mich über den See rudern. Obwohl er sich den Fuß verletzt hatte. Ritterlich. Ich sah einen riesigen Amboss an einer schweren Kette von der rußigen Decke hängen ... nein, halt, stopp: Ambosse hängen nicht an der Decke. Ambosse stehen neben glühenden Kohlen vor muskulösen Arbeitern, die am Oberkörper nichts außer groben Lederhandschuhen tragen.

Da hängt also dieses riesige schmiedeeiserne Ding an einer rußigen Kette. Irgendwie musste auf jeden Fall Ruß mit im Spiel sein. Aber was ist das eigentlich, schmiedeeisern?, dachte ich, muss das nicht gusseisern heißen?

So. Jetzt war ich raus aus meiner Fantasie. Auf jeden Fall, sinnierte ich, ist ihm irgendetwas auf den Fuß gefallen. Irgendwas Riesiges, Schweres, Schwarzes, Rußiges. Und auf keinen Fall war er selber schuld daran, sondern sein Arbeitskollege. Der mit den drei kleinen Kindern und der Bindehaut-Verletzung. Die hat er sich durch den Funkenflug in der Schmiede zugezogen, und jetzt greift er manchmal daneben, weil er nicht richtig sieht. Und deswegen kam dieses riesige, glühende Ding von der Decke auf ihn zugerast, und Michael hat sich ohne auch nur eine Sekunde zu zögern dazwischengeworfen und den braven Familienvater vor der Invalidität gerettet. Sein Fuß ist ein einziger Matschklumpen. Aber das hält ihn nicht davon ab, mich zu treffen, er hat ja noch zwei gesunde Arme. So ist er. Mein Schmiedi.

Ich seufzte, blickte verliebt auf die Mail und las sie mir noch mal durch.

Was fiel ihm eigentlich ein, einfach davon auszugehen, dass ich zu Hause rumsaß und auf seine Nachricht wartete? Das war doch wieder typisch! Wahrscheinlich hätte ich mich damenhaft zieren sollen und erst drei Tage später zurückschreiben. So wie er. Wenn er sich einbildete, er konnte mit seinen 24 Jahren mit mir Katz und Maus spielen, dann überschätzte er sich eindeutig. Wie alle jungen Kerle. Vielleicht war er noch nicht mal 24. Echte Schmiede sind in dem Alter schon verheiratet und haben Kinder. Das war doch alles Wahnsinn. Wie konnte ich überhaupt daran denken, mich mit einem Teenie zu treffen?

»Dann musst du mich halt durch die Gegend tragen, ha, ha ...«

Wer »ha, ha« als wörtliche Rede ausschreibt, der trägt auch Boxershorts mit Bart Simpson drauf.

Ich setzte die Brille ab, stand vom Schreibtisch auf, ging zum Fenster und sah hinaus.

Draußen war Frühling. Ich lächelte. Er wollte mich über den See rudern.

## Pfauen

Ich wollte mich auf keinen Fall am S-Bahnhof verabreden. Beim Diktieren meiner Handynummer im Partylärm hatte ich praktisch nur sein Ohr wahrgenommen. Allein daran und dass er irgendwie farblos auf mich gewirkt hatte, würde ich ihn nicht erkennen. Die Vorstellung, dass wir einander suchend den Bahnsteig auf- und abblickten mit irgendeinem dämlichen Erkennungszeichen am Körper, erweckte in mir triste Schwarzweißbilder aus einem französischen Autorenfilm. Und was für ein Erkennungszeichen sollte das auch sein? Wir konnten schließlich unmöglich Schilder in die Höhe halten mit der Aufschrift »Schmiedi« und »ältere Frau«. Außerdem sollte er nicht gleich sehen, wie ich gehe. Ich habe einen furchtbaren Gang. Wie eine Ente mit Gleichgewichtsstörungen.

Es musste ein Treffpunkt sein, an dem man sich sofort und unmissverständlich traf, ohne jegliches Umherschlendern oder An-dem-anderen-der-beiden-Fahrplanauskunftstafeln-warten. Auf keinen Fall so was wie: Sonntag, 14 Uhr an der Siegessäule.

Dann musste ich nur noch sichergehen, dass ich vor ihm da war, und in einer Umgebung, die mich gut aussehen ließ, souverän in der Ecke thronen, um beobachten zu können, wie er auf mich zukam.

Ich hatte alles genau geplant. Und nun saß ich da: dreißig Minuten vor der verabredeten Zeit. Wie eine fette Spinne hockte ich in der hintersten, dunkelsten Ecke in einem Ausflugslokal im

Tiergarten und ärgerte mich. Draußen war schönstes Biergartenwetter; es war Samstagnachmittag, und halb Berlin saß unter den schattigen Bäumen am Wasser. Man konnte von hier aus gleichzeitig die Seehunde im Zoo und die in einiger Entfernung vorbeirauschenden ICE-Züge hören. Dabei schaute man auf sattes Grün und das bunte Treiben aus Kleinfamilien, Jugendcliquen und Touristen, die kühle Biere in schlanken Gläsern über den knirschenden Kies trugen. Das hier war einer der beliebtesten Draußen-Sitz-Orte der Stadt, und ich saß hier drinnen und fröstelte. Was hatte mich nochmal dazu bewogen, Mitte Mai im Trägerkleidchen aus dem Haus zu gehen? Ach ja, jetzt fiel es mir wieder ein. Das war Kirsten, die gesagt hatte: »Männer mögen Kleider. Auf die Art und Weise wirst du ihm weniger Angst einjagen.«

Dabei konnte ich spüren, wie mir die Angsthasen-Ohren bis unter die Decke wuchsen. Dreißig Minuten sind eine lange Zeit, um noch nervöser zu werden. Inzwischen war ich mir sicher, er würde mich für völlig bekloppt halten, wie ich mit meiner Strickjacke und dem geblümten Kleid drunter neben dem Eingang zum Klo saß. Es fehlte nur noch der Teller mit dem Kleingeld.

Ich blickte über die Theke hinweg nach draußen: Am ersten Tisch saß ein Geschäftsmann im dunkelblauen Anzug. Er hatte das Jackett über den freien Stuhl gehängt, die Krawatte gelockert und die Beine hochgelegt. Mit geschlossenen Augen reckte er sein Gesicht der Sonne entgegen. Er stützte sich mit beiden Händen an der Sitzfläche ab, sodass sich sein hellblaues Hemd über der Brust spannte. Er hatte keine schlechte Figur, und ich versuchte mir vorzustellen, wie er in anderen Klamotten wirkte, in einem hautengen, schwarzen T-Shirt zum Beispiel. Ob er behaart war und wie er wohl aussah, wenn er schallend lachte, weil er beim Bierfass-Anstechen an unserem Grillabend mit einer Riesenfontäne von Weißbier bespritzt wurde. Wir alle würden darüber lachen: unsere Freunde, die Kinder, die Schwiegereltern, alle, die mit uns in unserem Garten unser neues Eigenheim feierten. Er würde viel besser zu mir passen als dieser Michael. Schon altersmäßig. Ich empfand sofort tiefe Sympathie für diesen fremden Mann. Schon allein, weil er diesen unbequemen Anzug tragen musste. Denn bestimmt musste er das. Bestimmt tat er das nicht freiwillig. Er hatte eben nie eine Chance gehabt, aus dem vorgezeichneten Weg auszubrechen. Was sollte man tun? Man ging zur Schule, machte sein Abitur, so ordentlich es eben ging. Das Lernen war ihm immer Arbeit. Es fiel ihm nichts in den Schoß, und für einen herausragenden Abschluss hatte es dann nicht gereicht. Er wollte schließlich auch leben, draußen mit den Kumpels Fußball spielen, atmen, Wind auf der Haut spüren. Fallensteller in Alaska. Das wär's für ihn gewesen. Draußen sein; schon als Kind wollte er nichts anderes. Ein Cowboy unter dem weiten Himmel der Prärie. Aber es gab keine blauen Berge in Leverkusen. Nur den Bayer-Konzern. Und es kam nicht in Frage, den Vater zu enttäuschen. Den Vater, der 40 Jahre lang im Werk geschuftet hatte, damit der Sohn Maschinenbau studieren konnte. Er sollte es einmal besser haben, und er hatte es besser und war trotzdem nicht zufrieden, und deswegen bekamen sie manchmal Streit, und dann schlug der Sohn die Tür zu und der Vater blieb allein zurück, legte die schwieligen Handflächen auf die Tür und weinte ohne einen Ton.

Ich nahm einen Schluck von meinem lauwarmen Mineralwasser. Der Geschäftsmann öffnete die Augen. Sein Gesicht verwandelte sich übergangslos von »unschuldiger Naturbursch« zu »verkniffener Karrieresack«. Er stand schwunglos auf, griff sich mit einer routinierten Armbewegung sein Jackett und verließ seinen

Platz. Im Gehen zurrte er die Krawatte fest, fasste sich mit der linken Hand noch kurz an die Brusttasche seines Hemdes und ich sah ihm hinterher.

Dann wurde ich vom Kellner abgelenkt, der plötzlich neben meinem Tisch aufgetaucht war und mich irgendwas fragte, und ich antwortete ohne hochzusehen: »Danke, ich bin versorgt.«

Er räusperte sich.

Widerwillig sah ich an ihm hoch. Er trug so eine olivgrüne Armeehose und darüber ein weißes Hemd, das irgendwie gestärkt wirkte und trotzdem locker über den Hosenbund fiel. Die Ärmel hatte er halb hochgekrempelt über den sehnigen Unterarmen, und ich dachte: Die Kellner tragen hier alle T-Shirts und dunkelblaue Schürzen um die Hüften. Das muss jemand anders sein. Oh, Gott. Das ist er: der Schmied! Er ist gekommen, um mich zu treffen! Was hat er wohl gefragt? Hoffentlich hat er nicht gesagt: »Darf ich mich zu dir setzen?« – »Danke, ich bin versorgt.« Ich Idiot!

Ich muss wohl einige Sekunden einfach so dagesessen und ihn angestarrt haben, während mir alle diese Gedanken durch den Kopf sausten, denn er fing jetzt an sich zu erklären:

»Am besten, ich fang noch mal an: Ich wär schon früher hier gewesen, aber ich dachte, bei dem Wetter sitzt du wahrscheinlich draußen, und hab erst mal die Terrasse abgesucht. Dann bin ich durch den Hintereingang rein.« Er zeigte mit dem Daumen über seine Schulter Richtung Toilette und lächelte schüchtern: »Hi, ich bin Michael. Wollen wir uns raussetzen?«

Ich nickte, schnappte mir meinen kleinen grünen Rucksack und trottelte ihm nach.

Wir traten ins Freie: Er immer noch voran, und ich eierte mit meinen Sandalen über den Kies hinterher. Hoffentlich dreht er sich nicht um, dachte ich, während ich versuchte, auf den groben

Steinen die Balance zu halten. Zwischen den Bierbänken war es eng; eine Menge Leute schoben sich an uns vorbei, und wir kamen langsam voran.

So hatte ich Zeit, ihn verstohlen von hinten zu betrachten: Er war nicht viel größer als ich; obwohl: Zum Auf-Zehenspitzen-stellen-müssen beim Küssen reichte es. Schlank war er. Fast ein bisschen zu schlank. Und er hatte keinen Arsch in der Hose. Aber das konnte auch an der weiten Hose liegen. Als die Jungs noch alle dieselben Jeans trugen, war's einfacher, dachte ich, und dass sein Modegeschmack ihn gefährlich in die Ecke »eitler Pfau« stellte.

Ich stufte ihn innerlich eine Kategorie runter, um mir selber besser vorzukommen. Er hier war bestimmt nicht, was ich mir vorstellte unter einem Kerl, der mir gefährlich werden konnte. Ich stand nicht auf die sehnigen Typen, diese jungenhaften Kind-Männer, bei denen du nie weißt, ob sie mit dir spielen oder du mit ihnen. Mein Blick klebte an seinem Rücken. Er hatte in der Mitte diese Kuhle, diese kantige, elegante Senke zwischen den Schulterblättern, und ich hätte am liebsten meine Hand ausgestreckt und ihn da berührt. Und dann hätte ich die zweite Hand auch noch mit dazugenommen. Das Hemd hätte sich in Luft aufgelöst. Meine beiden Hände würden von der Mitte nach außen wandern bis zu den Muskeln, die unter seinen Armen an den Schulterblättern saßen.

Er stoppte, und wenn mir nicht dieses Kleinkind vor die Füße gestolpert wäre, wäre ich voll aufgelaufen. So trat ich nur gegen das Schnullermonster; es schrie, die Mutter stand auf, um es sich zu schnappen, und Michael drehte sich zu mir um und sagte:

»Sieht schlecht aus. Es ist ganz schön voll. Wir können uns höchstens irgendwo dazusetzen.«

»Hm«, machte ich und sah zur Seite. Die Vorstellung, mich mit ihm an einen der langen Biertische zu setzen, an denen amerikanische Touristen lautstark die Vorzüge Berlins gegenüber New York längs über die Bank schafuderten, schreckte mich ab.

»Wir können auch woanders hingehen«, schlug er vor und holte seinen Schlüsselbund aus der Hosentasche.

»Okay«, antwortete ich, und mir wurde bewusst, dass ich bisher nichts gesagt hatte außer »okay« und »Danke, ich bin versorgt«, wenn man das »Hm« von eben nicht mitzählte. Bis jetzt hatte ich nicht viele Punkte gemacht.

Wir kamen an der Theke vorbei. Jemand hatte den Fernseher angestellt: Deutschland gegen Tunesien. Ich überlegte kurz, ob ich, um Eindruck zu schinden, sagen sollte: »Ah! Der Confederationscup!«, ließ es dann aber, weil ich wusste, zu mehr würden meine Kenntnisse über Fußball sowieso nicht reichen.

Er sagte: »Oh, da darf ich nicht hinkucken. Das zeichne ich auf«, und ich versuchte, wissend zu lächeln.

Wir verließen den Biergarten, und ich hoffte, dass »woanders hingehen« nicht seine Wohnung bedeutete. Er hatte mir schließlich nur den Schlüsselbund gezeigt, und ich hatte automatisch an ein Auto gedacht. An dem Schlüsselbund war so ein rotes Band zum um den Hals hängen befestigt, das jetzt dreißig Zentimeter lang aus seiner Hosentasche baumelte. Er gehörte definitiv zu einer anderen Generation.

Er hielt vor einem blauen Kastenwagen und fragte: »Warst du schon mal auf der Pfaueninsel?«, und ich schüttelte den Kopf. Er ließ die Zentralverriegelung hochschnappen und hielt mir die Beifahrertür auf. Von dieser galanten Geste war ich einigermaßen überrascht und hoffte, dass er nicht bemerkte, wie ungelenk ich mich beim Einsteigen anstellte, aber als er die Tür schloss, sah er dezent zu Boden. Ab da beschloss ich aufzuhören, nervös zu sein. Ich war älter, ich war klüger und schließlich hatte er mich angegraben.

Während er den Motor anließ, warf ich einen schnellen Blick auf sein Gesicht. Aus der Nähe wirkte er nicht mehr ganz so jung. Sein fast militärisch kurz geschnittenes, blondes Haar schien sich an den Schläfen schon etwas zu lichten. Er legte den Rückwärtsgang ein, sagte »Entschuldigung« und griff mit einer weit ausholenden Geste über meinen Kopf hinweg an die Rückenlehne des Beifahrersitzes, um sich abzustützen. Unsere Blicke trafen sich eine Zehntelsekunde länger als nötig. Er hatte dunkelblaue Augen. Nicht dieses Wässrige, Kraftlose, das blaue Augen oft an sich haben. Seine sahen aus wie blank geputzte Glassteine von tiefem, sattem, dunklem Blau. Er wandte den Kopf nach hinten, und ich sah nach vorn durch die Windschutzscheibe.

Als wir losfuhren, nutzte ich die Gelegenheit, ihn von der Seite zu mustern. Sein Hals und seine Hände setzten sich sandfarben von seinem weißen Hemdkragen ab. Es war eine unregelmäßige, ungewollt wirkende Bräune, wie bei jemandem, der im Freien arbeitet. Ansonsten war alles an ihm blond: die Augenbrauen, der schmale, blasse Mund, der leichte Flaum auf den Unterarmen. Um das rechte Handgelenk trug er ein zweifach geschlungenes dunkelbraunes Lederbändchen, und wenn er schaltete, bewegten sich seine kräftigen Sehnen an den Händen unter grünblauen Adern. Für seinen ansonsten eher schmächtigen Körperbau waren seine Hände ziemlich groß, und ich hätte meine eigene Hand zu gerne zwischen seine und den Schaltknüppel geschoben, um seine Schwielen zu fühlen.

Man saß nun plötzlich relativ dicht beieinander in einem geschlossenen Raum, und ich wünschte mir das erste Mal in meinem Leben, in einem Cabrio zu fahren. Ratlos ging ich im Kopf alle möglichen Gesprächsanfänge durch: »Schönes Wetter heute!«, »Du bist also Fußballfan?«, »Und, was macht das Schmiedehandwerk? Die Schmiederei? Was schmiedest du denn gerade? Pläne?« An der Stelle musste ich grinsen und sah aus dem Fenster. Hohe Wohnblocks glitten vorbei. Ich war ihm dankbar, dass er nicht das Schiebedach öffnete. Das Letzte, was ich jetzt gebrauchen konnte, waren zerzauste Haare. Schlimm genug, dass mir der Sicherheitsgurt die rechte Brust abquetschte. Dabei war das meine gute. Die andere hing etwas tiefer. So tief, dass ich mir bald angewöhnen musste, stets die linke Hand in den Nacken zu legen, wenn mich jemand nackt sah. Meine Oberschenkel drückten sich auf dem gepolsterten Autositz breit, aber das hätte in Hosen noch erbarmungsloser ausgesehen. Mit einem Kleid ließ sich das besser kaschieren. Ich musste nur die Füße auf die Zehenspitzen stellen und den Stoff zwischen meinen Knien flattern lassen. Was die Waden anging, fühlte ich mich absolut sicher. Ich hatte mir mit drei verschiedenen Rasierern die Haare entfernt. Zum Epilieren waren sie zu kurz gewesen, und für Enthaarungsschaum hatte dann die Zeit nicht mehr gereicht.

»Ich bin ein bisschen aufgeregt«, gestand er plötzlich, ohne mich anzusehen und lächelte.

»Echt?«, fragte ich gespielt erstaunt zurück und kam mir wie ein Schwein vor.

In einer hilflosen Geste erneuerte er seinen beidhändigen Griff am Lenkrad, und es sah so aus, als ob er ein kleines bisschen rot wurde.

»Hast du dich schon mal mit jemandem getroffen, den du nur aus E-Mails kennst?«, fragte er und blinkte.

Ich ließ dreimal den kleinen grünen Pfeil am Armaturenbrett aufleuchten, ehe ich antwortete: »So was würde ich mich nie trauen.« Es klang, als gäbe ich eine Art Geheimformel preis. Er sah weiter nach vorn auf die Straße, aber ich war mir sicher, er spürte, dass ich zurücklächelte.

Wir bogen auf die Stadtautobahn ein, und er gab Gas.

»Wir haben aber auch schon miteinander telefoniert«, schob ich nach, und es steckte eine Spur von Belehrung darin, »und gesehen haben wir uns auch schon.«

»Gesehen haben wir uns auch schon«, wiederholte er und nickte.

Es entstand eine unangenehme Gesprächspause. Ich versuchte, mich locker zu machen: »Warst du denn noch lange da? Auf der Party?«

»Bis um fünf. Nachdem die Letzten gegangen waren, hab ich noch geholfen aufzuräumen.«

»Gehört das zu deinem Job?«, reagierte ich viel zu schnell und schämte mich im selben Augenblick für den dämlichen Satz. Er war schließlich keine Putzfrau.

»Nein, nein«, antwortete er, anscheinend unbeeindruckt, »ich war sowieso mehr zufällig da. Ich denk mal, ich wollte einfach nicht allein nach Hause.«

Warum wollte er nicht allein nach Hause? Hatte er Angst im Dunkeln? Fühlte er sich einsam, nachdem ich weg war? Ging es nur um sexuellen Notstand und es war ihm egal, wen er abschleppte, Hauptsache, nicht allein nach Hause?

»Ich schon«, sagte ich fröhlich und war wieder in der Sackgasse. So kamen wir nicht weiter. Wenn ich dabei blieb, immer nur aus voller Deckung heraus kleine Testballons steigen zu lassen, hatte der arme Junge keine Chance.

»Eigentlich wollte ich schon immer mal auf die Pfaueninsel«, sagte ich gut gelaunt, »ich hab's nur nie geschafft.« Ich legte den Mittelfinger an die Nasenwurzel, um die Brille hochzuschieben, bis mir wieder einfiel, dass ich heute Kontaktlinsen trug. »Na ja, das hört sich jetzt dramatischer an, als es ist. So wahnsinnig beschäftigt bin ich auch nicht«, ich strich das Kleid auf meinem Schoß glatt, »eher wahnsinnig träge. Deswegen hat es auch so lange gedauert, bis ich mich mit dir treffen wollte. Ich tu mich generell schwer mit Entscheidungen. Das Kleid hab ich viermal anprobiert, eh ich es gekauft hab. Völlig beknackt. Ich hätte schon nach dem dritten Mal wissen können, dass es mir passt.« Hier hielt ich in meinem kleinen Monolog inne und schob mir eine Haarsträhne hinters Ohr. Du bist wirklich beknackt, dachte ich, das ist genau das, worauf Männer stehen: Psychoprobleme und Klamottenkauf. Am besten beides zusammen.

»Das ist 'n tolles Kleid«, sagte er, »das hätt ich auch gekauft. Ich mag es, wenn Frauen Kleider tragen.«

Meine innere Stimme höhnte: ›Solang er sie nicht selber tragen will ...‹

»Sie bewegen sich dann anders«, schwärmte er, »Das muss ein tolles Gefühl sein, wenn der Stoff so über die Haut fließt.«

›Ein verkappter Schwuler!‹, schrie die Stimme in mir aus vollem Hals, ›der will zu einer ganz anderen Pfaueninsel, der weiß es nur noch nicht, deswegen fühlt er sich zu älteren Frauen hingezogen: Der sucht 'ne Mutti! Ich hab's gewusst! Ich will aus dem Auto raus!‹

»Aber nicht, dass du jetzt denkst, ich steh auf Frauenkleider.« Er sah kurz zu mir rüber, »ich versuch nur 'n bisschen Eindruck zu schinden, okay?«

»Na, das ist dir aber auch gelungen«, lachte ich.

»Keine Niete mehr?«, fragte er hinterhältig

»Das wirst du mir wohl ewig nachtragen.«

»War auch ein ziemlicher Tiefschlag.«

»Du bist wohl nicht viel gewohnt«, setzte ich nach.

»Ich krieg nun mal nicht gern 'n Korb.«

»Ich bin doch jetzt hier, oder?«

»Ja. Manchmal gehen Träume in Erfüllung.«

Was soll ich sagen? Ich weiß, dass das kitschig ist, aber es machte ›pling!‹ ›pling!‹ ›pling!‹, und die drei schmiedeeisernen Ringe über meiner Brust zersprangen. Mein kleines Mädchenherz machte ›Ooooh, ist der süüüß!‹, und ich dachte: Wenn er jetzt noch erzählt, dass er letztes Jahr in der Antarktis war, kleine Robbenbabys stillen, dann muss ich ihm restlos verfallen.

Die Ampel vor uns schaltete auf Rot, und endlose zehn Sekunden der Verlegenheit vergingen, bis mir einfiel zu fragen: »Wie geht's deinem Fuß?«

Er nahm die Hände vom Lenkrad und sah mich verschämt an: »Keine Sorge. Es ist nur eine kleine Brandverletzung. Halb so wild.« Es wurde grün, und er wandte sich wieder dem Verkehr zu.

Wir redeten übers Spazierengehen und tauschten uns darüber aus, welches die schönsten Parks in Berlin seien. Ich erzählte ein bisschen zu ausführlich über meine bevorstehende Reise zu meinem Bruder nach Köln und meine anstrengende Familie. Wir waren uns einig, wie hilflos man dem unausweichlichen Chaos bei solchen Verwandtschaftstreffen ausgeliefert ist. Wir zitierten die tausendmal gehörten Lieblingssprüche unserer Väter und lachten gemeinsam darüber. Ich war überrascht, wie schnell wir auf eine Ebene kamen, wie man sie sonst zwischen alten Kumpels hat: Wo man sich gegenseitig hochnimmt und sich »Ach, ja! Kommst du jetzt wieder mit ...«-Sätze an den Kopf wirft. Manchmal sagten wir einzelne Wörter gleichzeitig.

Als er mich nach dem Anlass der Feier fragte und ich antwortete »Mein kleiner Bruder wird 30«, zuckte ich innerlich etwas zusammen. Er war sympathisch. Ohne Zweifel. Wie der kleine Bruder meines kleinen Bruders.

Als wir mit der kleinen Fähre auf die Pfaueninsel übersetzten, war es schon später Nachmittag. Außer uns war nur noch eine Frau, die offenbar beim Gartenbauamt angestellt war und auf der Insel wohnte, auf dem Heimweg mit ihrem Jeep. Für Besucher herrschte dort Autoverbot, und um 18 Uhr musste man das Naturschutzgebiet verlassen.

Gleich nachdem wir angelegt hatten, wir waren keine hundert Meter gegangen, stellte sich uns der erste Pfau in den Weg. Majestätisch baute er sich vor uns auf und schlug sein Rad. Ein perfektes Bild; reinste Form- und Farbenpracht. Die Schönheit seiner langen Schwanzfedern wurde nur übertroffen vom Glanz seines samtigen blauen Körpers, der in der Abendsonne glänzte. Wie immer stand ich fassungslos vor so viel Perfektion und konnte nicht glauben, dass die Natur von sich aus so etwas hervorbrachte, wenn sie gleichzeitig so etwas wie mich hervorbrachte, und stellte mir vor, dass es irgendwo auf der Insel eine Werkstatt gab, in der diese Vögel zusammengeschraubt wurden.

Nachdem wir den dritten, vierten und vierzehnten Pfau bestaunt hatten, ließ unsere Begeisterung nach, und wir wanderten ins Innere der Insel.

»Komm, ich zeig dir meine Lieblingsstelle«, sagte Michael und nahm mich bei der Hand. So gingen wir zwei, drei Schritte, und beide spürten wir, dass das nicht passte. Es war noch zu früh, um Händchen zu halten; es fühlte sich krampfig an. Und er hatte überhaupt keine Schwielen. Als wir, eine Rechtskurve nehmend, in einen anderen Weg einbogen, nahmen wir das zum Anlass, uns wieder loszulassen.

Wir erreichten eine Lichtung und überquerten sie, bis wir an ihren Rand kamen, wo sie von hohen Laubbäumen gesäumt war. Vor uns lag ein Findling von der Größe eines Sofas. Michael stellte sich hinter mich, umfasste meine Schultern, drehte mich in Richtung des Wäldchens und sagte: »Steig hoch und kuck mal.«

Ich machte einen kleinen Schritt, wie auf eine hohe Treppenstufe, sah durch die Bäume hindurch und war sofort verzaubert: Was für eine Aussicht! Hoch oben die Baumkronen mit ihren hellgrünen Blättern vor weißen Schäfchenwolken und zwischen den dunklen Stämmen hindurch die glitzernden Wellen des Wannsees, hinter dem die Sonne allmählich zu sinken begann.

»Oh!«, sagte ich, drehte mich schwungvoll um und wollte vom Stein heruntersteigen, aber da stand immer noch Michael. Ich musste mich an seiner Brust abstützen; wir standen jetzt ganz nah beieinander, auf gleicher Höhe, und ich blickte über seine Schulter hinweg auf die Lichtung. Ich konnte seine Haut riechen. Ein lange stillgelegter Teil meines Bewusstseins erinnerte sich: So hatten sie immer gerochen. Die Jungs im Sommer. Es muss ein universeller Stoff sein, den sie in sich tragen, etwas, das sie unwiderstehlich macht, von Gott erschaffen, um uns zu verführen. Und das bahnte sich jetzt unaufhaltsam den Weg durch seine Poren. Man kann gar nicht mal sagen, dass es gut riecht. Aber es ist wie mit einer Lawine: Wenn man sie sieht, ist es schon zu spät. Wenn er einem in die Nase steigt, gibt es nichts mehr außer diesem Geruch: fremd, anziehend, süßlich und herausfordernd. Alle Männer riechen so, wenn es wärmer wird und die Luft feucht; und am intensivsten am Hals, da, wo ihre Haut so glatt ist und so straff über den Muskeln liegt.

Ohne zu überlegen, legte ich Mund und Nase an die Stelle, wo sein Hemdkragen vom Nacken etwas abstand und atmete ein. Ich kannte das und wollte mehr davon. Meine Erinnerung sagte: ›Schau an, da ist es wieder, und es ist ganz neu!‹

Ich streifte mit den Lippen seinen Hals entlang bis zum Haaransatz, und auf halbem Weg zurück konnte ich mich nicht beherrschen und biss ihn. Anscheinend an der richtigen Stelle. Denn er zuckte zusammen und stöhnte leise und überrascht an meinem Ohr. Er packte mich an der Schulter und sah mir kurz in die Augen. Ich weiß nicht, wie mein Blick von außen aussah, aber ich spürte, wie mein Körper ein Startsignal abschoss, und das muss auch er gespürt haben, denn er zog mich ruckartig an sich und küsste mich. Ich war aufgeregt. Es fühlte sich toll an, sein harter Körper an meinem weichen Busen, seine Arme, die nach mir griffen, die mich wollten, seine Zunge, die in einer abartigen Geschwindigkeit an den unmöglichsten Stellen im Inneren meines Mundes herumflutschte. Das war zu schnell, zu viel; ich sah Bilder von meinem Zahnfleisch und stellte mir vor, wie sich womöglich Speisereste lösten. Ich versuchte, seiner Zunge mit meiner Zunge entgegenzutreten. Wie ein tapferer kleiner Soldat stellte sie sich dem Eindringling in den Weg und sagte: »Halt, mein Freund! Ab hier betreten wir den Rachenraum. Wenn ich dann mal bitte ihren Ausweis sehen dürfte!« Aber er schien wohl zu glauben, er habe eine Sondergenehmigung. Ich bekam Erstickungsängste, und ab da ging alles schief: Der Rasen, auf den wir uns malerisch sinken ließen, war feucht, obwohl ich weit und breit keinen Rasensprenger gesehen hatte, und geregnet hatte es heute auch noch nicht. Denk doch nicht immer so viel!, dachte ich und bemühte mich, mit ihm Schritt zu halten. Ich hatte schließlich das Rennen eröffnet. Hallo!, rief ich mir zu, du liegst hier mit einem zehn Jahre jüngeren Mann hemmungslos im Freien, total spontan, das ist das Abenteuer, von dem du immer geträumt hast! Jetzt mach was draus!

Aber nach einer Serie von ungewollten Knie-stößt-an-Knie-Verhedderungen und »Entschuldige, hab ich dir wehgetan?«, »Nein, es geht schon«-Gehaspel war ich mir nur noch peinlich. Zurück konnten wir jetzt nicht mehr. Das wäre eine komplette

Niederlage gewesen, ich hatte schließlich angefangen und musste nun um jeden Preis halten, was ich versprochen hatte. Das war bestimmt nicht sein erstes Erlebnis mit einer reiferen, erfahrenen Frau. Und die anderen hatten sicher wer weiß was auf der Pfanne. Das war der Grund, wieso er sie jungen Frauen vorzog! Wenn ich das nicht hatte, was konnte ich dann noch vorweisen? Fachkenntnisse im Fußball? Also trat ich die Flucht nach vorne an und legte mich ins Zeug.

Zehn Minuten später war es vorbei, und ich hatte mich dafür nicht mal komplett ausziehen müssen.

## Der Überfall nach dem Sturm

Zwei Tage später stand Millie vor der Tür. Ich kann unangemeldete Besucher nicht leiden. In ihrer überfallartigen Penetranz werden sie nur übertroffen von Wegelagerern, die einem, wenn man nichts ahnend in der Kneipe sitzt, ein abgegriffenes Pappkärtchen auf den Tisch legen mit der Aufschrift: »Ich bin gehörlos, ich bin kein Bettler. Ich bitte Sie nur um eine Hilfe, damit ich in dieser Gesellschaft leben kann. Ich biete Ihnen ein Andenken für 3,50 Euro an. Wenn Sie mehr geben möchten, bedeutet es, dass Sie Ihr gutes Herz zeigen.« Und dazu legen sie ein rosa Plüschherz mit der Aufschrift »I love you«.

Von der Erinnerung an mein verkorkstes Freiluftabenteuer niedergedrückt, schrumpfte ich um weitere fünf Zentimeter angesichts Millies plötzlicher Erscheinung. Wie ein Leuchtturm, der sich mutig von der Küste losgerissen hat, stakste sie durch den Flur und störte die Ruhe in meinem Schneckenhaus.

Durch ihre zaunlattige Statur wirkte Millie größer, als sie tatsächlich war. Ich kam mir neben ihr grundsätzlich klein vor, obwohl sie mich kaum überragte. Es lag an der Art, wie Millie einen Raum betrat. Wie sie sich strahlend überall sofort zu Hause fühlte. Wie sie mit großen, interessierten Augen alles bestaunte und sortierte. Was ihr gefiel, vereinnahmte sie sofort. Da gab es kein Zögern, keine Zweifel an sich oder ihrem blitzartig gefällten Urteil. Es gab nur Millie und die wunderschöne Welt, die für und um sie herum gebaut worden war. Was Millie nicht gefiel, sortierte sie aus. Mit einem Satz wie: »Schwanger werden – das ist so Achtziger!«

Wenn ich beispielsweise zu einem Thema unsicher druckste, »Ich weiß nicht so recht, wo das hinführen soll«, dann sagte Millie: »Der Mensch ist ein Opfer seiner Einbildungskraft.« Und stand da mit Schlüsselbeinen wie Hirschgeweihe und hatte Recht. Millie stand immer kerzengerade da. Hoch aufgerichtet. So nennt man das wohl: hoch aufgerichtet! Und es sah immer so aus, als ziehe sie die Schultern leicht nach oben. Mich schüchterten diese Schultern ein: weit und knochig und raumgreifend. Stets trug sie diese tief sitzenden Hosen, wo man alles sieht: vom Bauchnabel bis zum weggelaserten Schamhaaransatz. Sommer wie Winter. Als ich jetzt durch den Flur hinter ihr herschlurfte, ertappte ich mich dabei, wie ich ihr in Gedanken ein, zwei Nierenbeckenentzündungen an die Hüfte wünschte. Fritt!, schoss es mir durch den Kopf, oder hießen die Frutti? Daran erinnerte mich ihre Figur. Das waren so lange Kaubonbonstreifen, in fünf Glieder unterteilt, rosa, biegsam und so zäh, dass man leicht eine Plombe daran verlieren konnte. Genau so war Millie. Genauso flach und genau so süß. Erst schmeckte sie nach Erdbeer, und dann klebte sie einem zwischen den Zähnen.

»Mensch, Nehrbach!«, verkündete sie und verspritzte dabei ihre ekelhafte Energie durch alle ihr verfügbaren Poren, »ich hab 'n super Job für dich!«

»Aha«, sagte ich und stand in meiner eigenen Küche wie ein Zeuge Jehovas mit dem »Wachturm« in der Hand.

»Ja!«, rief sie enthusiastisch und kam dabei noch einen weiteren, unnötigen Schritt auf mich zu. Als ob sie nicht bereits nah genug gewesen wäre. Ich fühlte mich schon bedrängt, wenn ich mich im selben Gebäude aufhielt wie sie.

»Toll. Na, da bin ich ja gespannt«, heuchelte ich und ging seitlich an ihr vorbei. Um ihrer körperlichen Präsenz zu entgehen, nestelte ich ein wenig an der Spüle herum, und um sie aus der Wohnung zu kriegen, sagte ich: »Dann lass uns doch was trinken gehen. Ich war den ganzen Tag noch nicht draußen.«

»Super. In Prenzlberg gibt's ein neues panasiatisches Restaurant. Ich muss unbedingt was essen!«

Sie war begeistert und ich gearscht. Mir etwas Luft verschaffen, mit ihr in eine Kneipe gehen, wo ich mich nach dem ersten Getränk mit den Worten »Sorry, ich muss morgen früh raus« verabschieden konnte, das war alles, was ich gewollt hatte. Und nun musste ich den Abend mit ihr verbringen!

»Wir können auch hier was essen gehen«, schlug ich sanftmütig vor. »Dann müssen wir nicht so weit fahren.«

»Nehrbachlein«, sagte sie eindringlich, »das sind mit'm Fahrrad zwanzig Minuten! Du sagst doch selber, du musst mal hier raus. Jetzt stell dich nicht so an.«

»Ich hab kein Fahrrad«, antwortete ich eine Spur zu trotzig.

Ich hasste Millie. Ich hasste ihren Schwung. Ich hasste ihre Sportlichkeit und ich hasste, wie sie Prenzlberg statt Prenzlauer Berg sagte. Und ich hasste, wie sie jetzt, ohne meine Widerrede zur Kenntnis zu nehmen, fröhlich Richtung Wohnungstür marschierte.

Wir verließen das Haus. Während sie ihr Fahrrad aufschloss, fiel mir ein, wie ich sie doch dazu überreden konnte, in meine Stammkneipe zu gehen.

»Millie«, sagte ich zu ihrem Hintern, als sie sich runterbückte, »ich wette, du warst noch nie beim Mitteleuropäer!«

*

»Na, ich bin ja wahnsinnig gespannt auf die großartige Küche, wenn du so davon schwärmst«, sagte sie, als der Kellner die Speisekarten einsammelte und unseren Tisch verließ.

»Du hast eine Kohlrabi-Suppe und einen kleinen gemischten Salat bestellt«, antwortete ich trocken. »An so was kann man als Koch keine Wunder vollbringen.«

»Ein Restaurant ist immer nur so gut wie sein kleiner gemischter Salat«, dozierte Millie und schob sich die Sonnenbrille von der Nase auf den Kopf.

»Also«, wechselte ich das Thema, »was ist das für ein Job?«

»Das ist eine ganz dolle Sache«, sprudelte sie los, »ich weiß noch nicht ganz genau, wie umfangreich das wird, aber es lohnt sich für dich in jedem Fall.« Sie sah dem Kellner hinterher. »Glaubst du, der ist schwul?«

»Weiß ich nicht«, sagte ich tonlos. »Worum geht's denn dabei?«

»Dass zwei Männer miteinander ins Bett gehen«, plauzte sie raus und prustete: »Tschuldige, aber der lag so in der Luft, den konnt ich mir nicht entgehen lassen.«

»Schon gut«, erwiderte ich ernst. »Ich lache mit. Innerlich. Könntest du jetzt meine Frage beantworten?«

»Wie jetzt? Nochmal?«, fragte sie und zog die Augenbrauen hoch.

Dann lachte sie wieder, und ich fragte mich, warum es in Deutschland keine kalauerfreien Zonen gibt. Für jeden Mist gibt es Gesetze und Rauchverbotsschilder, aber überall in Deutschland darf jeder Idiot, der sich für lustig hält, rumrennen und die Umwelt mit seinen Witzen verpesten.

Damit sie meine Gedanken nicht lesen konnte, senkte ich kurz den Blick und schob meine Brille hoch. Dann startete ich einen neuen Versuch: »Worum geht's denn nun bei dem Job?«

»Also, Job würde ich es vielleicht nicht nennen. Freie Mitarbeit trifft es, glaub ich, besser. Du könntest das als Honorarkraft machen, oder das Büro schreibt dir dafür einen Auftrag. Du kannst dir dann die Zeit frei einteilen. Das Material bekommst du von uns.«

Der Kellner kam und brachte unsere Getränke. Millie schenkte ihm ein »Hallo-ich-bin-eine-sexy-Großstadt-Frau-die-sich-nimmt-was-sie-will«-Lächeln, das er nicht zur Kenntnis nahm, woraufhin sich meine Laune etwas besserte.

»Und worin besteht der Auftrag?«, fragte ich interessiert.

»Irgendein Verein«, antwortete sie und wedelte abwertend mit der Hand in der Luft, »so was machen wir normalerweise nicht, aber der Kunde ist ein Cousin von unserem Chef, quasi eine Familiensache. Da hat er sich wohl zu weit aus dem Fenster gelehnt. Wir sind alle bis oben hin dicht mit Aufträgen. Ich kann mich nicht auch noch mit so'm Kleinkram abgeben.«

»Verstehe«, nickte ich und widerstand dem Drang, aufzustehen und ihren Kopf samt ihrer affigen Armani-Sonnenbrille mit einem kräftigen Ruck auf den Tisch zu knallen, »und da hast du an mich gedacht.«

»Du kennst dich doch aus mit Vereinszeitungen. Das ist doch quasi dein täglich Brot.« Sie lehnte sich zurück und seufzte: »Also, ich muss sagen, ich bewundere dich für deine Geduld; ich kann so was nicht. Das ist mir zu viel Fusselkram.«

Jemanden beleidigen und dabei gleichzeitig bescheiden wirken ist eine hohe Kunst. Und Millie war darin die Meisterin.

Andererseits konnte ich ein bisschen Kohle gebrauchen, also hakte ich nach: »Was ist das denn für ein Verein? Bringen die zum ersten Mal eine Zeitung raus, oder was ist mit dem passiert, der das sonst macht?«

»Du, das ist ein ganz innovatives Projekt. Ich kann mir gut vorstellen, dass da noch mehr Jobs bei rausspringen«, antwortete sie, während der Kellner das Essen brachte, und lehnte sich dekorativ zurück. »Na, der Blick sprach ja wohl Bände«, sagte sie siegessicher und starrte dem weggehenden Kellner auf den Hintern.

»Und was springt kohlemäßig dabei raus?«, fragte ich, ohne darauf einzugehen.

»Also, wie langfristig die Sache geplant ist und wie hoch dein Einsatz dabei sein wird, konnten die mir noch nicht sagen. Aber du brauchst dir deswegen keine Sorgen zu machen. Für das Grobe haben wir unsere Praktikanten. Wir brauchen dich sozusagen als Counseller.«

Das war typisch für Millie. Sie konnte auf einer Stehparty in Usbekistan mit sieben Geschäftsmännern aus acht Nationen gleichzeitig Smalltalk machen, aber sie war unfähig, eine Information von A nach B zu transportieren. Ich machte noch einen läppischen Versuch. Aber als sie auf meine Frage »Mit wem besprech ich denn die Einzelheiten?« antwortete »Das wird dir mit Sicherheit gefallen. Wir sind ein super Team!«, sah ich ein, dass es keinen Sinn hatte weiterzufragen. Es war, als wollte man Traubensaft aus Rosinen pressen. Ich lehnte mich zurück, nahm einen Schluck klebrige rote Weiße und beschloss, die Dinge auf mich zukommen zu lassen.

Als wir endlich aufgebrochen waren und Millie sich bückte, um an ihrem Fahrradschloss zu hantieren, sagte ich noch schnell: »Ach kuck, er ist doch nicht schwul, grade ist er mit so 'ner Latina-Braut verschwunden. Mann, hatte die Titten!« Aus purer Gehässigkeit.

## Büro Leidinger

Das Büro von Millies Firma befand sich in einer Fabriketage im vierten Stock, aber was immer hier früher gefertigt worden war, es musste schon sehr lange her sein. Inzwischen wirkte das Gebäude wie die Schaltzentrale eines international agierenden Geheimkonzerns, und wahrscheinlich war es das auch. Ich stieg in den voll verchromten Aufzug und drückte auf eine grün umringte Sensortaste mit einer digitalen Vier. Es tat sich nichts, und ich drückte noch mal. Die Tür ging wieder auf. Aber das Bild war ein anderes. Statt des Treppenhauses sah ich jetzt ein mit rotem Klinker eingefasstes Großraumbüro mit riesigen Grünpflanzen. Entweder hatte jemand ganz schnell die Kulisse ausgetauscht, oder der Aufzug hatte sich, ohne einen Mucks zu machen, in fünf Sekunden vier Stockwerke hochgebeamt. Besser, ich stieg aus dem Lift, bevor sich die Türen wieder schlossen und ich beim nächsten Öffnen vor Schloss Neuschwanstein stand. Die Schreibtische, Menschen und Grünpflanzen sahen alle gleich aus, also folgte ich dem vertrauten Geräusch einer in den letzten Zügen spräuzelnden Kaffeemaschine. Wo Kaffee kocht, sind Menschen, die Pause machen.

In einer Ecke mit Küchenzeile stand eine Frau, die versuchte, durch den schmalen Spalt des gekippten Fensters zu rauchen. Sofort wollte ich auch eine haben. Aber es schickte sich wohl nicht, gleich am ersten Arbeitstag jemanden anzuschnorren, dessen Position in der Firma man nicht kannte. Außerdem rauchte ich nicht mehr. Ich musste mir das immer wieder vorsagen: Du rauchst nicht mehr. Sei froh. Es stinkt. Es ist eklig. Es ist teuer. Es macht Krebs. Und alte Haut.

Eine könnt ich ja rauchen. Blödsinn. Danach fühlst du dich auch nicht besser. Außerdem hast du keine. Aber ich könnte ja die fremde Frau anschnorren. Die weiß nicht, dass ich nicht mehr rauche. Und ich würde es danach auch nie wieder tun. Es wäre wie in einem Paralleluniversum. Als sei es nie passiert.

»Tschuldigung, ich rauche normalerweise nicht im Büro«, sagte die fremde Frau, und ich antwortete: »Das ist okay; ich bin selber Raucher.« Sie mochte Anfang fünfzig sein und trug so ein gesichtsloses Businessoutfit. Irgendein kleinbraunkariertes Anzugsjäckchen mit dazu passendem Rock und schwarzen Schnallenschuhen. Mopplig war sie, fast muttihaft. Ich fand, dass sie nicht hier reinpasste. Oh Gott, hatte mich der Einstieg ins Karriereleben so blitzartig verflacht, dass ich jetzt schon glaubte, Jugend und Modelmaße seien Vorraussetzungen, um in der Werbewirtschaft erfolgreich zu sein?

»Na, ich muss dann mal wieder«, sagte sie verhuscht, warf die brennende Kippe durch den Fensterspalt und verschwand. Ohne mir eine anzubieten.

»Sie müssen Frau Nehrbach sein!« Ein Mittvierziger, Typ Berufsjugendlicher, in Armeehosen und gebügeltem Gucci-Hemd, streckte mir strahlend die rechte Hand entgegen. Ich schlug ein und überlegte, wieso Leute, die angeblich sechzehn Stunden am Tag arbeiten, permanent den Eindruck machen, sie kämen gerade zurück von ihrem Yachturlaub am Comer See.

»Gehen wir doch ins Konferenzzimmer«, schlug er vor und ging voran. Das Konferenzzimmer war ein voll verglaster Kasten am anderen Ende der Büroetage, direkt neben einer Wand aus

Wasser. Man hatte ins Mauerwerk eine deckenhohe, zwei Meter breite Metallplatte eingelassen, über die sich unablässig eine kristallklare Kaskade ergoss. Es war sehr beeindruckend. Ich kriegte von unserer Besprechung nur die Hälfte mit, weil ich die meiste Zeit fasziniert auf die Wasserspiele und die dekorativ daran vorübergehenden Menschen starrte.

Als ich mit einem Packen Infomaterial das Büro verließ, wusste ich nicht viel mehr, als dass es sich bei der angeblichen Vereinszeitung um den PR-Auftritt eines neuen Clubs in Mitte handelte, der Lounge, Restaurant und Dancefloor in einer Location vereinte, wie mein neuer Chef, Herr Leidinger, das formulierte. Ich sollte ein Logo, die Anzeigen und ein vier mal vier Meter großes Folienplakat entwerfen, das als provisorisches Eingangsschild dienen sollte, solange das Gebäude noch eingerüstet war. »Wir sollten dann direkt diese Woche loslegen, damit wir Montag eine erste Präsentation für den Kunden vorlegen können«, hatte Leidinger gesagt. Von entfernter Verwandtschaft war nicht die Rede gewesen, und ich wusste immer noch nicht, wie viel sie mir bezahlen wollten.

Ich setzte mich in die U-Bahn und dachte an Michael. Seit dem Pfaueninseldebakel hatte er mich dreimal pro Tag auf dem Handy angerufen, aber ich war nie rangegangen. Verstecken war besser als rechtfertigen. Ich hatte keine Lust, mich mit einem 24-jährigen Schmied auf ein Sextherapie-Gespräch einzulassen: Wieso warst du so verkrampft? Hat es dir nicht gefallen? Wollen wir es nicht noch mal versuchen? Soll ich mehr auf deine Wünsche eingehen? Ich genierte mich. Die ultimative romantische Frauenfantasie hatte sich für mich materialisiert, und ich hatte es vermurkst. Ich wollte nicht mehr darauf angesprochen werden.

Zuhause am Computer öffnete ich meine Mails:

Liebe Ute.
Was soll ich sagen. Ich hätte dir das lieber persöhnlich gesagt. Aber am Telefon erwische ich dich nicht. Für mich ist ien Traum in Erfüllung gegangen. Ich vertraue dir jetzt etwas an: Das war mein Erstes mal im freien. Ehrlich gesagt, habe ich überhaupt noch nicht so viel Erfahrung. Ich fand es toll, wie du ddie Dinge in die Hand genommen hast. Ich war total nervös das hast du sicher gemerkt. Aber in deinen Armen schmolz die Verkrampfung dahin. Sich von jemand verführen zu lassen, der Ahnung hat, ist ein geiles Gefühl. Ich möchte dieses Gefühl wiederhaben. Ich möchte dich wiederhaben. Du bist umwerfend.

Dein Michael.

Na, toll. Das ist *mein* Text!, wollte ich rufen. *Ich* will verführt werden! *Ich* bin verkrampft!

Nun hatte ich nicht nur ein Problem; ich hatte gleich einen ganzen Michael. Er war jetzt *mein* Michael. Ich lehnte mich zurück und verschränkte die Hände im Nacken. Kirsten klopfte an meine Zimmertür und streckte im selben Moment den Kopf herein. »Kuck mal! Was ich hier habe!«, sang sie fröhlich durch die halb geöffnete Tür und wedelte mit einem großen, braunen Umschlag. Offenbar war der erste Schwung Antworten auf meine »Wanted«-Anzeige gekommen. Es kam nicht in Frage, Kirsten schon wieder auszubremsen. Also folgte ich ihr in die Küche und wir setzten uns an den Tisch, um die Briefe zu öffnen.

*Liebe Fremdenführerin,*
*ich habe einen Vorschlag für dich: Vergiss die Touri-Typen und lass dir von einem echten Berliner die Stadt zeigen. Ich kann dich an die geheimsten Orte deiner wildesten Fantasien führen. Du musst mir nur die Zügel in die Hand geben, dann wirst du von mir, 1,82 m, 96 kg, gut gebaut, dominant, 36 J., so hart rangenommen, wie du es brauchst.*
*Manni aus Friedenau*

»Ach, du Scheiße, das fängt ja gut an«, sagte ich und gab den Brief an Kirsten weiter. Sie überflog die Zeilen und meinte dann nachdenklich: »Wie kann man mit 96 Kilo gut gebaut sein?«

»Ich glaube, das ist nicht das Hauptproblem bei dem Kerl«, gab ich zurück. »Wieso meldet der sich überhaupt auf meine Anzeige?«

»Er kennt eben deine geheimsten Wünsche und wildesten Fantasien«, säuselte Kirsten verschwörerisch.

»Stimmt. Ich wollte schon immer kranke Briefe aus Friedenau kriegen«, sagte ich, während ich aufstand, um mir Ayran aus dem Kühlschrank zu holen. Ich nahm mir ein Glas dazu, und Kirsten fragte in meinen Rücken: »Kann ich noch einen aufmachen?«

»Sei mein Gast«, antwortete ich muffelig und versuchte, das klemmende Türchen vom Büffetschrank in den Griff zu kriegen. Ich hätte das Ding nicht anfassen sollen, dachte ich. Die neue Farbschicht begann jetzt, wo die Temperaturen stiegen, ein unkontrollierbares Eigenleben zu führen. Jemand musste sich all der klemmenden und abblätternden Teile annehmen. Jemand, der handwerklich begabt war. Ich verwarf den Gedanken. Der Schmied sollte nicht in meine Höhle eindringen.

»Pass auf, es wird besser«, sagte Kirsten und las vor:

*Liebe Unbekannte,*
*auch wenn ich wahrscheinlich nicht der bin, auf den du wartest, würde ich dir gerne begegnen. Beim Lesen deiner Anzeige hat etwas in mir gefunkt, auch wenn ich nie in der Straße war, in der du suchst. Manchmal wissen wir nicht, welche Geschenke das Universum für uns bereithält. Auch wenn wir nicht an eine höhere Macht glauben, sollten wir nicht an einer Möglichkeit vorbeigehen, die vielleicht die Chance unseres Lebens sein könnte.*

*Ich bin ein Fische-Mann mit ausgeprägtem Aszendenten Steinbock, Nichtraucher, 1,70, 34, 64, und möchte mir gerne von dir alles zeigen lassen, was du in dieser Stadt lebens- und liebenswert findest.*

*Gerhard.*

»Das nennst du eine Verbesserung?«, fragte ich missmutig.

»Auf jeden Fall ist es witziger«, sagte sie fröhlich und griff nach dem Plastikbecher, in dem noch Ayran war, der nicht ins Glas gepasst hatte. »Kann ich den Rest haben?«

Ich nickte und nahm mir den letzten Brief. Die Hoffnung, dass sich darin der tatsächliche Dönermann versteckte, hatte ich inzwischen aufgegeben.

Ich las laut vor:

*Hallo Unbekannte,*
*eines haben wir schon mal gemeinsam: Wir sind beide einsam. Sonst würdest du keine Anzeigen aufgeben und ich würde keine beantworten. Ich bin 46 Jahre alt, habe mich aber gut gehalten. Das behauptet jedenfalls mein Freundeskreis. Ich bin Pharmareferent, habe ein schönes Heim im Grünen und viele liebe Freunde. Was mir*

*fehlt, ist eine Frau an meiner Seite. Wenn du zwischen 23 und 35 Jahre alt, schlank und vorzeigbar bist, melde dich doch bitte. Ein Kind ist kein Hindernis. Über ein Foto würde ich mich riesig freuen.*

»Das ist ja wohl der Gipfel.« Die Sache fing an, mich aufzuregen. Ich beobachtete, wie Kirsten den Aludeckel vom Ayran-Becher abzog, ihn halb ableckte, dann mit der Butterseite auf den Tisch legte und maulte: »Es ist unglaublich, wie viel Verrückte in dieser Stadt rumlaufen. Ich bin froh, wenn ich hier mal rauskomme.«

»Ach, ja, wann ist denn deine Familienfete?«, fragte sie und kippte sich den Rest Ayran rein.

»Am Elften ist die Feier, aber ich werde wahrscheinlich einen Tag eher hinfahren. Das sind mit der Bahn fünf Stunden bis Köln.«

»Hast du eigentlich ein gutes Verhältnis zu deinem Bruder?«

Oh Gott, jetzt wollte sie mich über meine Familie ausfragen.

»Mein Bruder Ulrich ist ein nervtötender Besserwisser«, antwortete ich, »aber ansonsten ein netter Kerl.« Ich beschloss, das Thema zu wechseln: »Was bilden sich diese Typen eigentlich ein? Der ist 46, und seine Frau soll mindestens elf Jahre jünger sein als er. Mann, da bin ich mit meinem Schmied ja noch gut bedient.«

»Ja! Da bist du die Ältere«, warf Kirsten ein, »wie alt ist er eigentlich?«

»Hab ich nicht gefragt«, gab ich verstockt zurück.

»Worüber habt ihr euch denn unterhalten?«, bohrte sie, und nur um aus der Schmollecke zu kommen sagte ich: »Man muss ja nicht immer reden.«

Was ich sofort bereute, denn nun bekam sie gierige Augen.

»Erzähl! Erzähl!«, rief sie aufgeregt und hopste albern auf ihrem Stuhl auf und ab. »Wo wart ihr? Wo habt ihr …? Habt ihr?«

Wenn ich sie jetzt nicht stoppte, würde ihr auf der Stelle einer abgehen. Das war so ähnlich wie Passivrauchen.

»Wir waren auf der Pfaueninsel, und ich möchte wirklich nicht darüber reden«, sagte ich sachlich, in der Hoffnung, dass diese steife TV-Serien-Formulierung eine gewisse Distanz zwischen uns schaffen würde.

»Ihr habt es im Freien gemacht?«, japste sie, »sag wenigstens, ob's gut war!«

»Es war okay, und es reicht jetzt«, antwortete ich genervt.

Sie setzte beide Ellenbogen auf den Tisch, verschränkte die Finger und stützte ihr Kinn darauf. »Das ist ja cool«, schwärmte sie, »du hast eine Beziehung zu einem jüngeren Mann, und im Briefkasten wartet Johnny Depp.«

»Ich hab keine Beziehung mit Michael«, stellte ich fest.

»Wieso denn nicht?«, fragte sie, »ist er dir zu jung?«

»Nein«, druckste ich, »ich weiß auch nicht.«

»Pass auf«, Kirsten fing an, auf mich einzureden, »pfeif doch auf den Dönermann. Wenn er sich nicht meldet, ist er selbst schuld. Ich würde die Anzeige aber auf jeden Fall noch mal schalten, vielleicht hat er sie nur zufällig verpasst. Und wenn dieser Michael was hat, und das muss er wohl, nach dem großen Geheimnis, das du um ihn machst, dann behalt ihn doch. Lass dich erst mal drauf ein, dann kannst du immer noch sehen, was daraus wird. Trau dich mal was! Es war schon schwer genug, dich wegen dieser Anzeige aus der Reserve zu locken. Du kannst dich nicht ewig verkriechen. Wenn du ehrlich bist, hast du einfach nur Schiss!«

»Hm«, machte ich unbestimmt. Ich hatte nur mit halbem Ohr zugehört. Diese ganze »Zwei-Freundinnen-lesen-gackernd-

Kontaktanzeigenbriefe«-Kiste, die sie hier versuchte, mit mir abzuziehen, passte mir nicht. Wir waren keine Freundinnen. Kirsten war meine Mitbewohnerin. Sie hatte ihr Politologenleben an der Uni, war die meiste Zeit nicht zu Hause, und ich konnte mich in Ruhe in meinem Zimmer vergraben. Sie hielt es mit mir aus, und ich ließ sie plappern. Aber auf keinen Fall wollte ich mein Intimleben mit ihr teilen.

Ich stand auf und schob meinen Stuhl an die Tischkante. »Ich muss noch'n bisschen was arbeiten«, sagte ich, schnappte mir den dreckigen Aludeckel vom Tisch, faltete ihn zusammen und steckte ihn in den leeren Plastikbecher. »Millie hat mir 'n Auftrag über ihr Büro besorgt. Ich muss mir das bis morgen ankucken.«

»Okay«, sagte Kirsten und wirkte leicht besorgt, »lass den Kopf nicht hängen wegen der Anzeigen, und gib diesem Michael 'ne Chance. Genieß es, solange es dauert. Wenn nichts draus wird, hattest du 'ne schöne Zeit.«

»Klar«, sagte ich und räumte den Tisch ab.

Kirsten verließ die Küche, und ich wischte den Ayranfleck von ihrem Platz. Dann löschte ich das Licht und ging in mein Zimmer.

## Dragiza

Ich warf mich aufs Bett und blies erleichtert Luft durch meine Lippen. Endlich war ich Kirsten los. Eigentlich waren mir momentan alle zuwider: der aufgeblasene Herr Leidinger, die plappernde Kirsten und der anhängliche Michael. Jemand sollte sie bei den Schnüren packen und sie zurück in die Augsburger Puppenkiste packen. Die Welt sollte mich in Ruhe lassen.

Ich drehte mich auf den Rücken, schloss die Augen und dachte an Köln und an die Familienfeier. Dass es gut sein würde, mal aus der Stadt rauszukommen und Abstand zu haben zu meinem stillstehenden Leben, das durch Schubsen von außen gestört wurde und nur ruckelig in die Gänge kam. Aber andererseits: Köln! Ich konnte diese penetrante rheinische Frohnatur nicht ausstehen und diesen furchtbaren Dialekt, der immer so klang, als kämen die Menschen gerade von einer Kneipenschlägerei, bei der ihnen sämtliche Zähne lockergeschlagen worden waren. Und nun mussten sie alle Konsonanten und Vokale mühsam mit der Zunge um die wackligen Stellen herumlavieren.

Ich dachte an meinen Bruder, dem ich eben Unrecht getan hatte, nur um Kirsten mundtot zu machen. Seit er in Köln wohnte, war aus einem netten Kerl ein netter, ständig heiterer Kerl geworden, und ich war nicht die Einzige in meiner Familie, die das verdächtig fand. Wir mochten vieles sein: Locker und herzlich waren wir nicht.

Seit sie von meinem Vater geschieden war, schämte sich meine Mutter für alles, was rings um sie passierte. Ob sie nun Einfluss darauf hatte oder nicht. Eine Scheidung war zu ihrer Zeit in einer Kleinstadt in Westdeutschland eine Sache, über die man nur hinter vorgehaltener Hand sprach. Ob man über eine Frau sagte »Die hat Läuse« oder »Die ist geschieden« – der Tonfall war derselbe. Meine Mutter schämt sich seitdem sogar fürs schlechte Wetter. Von meinem Vater weiß ich nur, dass er nach einer Weile bei einer allein stehenden Frau einzog, deren Mann nach einem Angelausflug einfach nicht mehr zurückgekommen war. Ob er ertrunken war oder abgehauen, blieb unklar. Anscheinend fütterte sie meinen Vater durch, und meine Mutter nannte sie »die Pseudo-Witwe«. Wenn meine Mutter mal ein Fremdwort verstanden hat, wendet sie es oft und gerne an. Immer wenn sie von der Frau spricht, hängt sie ein »Also, mir wär's peinlich« dran. Das kann so ein absurder Satz werden wie: »Eine Weihnachtskarte haben sie geschickt. Dein Vater und seine Pseudo-Witwe. Also, mir wär's peinlich.« Und dann weiß man nicht, wofür sie sich gern schämen würde: für die Karte, das Verhältnis oder den verschwundenen Angler?

Meine große Schwester macht sich über so was keine Gedanken. Sie steckt alles und jeden mit einem eisernen Lächeln weg. Sie fliegt mit 300 Euro in der Tasche und gänzlich ohne Vorplanung und Fremdsprachenkenntnisse nach Nepal und findet das furchtbar einfach. Und auf jede einzelne der schrecklichen Eventualitäten, die man aufzählt, wie »Wo wirst du schlafen?«, »Was wirst du essen?«, »Was ist, wenn du krank wirst?«, »Wie lernst du so schnell Nepalesisch?«, antwortet sie: »Das geht dann schon irgendwie.« Meine Schwester Gudrun lässt sich niemals durch irgendetwas aufhalten, weil sie nichts, das sich ihr in den Weg stellt, als Hindernis ansieht. So einfach ist das.

Mein mittlerer Bruder, wie ich ihn nenne, obwohl er vier Jahre jünger ist als ich, ähnelt mir schon eher. Er macht sich erst gar nicht auf den Weg. Eine Zeit lang dachten wir alle, Georg sei schwul. Mittlerweile bin ich davon überzeugt, dass er einfach zu träge ist, sich eine Freundin zu suchen, und dass ihn sein Job bei der Bank tatsächlich ausfüllt.

Georg und ich gelten bei uns in der Familie als Workaholics. Meine Mutter nimmt an, wir opferten den Wunsch nach einer eigenen Familie der Karriere. Dabei wird gnädig übersehen, dass weder er noch ich in unseren jeweiligen Berufen richtig erfolgreich sind. Es ist eine bequeme Art zu erklären, warum wir nicht heiraten und Kinder kriegen. Gudrun und ihr Mann haben es sechs Jahre lang versucht, und als sie sich endlich dazu durchgerungen hatten, ein Kind zu adoptieren, wurde ihnen gesagt, sie seien zu alt. Die letzte Hoffnung meiner Mutter konzentriert sich auf Ulrich, den Jüngsten. Angesichts seines regen Liebeslebens stehen die Chancen, dass er ihr demnächst einen Enkel beschert, nicht schlecht. Warum die Frauen so auf meinen kleinen Bruder fliegen, war mir lange nicht klar. Bis ich kapierte, dass er so offensiv flirtet und dabei ein so unbeschwertes Selbstbewusstsein zur Schau trägt, dass die Frauen zuerst davon beeindruckt sind und dann einfach neugierig werden. Zwar merken sie schnell, dass nicht viel dahinter steckt, aber sein Rezept ist einfach: Wenn er Party macht, wie er das nennt, zieht er los und baggert jede Frau an, die im geschlechtsreifen Alter ist, kassiert hintereinander sieben, acht Körbe, und bei der Neunten klappt es.

Ich erinnerte mich, wie er eines Abends nach dem zehnten Kölsch süffisant erzählte: »Stell dir vor: Ich liege mit dem Kopf zwischen ihren Beinen und taste nach oben zu ihren Brüsten. Aber da waren keine Brüste! Das war alles flach! Ich kuck nach oben, und dann hab ich erst geschnallt: Die sind gar nicht in der Mitte! Die hängen rechts und links an der Seite runter!« An der Stelle war er in hysterisches Kichern ausgebrochen, und ich hatte noch zwei Kölsch bestellt. Mir wurde heiß im Gesicht bei dem Gedanken daran, welche Vergleiche der Schmied zwischen mir und den Frauen in seinem Alter ziehen würde. Wie viel Orangenhaut hatte er bei dem hektischen Rumgehampel sehen können? Hatte sich mein Hintern undekorativ im Gras breitgedrückt? War er enttäuscht von dem, was er aus meinem Push-up-BH herausgewühlt hatte? Hatte er die Augen zugehabt?

Genervt drehte ich mich auf die Seite und schnaufte. Kirsten hatte Unrecht. Das führte zu nichts. Ich wollte keine Beziehung mit Michael, und nur schlechten Sex wollte ich auch nicht. Obwohl er da anscheinend anderer Meinung war. Vielleicht hatte ich mich nur nicht richtig konzentriert. *Er* fand mich geil. Wie viele Männer liefen wohl noch in Berlin rum, die mir schriftlich gaben, dass sie mich »umwerfend« fanden? Ich seufzte und kroch halb unter die Decke. War das früher alles leichter gewesen, oder war ich heute einfach komplizierter? Ich meine, gestern war ich doch noch unbekümmert mit Rollschuhen über sonnendurchflutete Parkplätze gerollt und glücklich und unbeschwert gewesen. Blödsinn, durchfuhr es mich, du warst schon immer unsicher. Du hast das nur nie zugegeben.

Und dann meldete sich wieder der kleine Neid-Drache in meinem Kopf und sagte: ›Es gab immer jemand, der besser, klüger und schöner war als du. Erinnerst du dich noch an Dragiza?‹

Stimmt. Dragiza. Dragiza ging in meine Klasse, als ich in der Grundschule war. Sie hatte langes, schwarzes, lockiges Haar, dunkle Mandelaugen und kaffeebraune Haut. Die meiste Zeit, wenn ich mit ihr zusammen war, verbrachte ich damit, sie einfach nur anzuschauen. Eine Klasse über uns war einer, der wollte mit Dragiza gehen. Wie hieß er noch? Irgendwas mit Sack ... Sackstätter? Sackmaier? Jedenfalls hatte Dragiza streng jugoslawische Eltern und wäre im Traum nicht auf die Idee gekommen, sich mit Jungs einzulassen. Plötzlich erinnerte ich mich genau, wie in der großen Pause dieser Junge, ein kleiner dicklicher mit Pumuckl-Frisur, auf mich zukam und sagte: »Du hast zu Dragiza gesagt, sie soll nicht mit mir gehen.«

Bevor ich fragen konnte, wohin er denn mit ihr wollte, schnappte er mich am Kragen und knurrte: »Du redest ihr das wieder aus, sonst gibt's 'n paar in die Fresse.«

Am selben Tag, als ich auf dem Nachhauseweg an seinem hässlichen grauen Hochhaus vorbeiging, lauerte er mir auf. Ich sah ihn schon von weitem oben an der Treppe über der Tiefgarage stehen, und als ich mit ihm auf einer Höhe war, nahm ich aus dem Augenwinkel wahr, dass er mir hinterherkam, aber damals glaubte ich wohl, wenn ich einfach ganz ruhig weiterginge, als ob nichts wäre, dann würde mir nichts passieren. Dem war natürlich nicht so. Die Schritte hinter mir wurden immer schneller, schließlich packte er mich an der Schulter, drehte mich in Position und haute mir kommentarlos die Faust ins Gesicht. Und das war's dann auch schon. Ich drehte mich wieder um, ging im selben Tempo weiter, und er trollte sich. Als ich nach Hause kam, war meine Lippe schon so dick wie ein Tischtennisball. Meine große Schwester machte die Tür auf und hatte nur drei Worte: »Wer war das?«

»Sackmeister!«, rief ich laut in die Dunkelheit und richtete mich im Bett auf. Jetzt fiel es mir wieder ein! Oliver Sackmeister hieß der kleine Fettsack. »Genau«, murmelte ich und legte mich wieder hin.

»Oliver Sackmeister«, hatte ich gewimmert, und Gudrun hatte sich die Gummistiefel angezogen und gefragt: »Wo?«

»Hochhaus«, heulte ich und lief ihr hinterher.

Große Schwestern sind was Wunderbares. Wenn man zwölf ist, kann man heimlich ihre BHs anprobieren, sie bringen einem das Rauchen bei und zeigen einem, wie das geht mit dem Zungenküssen. Gudrun hat mich jede Woche zusammen mit ihrer Freundin Heike abgefragt. Sie haben mir eine kleine Glasschüssel in die Hand gedrückt und gesagt: »So, los geht's: Zeig mal, was du kannst. Wir kucken dann durchs Glas, ob du das richtig machst mit der Zunge.«

Ich wusste nicht so richtig, worum es eigentlich ging, aber ich hätte alles gemacht, was meine große Schwester von mir verlangte, denn sie war meine große Schwester.

In Gedanken betrat ich noch einmal den kleinen Mietshauskeller, in dem Kartoffeln, Werkzeug und unsere alten Autoreifen lagerten: Meine Schwester und Heike hatten die schäbigen Holzregale mit Alufolie umwickelt und ihn dann Partykeller genannt. Meine Eltern durften davon nichts wissen, und so musste ich Schmiere stehen, während sich drinnen im Schein einer rot angepinselten Glühbirne die echt abgefahrensten Dramen abspielten. Ich sah die coolen Freunde meiner Schwester vor mir, wie sie da in unserem abgedunkelten Keller an den Wänden lehnten und für mich unerreichbar waren. Sie trugen Lederjacken mit drüber einer Jeansjacke ohne Ärmel, hatten lange Haare und Kreuz-Anhänger im Ohrloch. Einer von denen wollte sich vor unseren Augen umbringen, weil meine Schwester nicht mit ihm gehen wollte. Es dauerte damals über zwei Stunden und einen halben Kasten Bier, ihm das Schweizermesser abzunehmen, und danach betete ich meine Schwester förmlich an.

Meine Schwester war schnell. Wie ein Racheengel schritt sie mit wehendem Anorak durch unsere Siedlung und baute sich schließlich mitten auf dem Spielplatz auf, der trist zwischen den beiden grauen Hochhäusern lag, und fragte herausfordernd: »Wer von euch ist Oliver Sackmeister?« Eins nach dem andern ließen die Kinder ihre Spielzeuge, ihre Zigaretten und die Hamster, die sie gerade quälten, fallen und erstarrten. Nur einer war blöd genug, sich auf sein frisiertes Mofa zu setzen und panisch davonzuötteln. Meine Schwester rührte sich nicht vom Fleck. Sie zog einen Gummistiefel aus und warf ihn zwischen die Speichen. Dann ging sie langsam auf ihn zu. Er war gerade dabei, unter seinem Mofa hervorzukrabbeln, als meine Schwester sagte: »Ich geb dir eine Minute Vorsprung«. Dann zog sie in aller Ruhe ihren Gummistiefel wieder an. Sackmeister flüchtete in die Tiefgarage, und meine Schwester lächelte mich an. Wir wussten, es war Samstag, da parkte Silvio, der Hausmeister, seinen Ascona immer an der hinteren Notausgangstür der Garage, weil er da den Wasserschlauch anschließen konnte. Das kleine Arschloch saß da unten in der Falle.

Ich werde nie vergessen, wie meine Schwester ihn da stellte, in der hintersten dunkelsten Ecke, wie sie ihm die Dresche seines Lebens verpasste und dann sagte: »Du wirst meine kleine Schwester nie mehr schlagen, du wirst sie nicht mal mehr anschauen. Kapiert?«

»Finger weg von meinem Neffen!«, sagte Silvio, der Hausmeister, der unangefochtene Herrscher über zwei graue Hochhäuser, einen versifften Spielplatz und die dazugehörige voll gepisste Tiefgarage, der plötzlich hinter uns aufgetaucht war und mit einem Wasserschlauch drohte: »Sonst wird's feucht, Schlampe.«

In dem Moment fiel ein Schraubenschlüssel zu Boden, und Silvio, der Hausmeister, leuchtete blitzschnell in die Parklücke gegenüber, wo eine Gestalt in Lederjacke und Jeansweste gerade dabei war, die Radkappen von einem metallicblauen Manta zu klauen. Es war Günni, der junge Mann, der sich mit dem Taschenmesser die Pulsadern hatte aufsäbeln wollen, weil meine Schwester nicht mit ihm ging. Er fackelte nicht lange und kam mit dem Riesenteil von Schraubenschlüssel auf uns zu. Das Taschenmesser hatte er wohl vergessen.

»Das woll'n wir doch mal sehn, wer hier wen nass macht!«

Inzwischen hatten sich schon einige der Spielplatzkinder und ein paar andere abgerissene Typen, die in der Hochhausgegend herumhingen, wenn sie nicht gerade mit Bierzeltschlägereien beschäftigt waren, am Eingang versammelt und kamen langsam näher.

Der kleine Sackmeister rappelte sich aus seiner Ecke hoch, wischte sich Rotz und Tränen aus dem Gesicht und schnauzte: »Mein Onkel macht dich fertig, du Fotze!«, worauf Günni den Schraubenschlüssel schwang und schrie: »Sprich nicht so mit meiner Freundin, du kleiner Wichser!«, und meine Schwester rief: »Ich bin nicht deine Freundin, Arschloch!«

Die lauernde Meute von draußen war jetzt näher gekommen, und alle riefen durcheinander:

»Mach ihn fertig, Günni!«

»Lass dir nichts gefallen, Schwester!«

»Dreh den Schlauch auf, Silvio!«

Dann war es still. Und ich schwöre, dass ich nicht geplant hatte, genau in dem Moment zu sagen: »Ich blute. Hat jemand 'n Tampon da?«

Aber diesen wundervollen Satz habe ich mir seit dieser ersten Menstruation für mein ganzes Leben gemerkt. Denn er hat auf Männer eine erstaunliche Wirkung. Günni steckte den Schraubenschlüssel weg, Silvio ging zurück zum Autowaschen, und

Sackmeister rannte in Panik davon. Der Rest der Menge zog leise brabbelnd und peinlich berührt ab.

Damals hatte ich gespürt, dass das das Ende einer unbeschwerten Kindheit war, denn meine Schwester hatte sich zu mir umgedreht, den Arm um meine Schulter gelegt und gesagt:

»Willkommen im Kreis der Mühseligen und Beladenen.«

## Spätfolgen

Am nächsten Morgen fühlte ich beim Duschen einen Knubbel zwischen den Beinen. Ich bückte mich und fand eine erbsengroße, braune, weiche Kugel zwischen den Schamhaaren an einer Stelle, wo sonst keine erbsengroße braune Kugel hing. Also beschloss ich, daran zu ziehen. Daraufhin riss das komische Furunkeldings ab, und ich fing sofort an zu bluten wie ein Schwein. Ich schaute das Ding zwischen meinen Fingern an. Da ich die Brille nicht aufhatte, musste ich mir den braunen Fetzen ganz nahe vor die Augen halten. Auch mit zweieinhalb Dioptrien erkannte ich, dass das Ding mindestens sechs Beine hatte, die sich noch bewegten. Ich schrie wie am Spieß, das Blut lief in den Ausguss, und Kirsten kam ins Bad gerannt und zog den Duschvorhang zur Seite.

»Was ist passiert?«, rief sie, und ich heulte: »Ich glaub, ich hab 'ne Zecke.«

Den Rest des Vormittages verbrachte ich im Wartezimmer meiner Hausärztin, wo ich über zwei Stunden lang Menschen sah, die kamen, mit mir warteten und wieder gingen, nur um mir schließlich sagen zu lassen, ich hätte Glück gehabt, das Vieh sei im Ganzen abgegangen, es müsse so randvoll mit meinem Stoff gewesen sein, dass es nicht einmal mehr papp sagen konnte; und ich bekam nicht einmal ein Pflaster oder eine desinfizierende Salbe.

Als ich die Arztpraxis verließ, war es Viertel nach eins; mir hing der Magen in den Kniekehlen, und auf der anderen

Straßenseite war eine Imbissbude. Zum Nachdenken blieb keine Zeit. Obwohl ich fettiges Essen nicht vertrage, sagte ich, als würde ich nie was anderes bestellen: »Eine Curry ohne Darm und einmal Pommes rot-weiß!«

»Und wie würz ick die Curry?«, fragte die Wurstbraterin ohne aufzusehen.

»Normal«, gab ich souverän zurück, dabei war ich mit der Tatsache, dass es bei einer Currywurst verschiedene Würzvarianten gab, völlig überfordert.

»Macht zwo achtzig, junge Frau«, rasselte sie herunter, während sie beidhändig Ketchup und Mayo aus zwei großen roten Plastikflaschen auf die Pommes quetschte. Ich fragte mich, wie sie die auseinander hielt.

In meinem Portemonnaie fand ich zwei Zwanzig-Cent-Stücke, vier Mal zehn Cent, eine Zweieuromünze, die ich aber nicht hergeben wollte, weil ich sie für die U-Bahn brauchte, und einen Fünfeuroschein. Das war perfekt. Ich würde auf einen Schlag mein ganzes Kleingeld loswerden. Die Imbissverkäuferin stellte die Pappschale auf die Theke, und ich legte einen Fünfer daneben und beschwerte ihn mit meinem kleinen Münzstapel.

»Wat is'n det?«, fragte sie angewidert.

»Kleingeld!«, gab ich zurück.

»Damit kann ick nüscht anfangen«, meckerte sie. »Ick brauch Euros!«

»Hab ich nicht«, behauptete ich. Missmutig zog sie den Geldschein weg und brachte damit meinen kleinen Turm aus Münzen zum Einsturz. Ich fühlte mich zu schwach für Widerspruch und hatte Angst, dass sie mir mein Essen wieder wegnehmen würde, wenn ich aufmuckte, also nahm ich schweigend die 2,20 € in Messing entgegen, sammelte mein Kleingeld wieder ein und zog mit meiner Beute ab.

Kaum hatte ich das letzte Stück eingeweichten Fettbröckel geschluckt, fing es auch schon an, mir aufzustoßen. Rülpsend knüllte ich die leere Pappe zusammen und quetschte sie mit spitzen Fingern in einen übervollen Abfalleimer am Straßenrand. Das war weit entfernt von dem, was ich mir unter der Belohnung für einen unangenehmen Arztbesuch vorgestellt hatte. Auf dem Weg nach Hause passierte ich drei Bäckereien, denen ich tapfer widerstand, nur um dann an meiner Haustür vorbei zu gehen und mir zwei Straßen weiter in der Videothek ein Eis zu holen.

Das war, als ich in der Wohnung ankam, schon ein wenig angeschmolzen, also legte ich es ins Gefrierfach. Satt gemacht hatte mich der Imbissfraß sowieso nicht, und bestimmt war es vernünftiger, erst mal was Richtiges zu essen. Ich sah in den Kühlschrank und war überrascht davon, dass es mich überraschte, nichts Kochbares vorzufinden. Schließlich hatte ich nicht eingekauft. Ich ließ die Kühlschranktür wieder zufallen und schlurfte zur Vorratskammer. Ein abgelaufenes Päckchen Lasagnenudeln, vier Tuben Tomatenmark, H-Milch und eine Dose Eier-Ravioli. Ich entschied mich für die Ravioli und machte den Gasherd an. Dosen-Ravioli sind gar nicht so schlecht, wenn man sie mit genügend Tomatenmark, Parmesan, Kapern und ordentlich Chilipulver aufpeppt.

Mit dem randvollen Teller, auf den fast der gesamte Doseninhalt gepasst hatte, und einem Glas Ayran setzte ich mich ins Wohnzimmer. Für Sitcoms war es noch zu früh, also starrte ich dumpf auf eine Dokumentation über den Borkenkäfer, in der sämtliche Förster und Waldarbeiter Niedersachsens immer wieder dieselben kümmerlichen drei Fakten, die es über den Buchdrucker-Borkenkäfer zu berichten gibt, aufsagten: Er ist klein, er hat Larven, er frisst Borken. Manchmal hielten sie auch eines der kakerlakenfarbenen, behaarten Insekten in Großaufnahme in die Kamera, und ich verspürte tiefes Mitgefühl für die Bäume, denen sie das Harz entziehen, und einen grundsätzlichen Hass auf alle Kreaturen, die anderen Lebewesen das Blut aussaugen.

In der Werbepause schleppte ich mich in die Küche, um mein Eis zu holen. Den verschmierten Ravioliteller ließ ich stehen. Ich war so voll gefressen, dass ich jede überflüssige Bewegung vermeiden musste. Ich schaffte es gerade noch, mir unterwegs eine Jogginghose anzuziehen.

Als ich zurück zum Fernseher kam, hatte ich genug von der Schädlingsberichterstattung und zappte eins weiter zum nächsten Regionalsender: Dort erklärte mir eine Wahrsagerin, warum sie beim Reiki das direkte Handauflegen dem bloßen Hände-über-den-Körper-Halten vorzieht. Sie sagte: »Ich mag einfach diesen Körperkontakt, weil da, ich sag mal, irgendwie doch 'ne Verbindung entsteht.« Einen Kanal weiter antwortete ein junger Mann auf die Frage, was er von einem geplanten Kaiserschnitt halte: »Also, für die Frau ist das natürlich angenehmer, aber ich persönlich, also ich würde das nicht machen. Ich würde mein Kind lieber auf natürliche Art auf die Welt bringen.«

Mir tropfte ein Stück Eis auf den Busen. Ich griff nach einem Papiertaschentuch und versuchte, die Schweinerei wegzureiben, mit dem Resultat, dass es jetzt aussah, als hätte ich gerade ein Kind gestillt und die Milch hätte geflockt.

Ich hörte, wie Kirsten die Wohnungstür aufschloss und kurz darauf im Flur mit jemandem flüsterte.

Dann machte sie feierlich die Wohnzimmertür auf und verkündete: »Schau mal, wen ich dir mitgebracht habe!«

Michael stand schüchtern im Flur, die Hände in den Hosentaschen und sagte: »Hi.«

Ich wünschte mir, das Sofa würde mich mit einem Haps verschlingen.

Kirsten sollte jetzt so was sagen wie ›Wir gehen schon mal vor in die Küche‹ und mir damit etwas Zeit verschaffen, um wenigstens die Klamotten zu wechseln, aber sie stand nur neben der Tür und strahlte mich erwartungsvoll an, offenbar beseelt von dem Gedanken, mir zu meinem Liebesglück zu verhelfen.

Ich stand auf und versuchte, den kurzen Weg bis zum Flur mit Würde zurückzulegen, was mir schwer fiel, weil mein linkes Bein eingeschlafen war.

»Michael hat mich in der Uni angerufen«, erzählte Kirsten aufgekratzt, als ich an ihr vorbeihumpelte, »da hab ich ihm von unserem Schrankproblem erzählt.« Sie zwinkerte mir zu.

»Schön«, sagte ich und hatte keine Ahnung, wovon sie sprach. »Hi«, wandte ich mich an Michael und war unsicher, wie ich ihn begrüßen sollte. Ich hatte mit ihm geschlafen, da konnte ich ihm schlecht die Hand geben. Mit meinem fusseligen Eisfleck auf der Brust und der prallvollen Wampe unter der schlabbrigen Jogginghose wollte ich ihn aber auch nicht umarmen.

Er nahm mir die Entscheidung ab und gab mir zwei flüchtige Küsschen links und rechts auf die Wange.

»Hey, wenn's dir grade nicht passt, ist das okay«, sagte er nervös, »ich wollte dich nicht so überfallen.«

Und warum tust du's dann?, dachte ich, aber Kirsten erklärte vorlaut: »Michael hat sich Sorgen um dich gemacht, weil du dich nicht gemeldet hast!«

Ich schaute blöd wie ein Kind von einem Elternteil zum anderen. In meinem Hirn erschien der unbrauchbare Satz: ›Mir geht's gut. Ich hab mich nur überfressen.‹

»Na ja«, sagte Michael verschämt. »Jetzt hab ich ja gesehen, dass du noch lebst.«

Gleich würde ich erlöst sein. Gleich würde er gehen.

Aber Kirsten drängte: »Du wolltest dir doch noch unseren Büffetschrank ansehen! Er steht in der Küche. Wir haben schon ein bisschen Farbe mit Schleifpapier abgeschmirgelt, aber die Türen klemmen immer noch.«

Ich hatte jetzt genug von dem Schmierentheater und sah Kirsten scharf an: »Michael ist Schmied und kein Schreiner.«

»Eigentlich bin ich Koch«, sagte Michael, und ich drehte mich ruckartig zu ihm um.

»Na, dann!«, jubelte Kirsten, »Auf in die Küche!«

Ich sah ihnen nach, wie sie den Flur entlanggingen. Am liebsten hätte ich kehrtgemacht und die Wohnung verlassen. Wenn sie sich so gut zurechtfanden in meinem Leben, sollten sie doch alleine weitermachen! Andererseits: Wieso sollte ich aus meiner eigenen Wohnung abhauen? In Jogginghosen und verschmiertem T-Shirt vor einem Mann davonzulaufen war wie eine Mischung aus »Vom Winde verweht« und »Drei Damen vom Grill«. Es reichte schon, dass er hierher kam und sich als Retter aufspielte. ›Sie ruft mich nicht zurück. Sie muss tot sein!‹ Das war für ihn die einzig plausible Erklärung. Und Kirsten meinte, sie könnte abblätternde Farbsplitter in Amors Flammenpfeile umwandeln. »Der Koch und die Kupplerin – ein Zweipersonenstück in einem lächerlichen Aufzug.«

Ich betrat die Küche und wurde zur Statistin. Sie gab die fröhlich wirbelnde Hausfrau, und er kniete geschäftig am Boden. Unwillig gestand ich mir ein, dass es cool aussah, wie er mit einem einzigen Ruck die Tür aus den Angeln hob, an der wir zuvor vergeblich mit Schleifpapier herumgepfriemelt hatten.

»Schau mal,« fiepte Kirsten, »Michael kennt sich scheint's aus mit Küchenschränken.«

»Für einen Koch nicht schlecht«, stichelte ich.

Sie überging meine Bemerkung und rief aufgedreht: »Ich mach Kaffee!«

»Nein. Lass«, sagte ich gehässig, »Michael macht das schon. Der ist am Herd zu Hause.«

Kirsten sah mich entsetzt an. Dann stellte sie die Kaffeedose hin und sagte: »Wir haben keine Milch mehr. Ich geh schnell welche holen. Ich wollte sowieso einkaufen.« Sie ging zur Tür und drehte sich noch mal um: »Tschüss Michael, falls wir uns nicht mehr sehen.«

Ich schlug die Hände vors Gesicht und nahm sie erst wieder runter, als sie verschwunden war. Was für eine Inszenierung. Ich beschloss, das Rumgeplänkel zu beenden.

»Was hat Kirsten dir erzählt?«

»Wann?«, fragte Michael, mit der Tür in der Hand.

»Wie oft habt ihr euch denn schon getroffen?«

Ich ging an ihm vorbei, um die Milch aus dem Kühlschrank zu holen.

»Gar nicht. Ich hab sie angerufen.«

»Heute?«

»Ja.«

Ich stand überhaupt nicht drauf, wie er jetzt auf kleiner Junge machte, der die Schule geschwänzt hat. Und schon gar keine Lust hatte ich, die Rolle der scheltenden Mutter zu spielen. Ich schloss die Kühlschranktür und sah ihn an.

»Kannst du mir nicht alles am Stück erzählen?«

»Was denn?«, fragte er unschuldig.

»Wie's kommt, dass du plötzlich in meiner Wohnung auftauchst und kein Schmied mehr bist!«, fauchte ich ihn an.

Er sah zu Boden »Wie kommt's«, sagte er mit drohendem Unterton, »dass ich mir Sorgen um dich mache, und dafür von dir angezeckt werde?«

»Versuch nicht, mir ein schlechtes Gewissen zu machen«, antwortete ich zynisch, »dafür ist meine Mutter zuständig.«

Er schrie mich an: »Was redest du für eine Scheiße!«

Ich erstarrte.

Ihm fiel auch nichts ein, außer die Schranktür auf den Boden zu knallen und »Fuck!« zu rufen.

Etwas in meinem Bauch loderte auf und sagte: ›Wehr dich!‹ Ich hatte Angst, und deswegen schrie ich zurück: »Spinnst du? Ich hab doch nicht den Everest bestiegen, ich hab nur nicht zurückgerufen!«

»Vier Tage lang!«

»Das ist kein Grund, mich so anzuschreien!«

Er stützte beide Hände in die Hüften und sah mich an. Sein Blick war flehentlich, sein Gesicht glühte. Man konnte sehen, wie er sich beherrschte: Er fasste sich mit der linken Hand hinter den Kopf und rieb sich den Nacken. Ich konnte nicht einschätzen, ob er gleich heulen oder mir eine knallen würde, war aber entschlossen, ihn notfalls durch die Wand zu brüllen.

Er löste sich aus seiner Angespanntheit und sank in die Hocke. Ich hasste dieses kleine Häufchen Mensch vor mir. Dafür, dass ich so weit aus mir rausgegangen war. Dafür, dass er meine hässliche schrille Stimme zum Vorschein gebracht hatte. Aber ich hatte keine Angst mehr.

Mit einer betont langsamen Geste hob er die Schranktür auf und lehnte sie gegen die Spüle. Dann sah er zu mir hoch und sagte leise: »Ich werde dich nie wieder anschreien. Das ist ein Versprechen.«

Es klang, als hätte er mir eben einen Heiratsantrag gemacht. Er griff nach meiner Hand und strich versonnen mit dem Daumen über meine Fingernägel; lachte in sich hinein, als ob er sich an etwas Lustiges erinnerte; lehnte die Stirn an meinen

Handrücken. Dann hob er entschlossen den Kopf, sah zu mir hoch und sagte hilflos: »Ich hab mich in dich verliebt. Kommst du damit klar?«

Mir war die Antwort unangenehm, also zog ich mit der freien Hand an seinem Handgelenk, und er kam hoch zu mir. Seine Augen waren ganz ruhig, dunkelblau und blickten mich an, als wollten sie sagen: ›Nimm mich oder lass es; aber versuch nicht, mich zu verarschen.‹

Ich hielt dem Blick stand und versuchte mit fester Stimme zu sprechen: »Du darfst mich nicht so überfallen, Michael.«

»Ich weiß!« Er ließ mich abrupt los und lief durch die Küche, »Ich hab's einfach nicht mehr ausgehalten. Du hast nicht gemailt, nicht zurückgerufen, keine SMS, gar nichts! Da hab ich deine Mitbewohnerin an der Uni angerufen.«

»Und die hat gesagt, ›komm doch heut Nachmittag zu uns zum Kaffee. Die Ute freut sich.‹«, höhnte ich.

»So ungefähr«, antwortete er und griff nach mir.

Ich entzog ihm meine Hände und holte mir eine Tasse. Ich sah aus dem Augenwinkel, wie er verloren in der Küche stand. Er hatte Sehnsucht nach mir gehabt. Hatte mich unbedingt sehen wollen, der arme Kerl, und sich dafür durch die halbe Uni telefoniert. Um zu mir zu kommen, hatte er alles getan, was in seiner Macht stand, und es war ihm vollkommen egal, ob er sich damit lächerlich machte.

Sein Tonfall wurde plötzlich sachlich: »Irgendwie bin ich total durchgedreht. Ich kann das nich. Das Warten macht einen fertig. Dann denkt man: ›Da is 'n anderer. Der macht sich an sie ran, während du auf 'n Rückruf wartest.‹« Er hielt mit der Linken seinen rechten Unterarm fest und sah Hilfe suchend zur Decke. Ich wandte mich von ihm ab, aber er hörte nicht auf zu reden: »Kann sein, dass ich mich reingesteigert hab. Kann sein, dass ich bescheuert bin. Ich dachte, ich muss um dich kämpfen. Ich hab's wohl übertrieben.« Er trat von hinten einen Schritt auf mich zu und sagte ohne mich anzufassen: »Tut mir Leid. Das war 'ne Scheißaktion.«

Ich drehte mich um und stellte die Kaffeetasse ab. So viel Ehrlichkeit entwaffnete mich nicht nur, sie machte mich ungefähr so wehrlos wie ein nacktes Murmeltier, das einem Tarnkappenbomber gegenübersteht. Um ihn nicht ansehen zu müssen, zupfte ich ein bisschen an meinem T-Shirt. »Ich hätte dich einfach gern in anderen Klamotten empfangen.«

Er lächelte geschmeichelt und streckte den Arm nach mir aus: »Wieso, das mit dem Eisfleck ist doch cool. Gib mir mal was ab!«

Ich gab auf und ließ mich umarmen. Wir wiegten uns ein bisschen hin und her; ich fühlte mich sicher. Am liebsten hätte ich mich einfach fallen lassen, hätte alle Bedenken zum Teufel geschickt: Dass mir das alles zu schnell ging und zu eng war, dass ich ihn mir nicht ausgesucht hatte, sondern er mich, und dass ich ihm gegenüber immer noch Komplexe wegen meines Alters hatte. Sich hinzugeben, sich von ihm umfassen zu lassen, die Augen geschlossen, wie ein Kind, das sich einfach anschmiegt und vertraut; das war verlockend und ein bisschen gruselig. Wie wenn man in eine Höhle kriecht: Auch wenn man weiß, dass der Berg nicht einstürzen wird, beklemmt einen doch die Enge.

Michael streichelte mir zärtlich über den Kopf.

Ich fand es schön und überlegte, ob ein Schäferhund dasselbe empfindet, wenn man ihn krault. Dann fand ich mich undankbar und versuchte, mich wieder auf Michaels Berührung zu konzentrieren. Durch jede seiner Poren spürte ich, dass er mir gut war, dass ich ihm vertrauen konnte. Ich lehnte mich gegen seine flache Brust, die Wange an seinem harten Schlüsselbein und dachte: »Das reicht nicht aus.«

»War das unser erster Streit?«, fragte er leise.

Ich verdrehte hinter seinem Rücken die Augen und nuschelte: »Auf jeden Fall haben wir ordentlich Krach gemacht.«

Ich konnte ihn davon überzeugen, dass es besser war, mich jetzt erst einmal allein zu lassen, und wir machten für den nächsten Abend eine offizielle Verabredung aus.

An der Tür hielt ich ihn nochmal fest und sagte: »Du hast mir noch nicht erzählt, wieso du dich als Schmied ausgibst.«

»Mach ich nicht«, antwortete er unschuldig, »ich hab nur geschrieben, dass ich in der Schmiede arbeite.«

»Und stimmt das wenigstens?«

»Ja. Und ich bin auch wirklich richtiger Koch. Drei Jahre Lehre. Ich schwöre. Der Chef von der Werkstatt ist ein Freund von mir. Ich koche für die das Mittagessen, bis ich was Besseres gefunden habe.«

Ich schwieg ihn an.

»Hey«, grinste er, »ich konnte doch nicht wissen, ob du so eine bist, die nur mit Akademikern ausgeht.«

»Nein, so einer bist wohl eher du«, gab ich zurück. »Oder dachtest du, ich sei die Instituts-Sekretärin?«

»Du warst für mich einfach die einzige Frau im Raum«, sagte er ernst und küsste mich sacht hinters Ohr.

»Und ich hatte die allerschönsten Fingernägel«, murmelte ich.

Er ignorierte das und sagte: »Ich hol dich morgen um sieben ab.«

Nachdem ich die Tür hinter ihm geschlossen hatte, wollte ich erst mal tief durchatmen und meine Gedanken ordnen, aber in dem Moment klingelte mein Handy.

»Was will er denn jetzt noch?«, dachte ich und meldete mich mit einem sehr privaten »Jaaa?«.

»Frau Nehrbach! Ich grüße Sie! Leidinger hier! Haben sie eine Minute?«

Der frisch-dynamische Angriff aus dem Telefon traf mich wie der eindringende Wasserschwall beim Ohrenarzt, wenn er dir das Schmalz rausspült.

»Ja?«, wiederholte ich.

»Folgendes«, sagte er, »wir haben eine Terminplanänderung. Wir brauchen ganz schnell etwas als Vorlage. Das muss noch nicht perfekt sein. Es geht nur darum, dass der Kunde etwas in der Hand hat. Ein, zwei Entwürfe für das Logo. Das können Sie mir per Mail schicken.«

»Aha«, stammelte ich.

»Prima, Frau Nehrbach«, antwortete er fröhlich, »wie finden Sie denn das Projekt?«

»Gut«, sagte ich mit einer Spur von Fragezeichen in der Stimme.

»Ja, dann schicken Sie mir doch gleich mal rüber, was Sie haben, und wir telefonieren dann noch mal.«

»Okay«, antwortete ich hilflos.

»Dann bis gleich!«

»Tschüss.«

Wie betäubt ging ich in mein Zimmer und schaltete den Rechner ein.

## Im Hotel

Obwohl wir in einer Gegend der Erde leben, in der es den weitaus größeren Teil des Jahres kalt ist und man von jedem Winter denkt, dass er endlos sei, dass man sich nicht mehr erinnern könne, wann er angefangen hat, und man sicher ist, dass er diesmal einfach nicht mehr geht; obwohl man meint, den Duft von Blumen für immer aus dem Gedächtnis verloren zu haben und dass es nun niemals wieder Frühling würde, wird er, wenn er dann endlich da ist, der Frühling, nicht ordentlich begrüßt. So, wie wir gejammert haben, auf ihn gewartet und uns nach ihm gesehnt haben, müssten wir, wenn es so weit ist, niederknien und ihn als Wunder der Schöpfung preisen. Wir müssten staunend alle hundertzweiundzwanzig neuen Grüntöne einzeln würdigen, sie berühren, unseren Nebenmann am Ärmel zupfen und ihn darauf aufmerksam machen und von morgens bis abends fröhlich singend im Freien verbringen.

Stattdessen gehen wir raus und sagen: »Gott ist das heiß! Das geht doch viel zu schnell. Wir haben nicht mal Juni und schon 25 Grad! Das wird jedes Jahr früher. Die Welt ist aus den Fugen.«

Was mich betraf, war sie das tatsächlich. Und zwar wegen eines Zettels, der vor drei Tagen an meiner Haustür geklebt hatte.

Die ganze zurückliegende Woche hatte Leidinger mir zugesetzt. Obwohl ich immer noch keinen Vertrag hatte und er seine

Ansagen alle zwei Tage änderte, schaffte ich es nicht, seinem permanenten Druck etwas entgegenzusetzen, fiel auf seine Dringlichkeitsmasche rein und ließ mir immer wieder Arbeitsproben aus dem Kreuz leiern. Dabei hatte ich noch keinen Cent gesehen.

Wenn ich abends mit roten Augen und schmerzendem Rücken den Computer ausschaltete, war Michael da, massierte mir das Genick, bekochte mich, nahm mich in den Arm und spielte mit meinem Haar. Zu unserer ersten richtigen Verabredung war er mit einem riesigen Blumenstrauß erschienen, im sandfarbenen Sakko, mit Jeans zu Turnschuhen und weißem Hemd. Er sah aus, als hätte er sich fünfmal geduscht und gestylt, und er roch auch so. Als ich ihn vor der Tür stehen sah, mit diesem Ungetüm von gelb-orangefarbenem Frühlingsgebinde, dem gebügelten Hemd und dem festen Vorsatz im Gesicht, diesmal alles richtig zu machen, behauptete ich, ich sei noch nicht dazu gekommen, mich umzuziehen.

Als ich in mein Zimmer ging, überlegte ich schnell, was ihm gefallen könnte. Meine Wahl fiel auf ein nachtblaues Seidenkleid. Es war so ziemlich das Weiblichste, was ich im Schrank hängen hatte: Ärmellos mit geradem Ausschnitt, am Oberkörper eng anliegend und schlicht, ging es ab der Taille über in einen weiten, glockigen Rock, der mein gebärfreudiges Becken elegant umfloss und beim Gehen wellige Bewegungen machte wie ein Mantarochen im Zeitraffer.

Michael war begeistert, machte mir Komplimente und schenkte mir ein Lächeln, das so jungenhaft unschuldig aussah und in dem so viel aufgeregter Besitzerstolz mitschwang, dass ich mir schön vorkam und kostbar. Wir gingen in ein viel zu teures Restaurant, und ich überließ es Michael, die Bestellung aufzugeben. Das war etwas, das ich schon immer hatte tun wollen. Sich zurückzulehnen und alles zu akzeptieren, ohne einen Gedanken daran verschwenden zu müssen, ob man etwas besser oder anders hätte machen können, das war eine Art von Luxus, die ich gerade anfing zu genießen.

Nach einem exzellenten 5-Gänge-Menü, bei dem es zu jedem Gang einen passenden Wein gab, setzte sich der Koch zu uns an den Tisch. Michael und er kannten sich aus der Hotelküche, in der Michael seine Ausbildung gemacht hatte und der andere einer von vier Jungköchen gewesen war.

Während die beiden Anekdoten austauschten, spürte ich, wie der Ex-Kollege, ich glaube sein Name war Andreas, mich musterte. Er versuchte, das unauffällig zu machen; lachte und scherzte mit Michael und warf dabei hin und wieder einen schnellen Blick auf mich. Nur ganz kurz und verstohlen; so als hätte ich eine auffällige Hautkrankheit: Da kuckt man nicht direkt hin, das gehört sich nicht. Aber die Neugierde ist eben doch größer als der Anstand. Dieser Andreas war in meinem Alter, vielleicht drei, vier Jahre jünger, aber in jedem Fall wesentlich älter als Michael, der behauptete, er sei 28; aber ich wusste, dass das eine Lüge war. Das bisschen, was er mir über sich erzählt hatte, reichte nicht aus, um die neun Jahre, die angeblich seit Abschluss seiner Lehre vergangen waren, zu füllen. Vielleicht war das der Grund, warum er nie über sich oder seinen Bekanntenkreis sprach. Der einzige Freund, den er ab und zu erwähnte, war ein gewisser Casey, von dem ich nicht mehr wusste als seinen seltsamen Namen, und ich war auch nicht scharf darauf, ihn zu fragen: »Wo wohnt denn dein Freund? Und was machen seine Eltern?« Aber jetzt hatte er mich hierher gebracht: An einen Tisch mit einem seiner Freunde, der augenscheinlich zu mir passte. Jemandem aus meiner Liga. Jemand, von dem ich mich durchschaut fühlte und dessen

Augen zu sagen schienen: »Komm schon, wir wissen beide, dass du dich an einem Kind vergreifst.« Und ich lächelte verkrampft dazu und versuchte meinen Blick möglichst neutral zu halten, damit nichts darin zu lesen war außer: »Meine Ohren hören nicht, was der dumme Esel spricht.«

Michael bekam von unserem stummen Dialog nichts mit. Er war zu sehr damit beschäftigt, Eindruck zu schinden. Er drehte richtig auf, lachte ein bisschen zu laut und legte seine Hand auf meinen Oberschenkel. Ich war unfähig, mich auf die Unterhaltung zu konzentrieren und nahm nur einzelne Satzfetzen wahr: »Andreas hat mir zweimal das Leben gerettet!« »... jemand musste dir schließlich stecken, dass Crème Brulée nichts mit anbrennen lassen zu tun hat ...«

Andreas servierte eine Auswahl an Digestifs, die mir dann den Rest gab.

Als die Kellner rund um unseren Tisch anfingen, die Stühle hochzustellen, riefen wir uns ein Taxi und fuhren zu mir. Bei dem zwangsläufig darauf folgenden Sex war ich zu schwerfällig und zu betäubt, um die Pfaueninselscharte wieder auszuwetzen. Damals waren wir zwar nicht betrunken gewesen, aber nach der anfänglich großen Lust hatte es an der Durchführung dann doch erheblich gehapert: Wie zwei Puzzle-Teile, die nicht zusammenpassten, hatten wir uns auf der nassen Wiese ineinander verkantet. Was wie lebensverändernder Sex angefangen hatte, war übergegangen in nonverbale Fehlkommunikation: Zwei Körper, die sich nicht auf Anhieb verstehen. Wenn man gerade in entfesselter Leidenschaft die Zähne in des anderen Hals geschlagen hat, dann sagt man nicht im nächsten Augenblick: »Fass mir nicht mit der flachen Hand ins Gesicht; das kann ich nicht leiden.«

Inzwischen hatten sich einige dieser schlechten Angewohnheiten eingeschliffen, aber ich fand, es sei zu spät, das jetzt noch zu korrigieren. In Wahrheit war ich einfach zu verklemmt, um was zu sagen. Nach seiner E-Mail-Schwärmerei über meine Verführungskünste war es mir unmöglich zu bekennen: »Ich bin zehn Jahre älter als du und ich hab genauso wenig Erfahrung. Was ich sicher weiß, ist, dass mein Hintern aussieht wie eine Kraterlandschaft, mein Bauch nicht mehr ein süßes rundes Kügelchen ist, sondern eher wirkt, als ob man bei einem Luftballon die Hälfte der Luft abgelassen hat und es sich nicht mehr so gut macht, wenn ich auf der Seite liege, weil dann nicht nur meine Brust, sondern auch die Hälfte meines Gesichts in unschöner Weise aufs Bettlaken fällt.«

Ich konnte das nicht sagen, weil ich wusste, er würde entweder lügen, »I wo, du bist knackig wie eine 16-Jährige«, oder etwas Schlimmes sagen wie: »Das macht mir nichts aus. Ich mag dich so, wie du bist.«

Es gab in diesem Fall nur einen Ausweg, und der hieß Alkohol.

Am nächsten Morgen wusste ich nicht mehr allzu viel, außer, dass ich, um die Sache interessanter zu machen, einige schmutzige Wörter gehechelt hatte, an die ich mich lieber nicht erinnert hätte.

Seitdem hatten Michael und ich ein Verhältnis, von dem ich fand, dass es ihm gegenüber unfair war, und er glaubte, die Beziehung seines Lebens zu führen. Vielleicht tat er das auch. Er hatte mir über meine Vorgängerinnen so gut wie nichts erzählt, und ich hatte mich auch nicht sonderlich dafür interessiert.

Michael war genauso seitlich in mein Leben gestolpert wie Kirsten. Ich versuchte, mit ihm klar zu kommen, ohne mich groß zu engagieren. Für mich war das eine Sache auf Zeit und ich wusste, er würde irgendwann wieder aus meinem Leben ausziehen.

Vor drei Tagen hatte ich dann diesen Zettel an der Glastür gefunden.

*Am 1. Mai habe ich dich (ca. 1,65, schlank, halblange braune Haare) hier vor dem Haus gefunden und gleich wieder verloren. Am 6. Juni bin ich wieder in der Stadt. Ich erwarte dich um 22 Uhr an der Hotelbar gegenüber.*

In drei Sekunden hatte ich den Text überflogen und dann danach gegrapscht, wie jemand, der seinen Steckbrief von der Saloonwand reißt. Oben in der Wohnung hatte ich den Zettel erst angestarrt, dann zerknüllt, wieder aufgefaltet, noch mal durchgelesen, spontan das Bedürfnis verspürt, das Fenster zum Hinterhof weit zu öffnen, mich am Fenstersims festzuhalten, auf- und abzuhopsen und zu rufen: »Jemand hat mir einen Zettel an die Tür gehängt! Jemand hat mir einen Zettel an die Tür gehängt!«, und dann beschlossen, mich in das Abenteuer mit dem großen Unbekannten zu stürzen. Schon allein deshalb, weil er vielleicht noch mehr Zettel an die Haustür hängen würde, wenn ich nicht erschien. Und bestimmt würde er sich beim nächsten Mal nicht auf die Haustür beschränken. Binnen kürzester Zeit würden im ganzen Viertel bunte Haftnotizen flattern wie buddhistische Gebetsfahnen. Mir blieb quasi gar nichts anderes übrig als hinzugehen.

Seit fünf nach zehn saß ich nun also an einem schwarz glänzenden Tresen auf einem unbequemen Barhocker und versuchte, elegant die Beine übereinander zu schlagen und trotzdem den Rücken gerade zu halten. Außer mir und dem Barkeeper hatte sich an diesem Freitagabend niemand in den kleinen, dunkelrot gehaltenen Raum mit den schwarzen Kunstledersesseln verirrt. Es war jetzt Viertel vor elf, und ich kam mir allmählich blöd vor. Ich zog sogar in Erwägung, dass Kirsten den Zettel geschrieben hatte und gleich mit Michael hier reinplatzen würde, um mit ihm gemeinsam zu verkünden, ich sei durch den Treuetest gerasselt. Musste ich ein schlechtes Gewissen haben? Michael und ich hatten uns fast eine Woche lang jeden Tag gesehen. Er war so verliebt und so begeistert, und ich freute mich an ihm, wie man sich an einem jungen Hund freut, der vor einem durchs Gras tollt. Bei dem Gedanken schämte ich mich und nahm noch einen Schluck Prosecco.

Als ich vor einer halben Stunde angekommen war und mich auf den Hocker gehievt hatte, war sofort der Barkeeper vor mir aufgetaucht. Weil mir Bier zu prollig vorkam, hatte ich den Sekt bestellt und das war jetzt schon mein zweites Glas. Kein Mensch kann sich eine halbe Stunde an einem Glas Prosecco festhalten. Ich konnte jetzt aber auch nicht auf Bier umsteigen. Wie sah das denn aus? Herr Ober, geben Sie mir 'n Bier, ich kann das pappige Zeug nicht mehr ertragen! Ick brauch wat Anständijet!

Oh Gott, war ich etwa schon angetrunken? Wenn ich anfing, im Geiste zu berlinern, war das normalerweise ein sicheres Zeichen. Ich musste mich zusammenreißen.

Ob ich den Barkeeper um ein paar Erdnüsse anschnorren konnte? Ach, nee, davon bekommt man salzverschmierte Finger und die muss man sich dann ablecken und mit so einer spuckeverschmierten Hand sollte ich dann Johnny Depp »Guten Tag« sagen?

Das war auch so was, was sich meiner erotischen Empfindungsfähigkeit entzog: Finger ablecken. Mittlerweile war ich mir sicher, dass Michael ein Fingerfetischist war. Wenn wir gemeinsam auf dem Sofa lümmelten und fernsahen, nahm er sich mit beiden Händen jeden Einzelnen meiner Finger vor, betastete ihn sacht, strich an seiner Schmalseite entlang und zeichnete mit der Zunge die Linien an der Innenseite der Fingergelenke nach. Dann drehte er meine Hand um, stülpte seine Lippen über meinen Fingernagel, sog daran und küsste die großen Gelenke, wo die Finger an der Hand angewachsen sind, eins nach dem anderen. Mir selber kamen die Knochen zu groß vor, und ich fand, dass die dicken, blauen Adern, die darüber liefen, meine Hand alt aussehen ließen, aber er schien diese Stelle zu lieben. Er konnte ganz darin versinken und war dann nur mit diesem Teil meines Körpers beschäftigt. Wenn ich ihm dabei zusah, kam es mir vor, als ob meine Hand nicht mehr zu mir gehörte. Es hätte auch ein kleines süßes Pelztier sein können, das er da liebkoste. Ich spürte die Berührung, die winzig kleinen Härchen auf den ersten Fingergliedern stellten sich auf, aber mein Kopf stellte keine Verbindung zwischen seinem Objekt der Begierde und dem Rest meines Körpers her.

Michael war sorgfältig. Er pflegte seine Verliebtheit wie andere junge Männer ihr Motorrad. Wenn er mich verließ, schickte er mir drei Minuten später eine SMS, in der stand, dass er mich vermisste. Bevor er kam, fragte er, ob er irgendwas Besonderes mitbringen sollte. Er stellte sich ganz und gar auf mich ein, fragte mich am Telefon, wie ich mit der Arbeit vorangekommen sei, um anhand der Schwere meines Tages abzuwägen, welche Art von Essen mir heute am besten bekommen würde. Beim Kochen für mich ging es ihm nie darum herauszustellen, wie kunstfertig er war, sondern darum, die Speisen optimal an meinen Gemütszustand anzupassen. Wenn ich sagte, ich hätte den ganzen Tag rechteckige Kästchen über den Bildschirm gezogen, kochte er mir etwas Rundes. Meistens Nudeln. Geschwungene, muschelförmige, glatte, in Butter geschwenkte glänzende Dinger. Weil die glücklich machen. Und dazu gab es immer viel Soße. Ich liebe Soße. Michael stimmte sie farblich auf meinen Alltag ab. Als ich einen Tag lang mit einem Logo in Signalrot experimentierte, servierte er mir eine Kerbelsoße, cremig grün auf schwarzen Bandnudeln, eine Erholung fürs Auge. Meistens stellte er mir am Telefon hundert absurde Fragen wie »Was hattest du heute Morgen für einen Geschmack im Mund, als du aufgewacht bist?«, »Welche Farbe hat dein Handtuch?«, oder »Hast du heute mit Kirsten gefrühstückt?«, und wenn ich ihn fragte, wozu er das wissen wollte, sagte er: »Für den Einkauf.«

Den einen Tag, als ich ziemlich ungehalten auf seine Fragerei reagiert hatte, sagte er: »Gut, dann bleibt die Küche heute kalt.« Er erkannte mittlerweile schnell, wann ich zu dünnhäutig war, um zu ertragen, dass jemand hinter meiner Zimmertür in der Küche hantierte. Am Abend kam er mit einem Tablett voll kleiner, scharf gewürzter Röllchen, Nestchen und Täschchen in allen möglichen Formen und Farben. Er hob eins nach dem anderen hoch, sagte ganz leise: »Probier das mal«, sah mich nicht an dabei und schob es mir, mit gesenkten Lidern, den Blick ganz auf das Essen in seiner Hand konzentriert, in den Mund. Dann ließ er mich schmecken und kauen und küsste mir dabei sanft die Schläfe. Fast hatte ich den Eindruck, er sah in mir eine Art Maschine, die man genau justieren musste.

Ich genoss, wie er mich umsorgte, und gleichzeitig misstraute ich ihm. Innerlich erwartete ich einen Haken an der ganzen

Geschichte, weil sie mir unglaubwürdig vorkam. Michael war ein lieber Mensch. Nicht blöd, nicht unhübsch; er war schlank und gesund. Wieso konnte ich mich nicht damit zufrieden geben? Worauf wartete ich? Es lag nicht am Altersunterschied, auch nicht daran, dass ich nicht bereit gewesen wäre, mich zu verlieben.

Langsam dämmerte mir, dass ich etwas Größeres suchte, etwas, an das man sich anlehnen konnte; etwas, in dem man verschwinden und sich auflösen konnte: Ich wollte nach Hause. Bei Michael kam ich mir immer vor wie ein Seelöwe neben einer Robbe.

Ja, dachte ich jetzt, das isses: Er ist mir einfach zu wenig. Und auf der anderen Seite ist er mir absolut zu viel.

Ich wusste nicht, wie ich ihm dieses Durcheinander in meinem Kopf erklären sollte, also schob ich die Arbeit als Ausrede vor, um ein bisschen Ruhe vor ihm zu haben. Seien wir ehrlich: Ich war ein feiger Arsch. Ein feiger egoistischer Arsch. Das war ich. Ein feiger Egoist mit einem fetten Arsch. Au Mann, jetzt fing ich schon an, den Moralischen zu kriegen. Wenn der Typ nicht bald aufkreuzte, war ich blau.

Scheiße, wie tief war ich eigentlich schon gesunken? Ich saß in einer Hotelbar, um auf irgendeinen einsamen Außendienstmitarbeiter zu warten, nur weil er aussah wie einer, der aussieht wie Johnny Depp, und mich herzitiert hatte, und zu Hause saß mein lieber Junge und feilte an Rezepten.

Die Tür ging auf und ein grau melierter, drahtiger Mittfünfziger in Anzug und Fliege betrat die Bar. Er sah sich im Gehen um und kam dann ohne Zögern auf mich zu.

»Warten Sie hier auf einen Herrn?«, fragte er, und ich überlegte kurz, ob er mich für eine Prostituierte hielt.

»Ich bin hier verabredet«, antwortete ich steif, »um zehn« und dann merkte ich, wie blöde das klang.

Der Mann nahm einen Briefumschlag aus seinem Jackett und sagte: »Der junge Mann, der Ihnen den Zettel an die Tür gehängt hat, lässt sich durch mich entschuldigen. Ich soll ihnen das hier geben.« Er hielt mir den Umschlag hin.

»Na, ich hoffe, da ist mindestens so viel drin, wie der Sekt gekostet hat«, hörte ich mich sagen.

Er zückte den Geldbeutel: »Die Rechnung übernehme selbstverständlich ich.«

»Nein! Bitte!«, rief ich, »das war ein Scherz. Ehrlich!!«

Ich war tatsächlich angetrunken.

Der Briefbote verzog keine Miene und zahlte meine Zeche. Ich kam mir extrem billig vor. Der Graumelierte sah aus wie ein ehemaliger Geheimagent oder ein noch amtierender, der zwar nicht mehr so fit ist wie seine jungen Agentenkollegen, der aber unter dem unscheinbaren Jackett ein ganzes Arsenal von Mikrowaffen trägt. Irgendwelche kleinen Dinger, im Kugelschreiber versteckt, die eine verheerende Schlagkraft haben und wenn man sie programmiert, futuristische Piepsgeräusche von sich geben.

Wer weiß, was der Umschlag enthielt. Ich wollte den Brief nicht in der Öffentlichkeit lesen. Vielleicht stand da aber auch: »Folgen Sie dem Herrn, der Ihre Rechnung bezahlt hat. Er bringt Sie in einer Limousine zu meinem Loft«, und dann wär es schön blöd gewesen, wenn ich ihn erst zu Hause gelesen hätte.

Um sicherzugehen, fragte ich: »Kann ich dann jetzt gehen?«, und die beiden Männer sahen mich an, als hätte ich grade gesagt: »Meine Mami kommt gleich und holt mich ab.« Und ich war noch nicht betrunken genug, um nicht zu merken, dass das keinen großen Unterschied machte.

Wortlos schwang ich mich vom Barhocker und stoppelte zum Ausgang. Neben der Rezeption war eine Toilette, wo ich mich verschanzen und den Umschlag öffnen konnte. Ich faltete den darin liegenden Zettel auf und las:

*Anscheinend meint es das Schicksal nicht gut mit uns. Ich ziehe daraus die Konsequenz, dass ich mich einfach mehr anstrengen muss. Dass ich heute nicht in Berlin sein kann, ist unverzeihlich, aber leider unvermeidlich. Ich hoffe sehr, ich kann das bald wieder gutmachen. Bitte schick mir per SMS deine Telefonnummer, damit ich dich anrufen kann.*

*Mein Name ist John, aber keine Angst, ich bin nur Halbamerikaner.*

Drunter standen zwei Handynummern, was mich endgültig verwirrte. Entweder ich sah schon doppelt, oder der Mann war nicht sicher, wie seine Handynummer lautete. Oder hatte der unpünktliche Überbringer heimlich seine Nummer druntergekritzelt, weil die beiden irgendein perverses Konkurrenzding laufen hatten?

Ich saß auf dem Klodeckel in einer wohlriechenden Hoteltoilette mit einem Brief von einem mysteriösen Fremden in der Hand und schaute zur Decke, ob da oben irgendwo eine Kamera hing. Mittlerweile rechnete ich damit, dass gleich überall gleißendes Scheinwerferlicht anginge und ich mich in so einer dämlichen Versteckte-Kamera-Sendung wiederfände.

Als ich zehn war, war das so: Wenn die Probleme zu groß und die Situation zu unübersichtlich wurde, kam die Schlussmelodie und die blonde Ansagerin erzählte einem, wie es nächste Woche weiterging. Dann packte man Heidis Probleme mit dem Alm-

Öhi erst mal beiseite und kuckte Biene Maja an. Auf die Art und Weise kam man über den ganzen Samstagnachmittag. War man mittags noch traurig, weil die ältere Schwester schon im ausgehfähigen Alter war und man wusste, man würde wieder allein zurückgelassen, bestand nun, da man in die wunderbunte Zuckerwelt des Fernsehens eingetaucht war, das einzige Problem darin, wann die günstigste Gelegenheit war, dem Vater genug Geld aus dem Portemonnaie zu klauen, um sich in der Kneipe gegenüber ein drittes Eis zu holen.

Aber im Augenblick passierte gar nichts. Ich saß auf dem Klo. Zu aufgebrezelt, um wieder nach Hause zu gehen, zu frustriert, um den Abend noch irgendwie mit Inhalt zu füllen. Am besten war, ich ließ mich treiben. Zuerst musste ich mal von dem Klo runter. Mein Eis war bezahlt; ich hatte hier nichts mehr verloren.

Ich öffnete die Kabinentür und trat ans Waschbecken. Im Spiegel stand eine attraktive Frau mit großen, grünen Augen und einer schlanken Nase. Wenn man genau hinsah, konnte man darauf ein paar blass-beige Sommersprossen erkennen. Der Mund war schmal und schlicht, aber fein gezeichnet. Aus der eleganten Hochsteckfrisur hingen zu beiden Seiten des kurzen Ponys fast schulterlange, sanft geschwungene dunkelbraune Strähnen. Ich war ehrlich überrascht, wie gut ich aussah. Mein äußerliches Erscheinungsbild spiegelte in keiner Weise das Chaos in meinem Innern wider. Eins stand fest: Dieses Dekolletee war heute Abend nicht hochgeschnallt worden, um unbeachtet zu bleiben.

Unschlüssig blickte ich auf den Zettel in meiner Hand. Dann zückte ich mein Handy und schrieb: *»Du hattest deine Chance.«* Ich tippte die Erste der beiden Funknummern ein und schickte die SMS ab.

Das war erledigt. Der Typ wusste ja gar nicht, was er verpasst hatte.

Ich wusch mir die Hände, öffnete den untersten Knopf meiner Bluse, sodass man den Bauchnabel über der Jeans sehen konnte, und verließ das Hotel. Auf dem Weg zum Taxistand zog ich mir 100 Euro am Automaten. Für heute hatte ich keine Lust mehr, mich ausbremsen zu lassen.

## Das Ludger

Als Erstes landete ich in einer dieser schicken Berlin-Mitte-Bars, die mittlerweile in Hamburg auf dem Reißbrett entworfen werden und so aussehen, wie man sich eine Siebzigerjahre-Hölle vorstellt: Alles ist braunorange und weiß, aber es ist nicht so gemütlich wie in den Siebzigern, sondern kantig, steril und abwaschbarplastik. Auf den Klos wird gekokst, hinter der Theke getrödelt, und das Publikum ist so sehr damit beschäftigt, cool zu sein, dass du dir schon »Ich kann deinen Computer reparieren« auf die Brust tätowieren musst, damit dich überhaupt jemand anspricht.

Die sollen bloß nicht denken, weil ich keinen karierten Designerrock trage, kann ich mir so'n Laden nicht leisten, dachte ich, und bestellte einen Singapore Sling. Das ist das Einzige, was ich mit der Queen Mom gemeinsam habe, dachte ich beim ersten Schluck: Wir mögen Gin.

Von dem Sekt im Hotel hatte ich Durst bekommen und trank das Glas mit dem ersten Zug halb leer. Ist auch nicht viel drin für den Preis, dachte ich, und dann tun sie 'n Haufen Eis rein, damit man's nicht merkt.

Ich sah mich um und stellte fest, dass ich viel zu früh dran war. Außer mir und der Frau hinterm Tresen, die aussah, als wäre sie arbeitslose Schauspielerin, Unterwäsche-Model und Performance-Künstlerin in einem, stand nur noch eine Jung-Männer-Clique aus dem Schwäbischen unschlüssig am Eingang rum.

Sie trugen T-Shirts mit der Aufschrift »Jugendfeuerwehr Donzdorf« und fragten sich wahrscheinlich, ob sie sich wirklich im coolen Teil von Berlin befanden, ob das hier eine angesagte In-Bar war, einer der vielen tausend »Geheimtipps«, die das richtige, das echte Berlin zu bieten hatte, weil es doch hier genauso aussah wie in Downtown Stuttgart, der Weltstadt mit Herz. Das machte sie unsicher und sie versuchten einzuschätzen, ob an diesem Ort heute Abend noch irgendetwas Unvorhersehbares passieren würde, etwas Spektakuläres, etwas, das die 650 Kilometer rechtfertigte, die sie von ihrer bergigen Heimat bis hierher zurückgelegt hatten.

In der Ecke neben der Nische mit der Lavalampe fläzte sich ein knutschendes Pärchen auf der braunen Kunstledergarnitur und kümmerte sich nicht um den Rest der Welt.

Immerhin gab es Nüsschen, und ich langte zu. Erst jetzt bemerkte ich, dass ich richtig Hunger hatte. Vor dem Date hatte ich nur Suppe und Salat gegessen und jetzt hätte ich am liebsten einen Döner verputzt.

Die bauchfreie Barfrau stellte mir ein neues, randvolles Schälchen hin und fragte mit Blick auf meinen ausgesogenen Cocktail: »Noch einen?«, und ich nickte.

Gleich danach bereute ich meine Bestellung. Sich hier aufzuhalten war Zeitverschwendung, und mir fiel gerade ein, wo ich hinwollte. Der Laden war nicht weit von hier, es war schummrig und man konnte dort ein bisschen tanzen, wenn man betrunken genug war, sich nicht am miesen Sound und der kranken Musikauswahl des DJs zu stören. Die Folge war, dass ich den zweiten Sling zu hektisch leer trank und mich fast an der Kirsche verschluckte. Ich legte zwanzig Euro auf den Tresen und schwang mich vom Hocker.

An der frischen Luft fühlte ich mich beschwingt und ging

flott die Straße runter. Ein paar Schritte lang überlegte ich, ob ich Michael anrufen sollte. Ihm sagen, dass ich ihn lieb hatte. Denn er hatte verdient, dass man ihm das mal sagte. Michael mit seinen treuen, blauen Augen. Und das Weiß drum herum sah aus wie Porzellan. Und Grübchen hatte er. Zwei Stück. Auf jeder Seite eins. Passenderweise. Zwei auf einer Seite würden blöd aussehen. Ich musste grinsen. Ach, mein Michael. Er würde mich nicht in einer Hotelbar stehen lassen. Er wäre in der Hotelküche und würde kochen, ha, ha... Jetzt machte ich auch schon »ha, ha«. Wie er. Der Alkohol begann, mein ganzes Hirn zu fluten. Meine Gedanken wurden kürzer: Michael hat so zarte Haut. Er ist so schmal. Und lächelt. Lächelt viel. Tut mir gut. Aber ich kann eben nicht mit ihm alt werden. Bin's schon.

Ich öffnete die Kneipentür und warf mich der stickigen Luft und der scheppernden Musik entgegen. Reinkommen und am Eingang hängen bleiben ist total uncool, also ging ich direkt zum Tresen und bestellte mir ein Flaschenbier. »Flüssiges Brot« hatte mein Vater immer gelallt; und ich war hungrig. Ich griff mir die Flasche und lehnte mich mit dem Rücken an den Tresen.

Auf der winzigen Tanzfläche, die sich in einem durch eine dunkelgelbe, speckige Wand nur halb abgetrennten Raum befand, tummelten sich die üblichen, durchgeknallten Ausdruckstänzer, ein paar junge hübsche Frauen und eine Menge einzelner Männer, die sich hemmungslos zu rumänischer Speed-Polka bewegten.

Um die Tanzfläche standen in unregelmäßigen Abständen runde Kneipentische aus dunklem Holz, an denen hauptsächlich Männer saßen, die meisten einzeln oder höchstens in Zweiergruppen. Manche waren schon so besoffen, dass sie nur noch dumpf in die verrauchte Luft starrten. Es gab auch heute wieder ein, zwei Typen, bei denen nicht klar war, was sie eigentlich hier wollten, wenn sie schon zu schüchtern waren, um zu tanzen, und sich nicht betranken. Große, schmale, blassgesichtige, sauber wirkende Männer Mitte dreißig in Stoned-washed-Jeans und karierten Hemden, mit leeren Augen und ungeküssten Lippen. Vielleicht wollten sie nur nicht allein zu Hause sitzen und sich atmen hören. Und dann gab es noch eine Hand voll finster dreinblickender, untersetzter Typen mit zu engen Jeans und zu viel Haargel auf dem Kopf, die in den dunklen Ecken standen, sich am Bier festhielten und den Mädels auf der Tanzfläche auf den Hintern glotzten. Wenn man in dieser kalten, schnellen Stadt noch irgendwo die Chance hatte, sich aufreißen zu lassen, dann war es hier.

Natürlich war das »Ludger« schon lange keine Geheimtipp mehr. Vielleicht war es das auch nie gewesen. Wenn man sich hier umschaute, konnte man sich gut vorstellen, wie die Betreiber sich kurz nach der Wende zu einem Meeting getroffen und gesagt hatten: »Lasst uns eine Szenekneipe in Ost-Berlin aufmachen. Kreuzberg ist out, da will keiner mehr hin, also verpflanzen wir das ganze Konzept ein paar Kilometer weiter. Wir kaufen für wenig Kohle einen heruntergekommenen, siffigen Laden, in dem früher mal ein Puff war, lassen die alten, abgeranzten roten Samttapeten einfach hängen und machen einen auf Kult.« Sie stellten einen tätowierten Griesgram hinter die Theke und engagierten einen DJ, der nur Balkan-Pop und sozialistisches Liedgut auflegte, und taten den heiligen Schwur: »Kein Teil unserer Einrichtung darf jünger als zwanzig Jahre sein – oder es muss wenigstens so aussehen.« Dann richteten sie ein Luxemburger Konto ein und verzogen sich auf ihre Finca nach Malle.

Ich knibbelte eine Ecke vom Etikett an der Bierflasche ab und zwirbelte es zwischen den Fingern klein. Dann stieß ich mich ab und ging zielstrebig in die Mitte der Menge. Unterwegs ließ ich das Papierkügelchen fallen. Während ich anfing, von einem Bein auf das andere zu wippen, strahlte ich in alle Richtungen. Die Musik war laut, die Menschen freundlich; das Leben war einfach. Ich musste nichts tun außer ein reines, freundliches Lächeln auszusenden und Spaß zu haben.

Und den hatte ich. Das Bier war kalt und floss schaumig und weich die Kehle hinunter. Während ich am Flaschenhals saugte, sprudelte es in meinem Mund, und die Kühle erfrischte und füllte mir gleichzeitig den Bauch. Das Lied, das jetzt gespielt wurde, hatte den richtigen Beat für meinen Geschmack, der sich mittlerweile an meinen Alkoholpegel angepasst hatte. Ich stellte mein Bier am nächstgelegenen Tisch ab und tanzte.

Zuerst versuchte ich es für mich alleine, aber es dauerte nur den halben Song, bis mir einer zulächelte, als wäre er ein alter Bekannter, und seine Augen sagten: ›Na, bist du auch wieder hier?‹ Oder vielleicht sagten sie auch: ›Na, bist du auch hier gelandet?‹ Es war mir egal. Ich lächelte zurück. Er kam zu mir rüber, ergriff meine Hand, und wir tanzten das Lied zu Ende. Er war fast zwei Meter groß und drehte mich mal links und mal rechts herum. Wenn er sich drehte, musste ich mich ziemlich strecken und er sich bücken. Darüber lachten wir dann beide. Dabei sah man seine riesigen gelben Zähne. Nach dem Lied verschwand er wieder.

Ich ging zu dem Tisch, auf dem mein Bier stand. Jemand prostete mir zu. Unsere Flaschen schlugen aneinander. Ich war außer Atem und trank gierig. Die Flasche war fast leer, und ich stützte sie auf meiner Hüfte ab. Der Jemand hielt mir eine

Zigarette hin und gab mir Feuer. Ich inhalierte tief, und mir wurde schwummerig. Und gut.

Ein jungscher Typ mit blauem T-Shirt kam an den Tisch und suchte sein Bier und ich rief, die Musik übertönend: »Das hier ist meins, ich erkenn's, weil ich vorhin das Etikett abgerissen habe.« Und dann sah ich, dass ich das falsche Bier in der Hand hatte. Der Jemand, der mit mir angestoßen und mir die Zigarette geschenkt hatte, trank gerade meins leer. »Ich hol neues«, sagte ich laut und ging, ohne eine Antwort abzuwarten, Richtung Tresen.

Inzwischen hatte sich der Laden gefüllt, und ich stand quasi in zweiter Reihe, die linke Hand mit der leeren Flasche auf die Theke gestützt, um meinen Platz zu behaupten, und mit der Rechten schnippte ich die Asche vom Tresen weg auf den Boden. Dann zog ich wieder hektisch an der Zigarette. Der Rauch kratzte in meinem Hals. Meine Augenlider senkten sich leicht. Die Musik blecherte durch die total übersteuerte Anlage. Meine Beine wippten im Takt. Ich fühlte mich locker, fit und unbeschwert. Und ich war durstig. Einer, der vor mir dran war, drehte sich jetzt mit zwei überlaufenden Weizengläsern um, und der Schaum tropfte mir auf die Sandalen. Egal. Ich drängte mich an den Tresen.

Rechts neben mir stand mit einem 20-Euro-Schein in der Hand ein kleiner, dicklicher Typ, der offenbar als Nächster dran war. Als er in meine Richtung sah, lächelte ich ihn an, und er lächelte zurück: »Can I buy you a drink?«, fragte er freundlich, und ich antwortete: »No thanks, I need two.« Er sah mich erstaunt an, und ich lachte und erklärte ihm die Situation. Er gehörte zu einer Gruppe von amerikanischen College-Studenten auf Europareise. Nachdem ich bestellt und bezahlt hatte, trennten wir uns, weil ich das Bier wegbringen musste.

Als ich an den Tisch zurückkam, saßen da drei junge Männer, die sich auf Russisch unterhielten. Ich nahm einen Schluck Bier und dann noch einen. Schließlich hatte ich lange darauf gewartet. Es war, als ob jemand eine Schleuse geöffnet hätte. Ich musste mittlerweile nicht mehr an der Flasche saugen – ich ließ es einfach laufen. Der Alkohol floss in mich, als hätte ich die letzten zehn Jahre nichts mehr getrunken. Ich rülpste und stellte die zweite, volle Flasche auf den Tisch.

Eine Zigarette mit einer Hand dran ging an mir vorbei. Ich zupfte den Besitzer der Hand am Ärmel und schnorrte ihm nur mit Gesten, ohne Bitte zu sagen, eine ab. Feuer holte ich mir von einer Frau, die einen Tisch weiter saß und rauchte. Sie hielt mir ihre brennende Zigarette hin, und ich bückte mich zu ihr runter. Dabei brach ich ihre Glut fast ab und versengte mir eine Haarsträhne. Ich grinste und ging zurück zu meinem Tisch. Die Zigarette brannte, das Bier war kalt und nass. Mehr musste jetzt nicht sein.

Hinter meinem Rücken schnappte ich ein paar Gesprächsfetzen auf. Ich war auf dem Gymnasium mal ein paar Monate in der Russisch-AG gewesen, aber ich verstand nicht genug, um zu beurteilen, ob sie über mich sprachen. Auf der Tanzfläche winkte der Ami und bedeutete mir, mit ihm zu tanzen. Ich drängelte mich mit Bier und Zigarette zu ihm durch, und wir zappelten ein bisschen rum, tranken abwechselnd vom Bier und freuten uns. Der DJ spielte nun etwas modernere Musik, vielleicht wegen der jungen Touristen, und ich wackelte souverän mit dem Hintern. Ich gab dem Ami das Bier in die Hand und drehte mich, blieb an einem Stuhlbein hängen, und ein schwarzafrikanisch aussehender Muskelmann fing mich auf. Ich bedankte mich, strahlte ihn an, und er fasste das als Aufforderung auf, von hinten an mich anzudocken. Also wackelten wir gemeinsam mit dem Hinterteil, und der Ami kam von vorn. Irgendwann wurde es mir zu eng und ich behauptete, ich bräuchte eine Pause.

Der Ami kam mir hinterher und erzählte mir was von wie frei wir Europäer wären, und ich nickte und trank. Er fragte mich, ob ich mich auch für Frauen interessierte, und ich nickte und trank. Wir überlegten, welche der Frauen auf der Tanzfläche am ehesten lesbische Tendenzen haben könnte, und ich sagte großkotzig auf Englisch: »Zeig auf wen du willst, ich kann sie alle haben.«

»Um einen White Russian!«, sagte er und deutete auf eine höchstens 20 Jahre alte, sehr hübsche Blondine mit beeindruckender Oberweite, die umringt von drei Jungs in ihrem Alter auf der Tanzfläche herumwirbelte, als gälte es einen Contest im »Miss-Heftiges-Body-Shaking« zu gewinnen. »5 Minuten«, sagte ich cool, »du stoppst die Zeit.«

Ich drückte ihm das Bier in die Hand und zog los. Ich tanzte mich langsam in die Mitte und versuchte erst mal, die Lage abzuchecken. Das Problem waren die drei Jungs. Die klebten an ihr wie Kaugummi. Ich platzierte mich so, dass ich Rücken an Rücken mit ihr tanzen und so tun konnte, als hätte ich sie unabsichtlich angeschubst. Erwartungsgemäß drehte sie sich um, und ich machte eine entschuldigende Handbewegung. So. Jetzt hatte sie mich schon mal registriert. Sie drehte sich wieder weg. Ich tanzte seitlich ein bisschen um sie herum und nahm Blickkontakt mit einem ihrer Jungs auf. Dabei fühlte ich mich unheimlich raffiniert und verwegen. In Wahrheit verfolgte ich aber überhaupt keine ausgeklügelte Strategie, sondern war einfach nur hackebreit. Alle waren wir hackebreit, und jeder im Raum wollte irgendwas erleben. Deshalb war es so einfach, auf sie zuzutanzen, sie mit einem Arm um die Taille zu fassen und ihr einen Schubs in die Richtung zu geben, in die sie sich drehen sollte. Ich griff sie mir: an der Hand, am Hintern, am Nacken, so schnell und mit an ihre Bewegung angepasstem Druck, dass sie sich von mir führen ließ, wohin ich wollte. Dabei lächelte ich sie selig an, hielt mich selber mit den Tanzbewegungen zurück und schaute ab und zu bewundernd auf ihr dilettantisch kreisendes Becken. Mit den Augen lügen war einfach, und ich fühlte mich ihr überlegen. Überhaupt kam ich mir vor wie die Allergrößte und warf zwischendurch siegessichere Blicke zum Ami, der uns vom Rand der Tanzfläche aus beobachtete.

Der nächste Song war wieder ein sozialistisches Kampflied aus irgendeinem vergessenen Sowjetstaat. Der DJ machte eine vernuschelte Ansage über ein schlechtes Mikro und faselte irgendwas von »den Genossen bei der Weizenernte«, und wir hörten auf zu tanzen. Ich fragte die Blonde nach einer Zigarette. Sie wollte selber eine, also sagte ich: »Ich geh welche holen«, und sie antwortete: »Ich komm mit, ich wollt sowieso aufs Klo.« Wir gingen hintereinander durch die Tische auf die Toiletten zu, und der Ami machte große Augen. Während sie pinkelte, holte ich eine Schachtel rote Gauloises und wartete vor der Klotür. Als sie rauskam, fing ich sie ab und bot ihr eine an. Wir hatten kein Feuer. Gott sei Dank, dachte ich, sonst muss ich sie hier hinten im Flur knutschen, wo uns der Ami nicht sieht.

Wir gingen zurück Richtung Tanzfläche und blieben direkt neben dem DJ-Pult hängen, wo zwei Raucher mit Feuerzeug saßen. Während ich ihr die Flamme hinhielt, ließ ich meinen Blick absichtlich lange auf ihrem Gesicht. Dass sie das spürte, wusste ich aus eigener Erfahrung. Es fühlt sich an, als ob ein Scheinwerfer in einiger Entfernung auf einen gerichtet ist. Die Vorahnung von Wärme. Die Flamme ging aus, und sie sah mich mit diesem Mädchen-Blick an. Ich hatte so was schon tausendmal gesehen: Das Mädchen macht sich etwas kleiner, als es ist, in dem es in der Taille einknickt, die Schultern hängen lässt und den Kopf schräg hält. Dann schlägt es die Augen auf und schaut dem Jungen unschuldig und demütig von unten nach oben ins Gesicht. Wie gesagt, ich hatte das schon oft amüsiert von der Seite betrachtet. Aber ich war noch nie Empfänger einer solchen Preisgabe gewesen. Es stand außer Frage, dass ich an der Reihe war, etwas zu tun, also strich ich ihr eine Haarsträhne aus der Stirn, sah sie fasziniert an und heuchelte, so ernst ich konnte: »Du bist wunderschön.«

Daraufhin schloss sie die Augen und legte den Kopf leicht in den Nacken.

»Boah, ist das einfach!«, dachte ich und küsste sie auf den Mund.

Sie hatte ganz zarte Lippen und küsste ein bisschen zu aufgeregt zurück, was mich noch mehr anstachelte.

Ich unterbrach den Kuss, um an der Zigarette zu ziehen. Nachdem ich den Rauch zur Seite geblasen und mich dabei vergewissert hatte, dass der Ami zusah, nahm ich ihr die Zigarette aus der Hand. Mit einer lässigen Bewegung warf ich beide Zigaretten auf den Boden und versuchte, sie mit einer einzigen Fußbewegung auszutreten. Dabei strauchelte ich ein wenig, denn sie lagen weit auseinander und mein Augenmaß war nicht mehr so gut wie vor den zwei Singapore Sling, dem Sekt und den Bieren, die ich nicht mehr in der Lage war zu zählen. Die Blonde lächelte mich selig an, und ich zögerte nicht, ihre abenteuerlichen Eroberungsfantasien zu erfüllen.

Beim zweiten Kuss bemerkte ich, wie sie sich bemühte, sich mir anzupassen: Wenn ich schneller wurde, setzte sie noch eins drauf und gab sich wild, und ich konnte quasi mit der Zunge ihre Kopfbewegung dirigieren. »Wow! Sie will mich beeindrucken«, dachte ich und: »So fühlt sich das also an.«

Es war interessant, eine Frau durch den männlichen Blickwinkel zu erleben, aber nach ein paar Minuten war ich es über. Sie tat mir ein bisschen Leid, und ich fühlte mich nicht mehr stark und verwegen, sondern fies und verlogen.

»Wollen wir tanzen?«, schlug ich vor, und sie ließ sich von mir Hand in Hand auf die Tanzfläche führen. Ich hielt Ausschau nach dem Ami und entdeckte ihn schließlich mit zwei gefüllten Gläsern am Tresen. Er kam auf mich zu.

»Danke fürr Bier«, brüllte mir jemand mit russischem Akzent ins Ohr.

Ich wandte mich um und sah einen braunhaarigen jungen Mann mit Segelohren, der mir symbolisch zuprostete. Das war der mit dem blauen T-Shirt, dem ich vorhin das Bier weggetrunken hatte. »Freunde chaben gesagt, du chast mir gebracht«, erklärte er mir überlaut ins Ohr.

»Ja, ja«, lächelte ich.

Er hielt mir die Flasche hin. Ich nahm einen Schluck und gab sie ihm mit einem »Prost« zurück.

Mittlerweile hatte sich der Ami zu uns durchgekämpft und hielt mir den gewonnenen Drink hin. White Russian ist ein übles Zeug. Es besteht aus Wodka, Kakaolikör und Sahne. Das heißt, es schmeckt wie Nachtisch und knallt wie Schnaps. Wir stießen an, und während ich trank, schrie der mit dem blauen T-Shirt mir in die Haare: »Dein Freund?«, und ich rief in sein Segelohr »Nein. Das is 'n Ami.«

»Ich chaisse Sergej.«

»Ute.«

Wir prosteten uns zu und küssten Brüderschaft.

Der Ami verpisste sich.

An das, was in den nächsten Stunden passiert ist, erinnere ich mich nicht mehr genau. Meine Konzentrationsfähigkeit war ab da zu Ende, wo ich versuchte, Sergej zu erklären, was ein White Russian ist, und er mir klarmachen wollte, dass er nicht aus Weißrussland, sondern aus der Ukraine kam.

Bis zum Morgengrauen verließ ich die Tanzfläche nicht mehr. Musste ich auch nicht. Getränke wurden mir in die Hand gedrückt, wenn ich mir eine Zigarette in den Mund steckte, kam von irgendwoher Feuer, und wenn ich schwankte, fingen mich fremde Arme auf. Zwischendurch hockte ich minutenlang auf der Kloschüssel und versuchte die Welt anzuhalten, die sich vor meinen Augen drehte, und wenn ich mich etwas erholt hatte, ließ ich mir kaltes Wasser über die Unterarme laufen, bis ich wieder fit war. Dann stolperte ich zurück auf die Tanzfläche, trank, tanzte und küsste jeden, der es von mir verlangte: Frauen, Männer, es können auch ein paar Ziegen darunter gewesen sein.

Irgendwann war die Musik aus, und durch die Glastür drang helles Licht. Auf der Straße war ich geblendet von der Sonne und überrascht von der neuen, betriebsamen, sauberen Welt, die da über Nacht vor die Kneipe gezimmert worden war.

Dann saß ich auf der Rückbank eines Taxis. Ich verstand nicht, was der Fahrer sagte. Stinkende Auspuffgase. Weiterstolpern. Das Treppenhaus hochstochern. Dunkel.

## Trümmerfrau

Ich wachte auf, weil ich husten musste. Beim Husten fühlte es sich so an, als hätte man mir den Kopf ausgeräumt und den Platz, den vorher mein Gehirn eingenommen hatte, durch scharfkantige Kiesel ersetzt. Vor der Einnahme von mindestens zwei Kopfschmerztabletten würde ich mich nicht aufrecht bewegen können. Mir war schlecht. Mein Magen schmerzte. Ich musste was essen. Vor der Tablette. Mein Mund war verklebt. Ich konnte mich vielleicht noch eine halbe Stunde lang im Bett hin- und herwälzen und die Sache hinauszögern, aber länger würde meine Blase das nicht mitmachen.

Schließlich siegte die Vernunft, und ich schleppte mich in Socken und BH in die Küche. Wieso hatte ich alles ausgezogen bis auf Socken und BH? Ich öffnete die Kühlschranktür. Milch. Milch war gut. Im Büffetschrank fand ich eine halb leere Packung Zwieback von meiner letzten Erkältung. Als ich die Milch in eine Tasse goss, zitterte mir die Hand. Im Stehen tunkte ich den Zwieback in die kalte Milch und stopfte ihn mir mit stumpfen Bewegungen in den Mund. Ich schaffte auch noch ein zweites Stück. Das sollte reichen als Grundlage für die chemische Keule.

Den Rest Milch schüttete ich weg und füllte das Glas mit Leitungswasser. Die erste Tablette schluckte ich leicht. Bei der zweiten würgte es mich, und ich musste schnell mit viel Leitungswasser nachspülen. Es blieb ein bitterer Geschmack in der Kehle, und ich schlurfte zurück in mein Zimmer.

Auf der Bettkante sitzend zog ich mir die Socken von den Füßen und den BH aus und streifte mir mein Schlaf-T-Shirt über. Dann legte ich mich vorsichtig aufs Kissen. Bald würde das Schmerzmittel wirken und das Pochen in den Schläfen aufhören.

Wieso hatte ich mich eigentlich so voll laufen lassen? Ach ja, wegen dem Dönermann. So ein Arschloch. Der lachte jetzt wahrscheinlich über mich. Ja, der saß jetzt mit dem Graumelierten in einer Agenten-Spelunke, rauchte und sagte mit zusammengezogenen Augenbrauen: »Das mit dem Umschlag hättest du nicht machen sollen; die Kleine war irgendwie süß.« Und der Alte sah ihn vorwurfsvoll an und antwortete: »Der Einsatz in Europa hat dich weich gemacht, Johnny.«

Oh Gott, ich hatte geraucht! Wie viel? Eine ganze Schachtel? Nun war ich besudelt, beschmutzt, verdreckt, süchtig. Ich wollte das rückgängig machen! Schuld daran war dieser John. Halbamerikaner, ha, ha. Sein Vater war wahrscheinlich so ein reicher Ölmagnat aus Texas, und er vergnügte sich in Übersee. Bestimmt war das ein Wettbewerb unter reichen Halbamis: Vor Hotels rumlungern und Frauen ansprechen, die total unter ihrem Niveau sind, und die Kumpels hängen oben am Fenster und lachen sich kaputt. Und dann schließen sie Wetten ab, ob er es schafft, sie in die Hotelbar zu bestellen. Weil europäische Frauen alle Flittchen sind.

Wen hatte ich gestern geküsst? Mal sehn: die Blonde, den Russen, den Großen, oh Gott, der Große, das war doch der mit den fürchterlich gelben Zähnen, dann noch mal den Russen, wo war der dann hin verschwunden? Hing der nicht später mit dem Ami am Tresen rum? Den Ami hatte ich nicht geküsst. Da war ich mir sicher. Wieso eigentlich? Ah, ja, er hatte nicht gewollt. Regelrecht gewehrt hatte er sich. »Hab dich nicht so!«, hatte ich gesagt. Hatte ich tatsächlich »Hab dich nicht so!« gesagt? Ja. Hatte ich. Und er hatte mich freundlich angelächelt und abgewehrt. Und dann war der Russe gekommen und hatte sich eingemischt. Sergej. Genau. Sergej war mit dem Ami zur Tür rausgegangen. Die beiden waren offenbar zusammen nach Hause. Oh, ich Blödmann: Der Ami war schwul. Logisch. Deshalb auch das Gespräch, ob ich auf Frauen stehe, wer auf der Tanzfläche wohl lesbisch sei oder schwul. Und ich Vollidiot hatte versucht, ihn durch die Eroberung von Blondie zu beeindrucken.

Ich zog mir die Decke über den Kopf und schämte mich. Am besten, ich verlasse einfach nie wieder dieses Zimmer, dachte ich. Als ich die Augen schloss, tauchten nach und nach mehr Szenen des gestrigen Absturzes auf: Jemand stößt gegen den Tisch. Gläser klirren. Mein Fuß wird kalt. Bierschaum tropft vom Tisch aus dem umgestürzten Glas. Die Zehen und der Fußballen fühlen sich nass und klebrig an. Runter mit den Sandalen und in die Ecke gepfeffert. Ich tanze barfuß. Die Tanzfläche ist mein Zuhause. Alle Menschen im Raum sind meine Freunde. Der mit den gelben Zähnen brüllt mir ins Ohr: »Bist du alleine hier?«, und ich brülle zurück: »Mach dir mal keine Hoffnungen! Ich hab 'n Freund.« Ein hastiger Schluck aus der Flasche. »Er heißt John! Johnny. Johnny, der Depp!«

Ängstlich nahm ich die Decke vom Kopf und zog sie ein Stück höher. Halb aufgerichtet betrachtete ich meine Füße: Von weitem sahen sie nicht besonders dreckig aus, und es waren noch alle Zehen dran. Erleichtert legte ich mich wieder aufs Kissen. Sofort kam die Erinnerung wieder: der klebrige Boden im Ludger. Diese Matsche aus verschüttetem Bier, Zigarettenasche und dem Dreck, den alle diese Leute von sonst woher an den Schuhen hereinschleppten. Das alles hatte ich mit ins Bett genommen und in meinem Suffschlaf an der Bettwäsche abgerieben. Nein, hatte ich nicht. Ich machte die Augen zu und sah mich selbst, wie ich dumpf auf dem Boden hockend den Sockenkampf ausfocht. Wie ich mit dem Fuß an der Öffnung vorbei ins Leere stieß und es trotz meiner schweren Arme und den plumpen Fehlgriffen, mit dem letzten Rest an Willenskraft schaffte, mir den Wollstoff als Ekelbarriere über die klebrigen Füße zu streifen. Auf allen vieren war ich ins Bett gekrochen und hatte mich sofort der Besinnungslosigkeit ergeben.

Okay, das war jetzt alles vorbei. Hier im Bett war ich sicher. Wie war ich eigentlich nach Hause gekommen? An die Taxifahrt erinnerte ich mich als an einen reinen Akt der Selbstbeherrschung. In jeder Kurve hatte ich mir zugeraunt: ›Reiß dich zusammen. Lass die Augen auf! Gleich hast du's geschafft. Halte durch. Du wirst nicht in dieses Taxi kotzen. Nicht die Augen zumachen!‹ Ja, die Fahrt war mir nebelhaft noch einigermaßen präsent: die verwaschenen Konturen der vorbeischwebenden Häuser, die verzögerte Reaktion meines Körpers auf die Beschleunigung. Jedes Mal, wenn der Fahrer aufs Gaspedal trat, schwappte in meinem Magen die Flüssigkeit hoch. Aufgepeitschte Wellen aus Magensäure mit Bierschaumkrönchen klatschten an die Wände, und ihre gelbflüssigen Fäustchen klopften ungeduldig an den Ausgang zur Speiseröhre. Aber wo hatte die Fahrt durch die milchtrüb erleuchtete Nacht geendet? Wie war ich aus dem Auto gekommen? Hatte ich bezahlt?

Ein Schreck fuhr mir ins verkaterte Hirn: Hoffentlich hatte ich dem Taxifahrer nicht mein ganzes Geld in die Hand gedrückt und gesagt: »Stimmt so!« Mein Herz bemühte sich, in Fahrt zu kommen, und das Blut wummerte rhythmisch gegen die Schädeldecke. Panisch befreite ich mich aus der Bettdecke und stolperte zu meiner Hose, die zwei Meter weiter auf dem Boden lag. Ein schnelles Betasten und dann die Erleichterung: Das Portemonnaie war noch drin. Ich zog es hektisch heraus und sah nach: Gute vierzig Euro. Alles in Ordnung.

Mit einer wesentlich langsameren Armbewegung strich ich mir eine Haarsträhne aus dem Gesicht – und stockte. Da war was in meinem Haar. Ein totes Tier? Nein, das war nicht in den Haaren ... das klebte an meiner Stirn ... wie Dreck. Offenbar war die Schmutzkruste über Nacht aus ihrem Sockengefängnis ausgebrochen und von den Füßen bis in mein Gesicht gewandert. Ich versuchte, es abzureiben. Das brannte, und ich zuckte zurück. Jetzt erst spürte ich, dass mir die Hand wehtat. Ich spreizte vorsichtig die Finger und betrachtete meinen Handrücken. Die ersten drei Fingerknöchel waren geschwollen, und am Mittelfinger erkannte ich einen blauschwarzen Bluterguss unter dem Nagel. Anscheinend hatte ich ziemlich wild getanzt. Oder dem Russen zu überschwänglich zugeprostet.

Eins war klar: In dem Laden konnte ich mich nie wieder sehen lassen. Nicht, nachdem ich dem Mann am Tresen erklärt hatte: »Du bist echt süß, aber ich hab schon 'n minderjährigen Koch zu Hause.« Wobei ich staunend feststellte, dass ich bei dem Wort »minderjährig« erhebliche Artikulationsschwierigkeiten hatte. »Meine Mitbewohnerin ist noch solo«, lallte ich weiter, »die hat Beine bis zu den Ohrläppchen.« Er hatte unbeteiligt genickt und weiter Bier eingeschenkt, und ich, auf der Stange des Tresens balancierend, hatte über die laute Musik hinweg geschrien: »Wir sind spezialisiert auf junge Männer!«

Nein. Da konnte ich nicht mehr hin. Mir schoss die Möglichkeit durch den Kopf, einem der Menschen, die meinen Vollproll-Auftritt miterlebt hatten, irgendwo bei Tageslicht auf der Straße oder beim Bäcker zu begegnen. Oh, ja, eine Bäckerei: weiches gelbes Licht, der Duft von frisch gebackenen Croissants, warmer Milchkaffee! Mein Appetit kehrte langsam zurück. Die Kopfschmerztablette tat ihren Dienst. Wieso sollte ich in dieser Millionenstadt ausgerechnet vor meiner Haustüre jemanden von gestern Abend wiedersehen? Das war absurd. Ich konnte ruhig zum Bäcker gehen und in die Welt der Lebenden zurückkehren.

Immer noch mit der Hose in der Hand suchte ich mit zusammengekniffenen Augen den Boden nach meiner Brille und meinen restlichen Kleidungsstücken ab. Der BH lag verdreht wie ein toter, schwarzer Wurm vor dem Bett, wo ich ihn abgestreift hatte. Das T-Shirt und die Unterhose fehlten. Ich schlurfte durch die Küche ins Bad und öffnete die Tür. Die Brille lag auf dem Klodeckel. Nun entdeckte ich auch die Unterhose. Ordentlich drapiert wie eine seltsame, blaue Blume mit durchbrochenen Rändern thronte sie auf der Ablage unter dem Spiegel. ›Schau‹, schien sie zu sagen, ›ich habe die Nacht schadlos überstanden und bin doch nicht mehr dieselbe wie vorher.‹ Ganz eindeutig musste ich noch Restalkohol im Blut haben, wenn ich jetzt schon meine Unterhose sprechen hörte.

Ich griff nach der Blüte des Suffs, und dann sah ich sie: die blutverkrustete Schramme, die sich von der Mitte meiner Stirn schräg nach unten über die Augenbraue bis zur rechten Schläfe zog. Meine Augen blickten matt auf dieses zerknitterte Gesicht mit den hängenden, verklebten Mundwinkeln und dem wirren Haar, in dem hinter dem linken Ohr noch eine grotesk abstehende Haarspange steckte wie ein abgebrochener Ast. Ich sah erbärmlich aus.

Es gab jetzt zwei Möglichkeiten: Erstens, sich heulend wieder ins Bett verkriechen. Zweitens, einfach weitermachen. Gesicht waschen, Haare über die Schramme kämmen und eine neue Unterhose anziehen. Mit einer neuen Unterhose fühlt man sich wie frisch gebeichtet. Duschen konnte ich später noch. Es ging jetzt ums Überleben. Erst mal musste ich hinaus in den feindlichen Dschungel und mir ein Frühstück schießen.

Nachdem ich mich fertig angezogen und die Zähne geputzt hatte, fühlte ich mich ausreichend gerüstet, um die Wohnung zu verlassen. Im Flur an der Wohnungstür fand ich die Sandalen nicht. Aber ich war mit Sandalen nach Hause gegangen. Da war ich mir sicher. Sie waren patschnass gewesen, deswegen hatte ich sie in der Hand. Und in der anderen Hand hielt ich die Schlüssel und das Portemonnaie. Mit der dritten Hand wollte ich die Taxitür zumachen. Aber da war keine dritte Hand. Deswegen war ich in dieses Loch getaumelt und hatte mich schnell umgedreht, um die Balance zu halten. Da war das fehlende Bild: die weiße Autotür, der schwarze Asphalt, meine hochgereckte, nach Halt suchende Hand. Weiße Schäfchenwolken vor knallblauem Himmel und meine Riemchensandalen, die in hohem Bogen durch die Luft flogen. Im Vollrausch hatte die Bewegung etwas Tänzerisches, aber nüchtern betrachtet hatte ich mich volle Kanne auf die Fresse gelegt und unsanft den Moabiter Boden geküsst. Ich konnte froh sein, dass ich noch alle Zähne im Mund hatte. Haben Kinder und Besoffene wirklich einen Schutzengel? Oder fallen sie nur kürzer?

Hilflos blieb ich an der Wohnungstür stehen und traute mich nicht hinaus. Da draußen lagen meine Schuhe auf der Straße und sangen ein Spottlied auf mich. Verdreht, beschmutzt und zigmal überfahren von fremden Autoreifen lagen sie im hellen Schein der Nachmittagssonne und gaben für jedermann sichtbares Zeugnis ab über mein verkommenes Inneres. Wie hatte ich glauben können, so was würde sich nicht rächen? Hinauszugehen in die Welt, ohne Plan, einfach so. Der übergroße Mut, das Fallenlassen der eigenen Schranken, das Wegsperren der Vernunft: So was hat Folgen. Man kann nicht eine Nacht lang hemmungslos sein, sinnlos lachen, tanzen, die selbst gesetzten Schamgrenzen überwinden und am nächsten Morgen einfach so zurück über den Zaun springen. Da stand jetzt ein Schild: »Kein Durchgang.« Bevor nicht der Zahn der Zeit die Pfosten durchgenagt hätte, würde ich nicht mehr zu mir zurückkehren können.

Wie ein verprügelter Hund schlich ich zurück ins Badezimmer und sah mich an. Ich tat mir unendlich Leid. Jemand sollte etwas Mitgefühl zeigen. Jemand sollte ein weiches, feuchtes Tuch in die Hand nehmen und mir damit die Stirn abtupfen, mich in duftende, weiße Laken hüllen und mit sanfter Stimme sagen: »Ich koch dir eine Hühnersuppe. Die wird dir gut tun.«

Stattdessen war ich allein, achtunddreißig Jahre alt und nicht in der Lage, meinen Alkoholkonsum zu kontrollieren. Geschweige denn, eine normale Beziehung zu führen. Meine einzige längere Beziehung hatte auch nur zehn Monate gehalten. Und am Ende hatte Axel gesagt: »Ich habe mich während der ganzen Zeit unserer Beziehung genauso einsam gefühlt wie vorher.« Als ob Axel aus dem Spiegel durch mein verschrammtes Gesicht zu mir spräche, hallte dieser Satz durch die leere Höhle unter meiner Schädeldecke und blieb dann hinter meiner Stirn stehen wie ein Banner.

Eine Grabinschrift, die ich auf einem Friedhof in Tempelhof gesehen hatte, fiel mir ein. »Ihr ganzes Leben war Schaffen und Streben«, hatte da gestanden. Axel hatte damals mit seinem Fazit quasi den Grabstein auf unsere tote Beziehung gerammt. Die letzten Wochen hindurch war es sowieso nur noch ein hilfloses Beatmen der Leiche gewesen, und als ich mich dazu entschied, die Geräte abzustellen, begannen bei ihm die Phantomschmerzen. Vorzugsweise nachts rief er an, wenn ich schlief. Mit zusammengekniffenen Lidern hob ich den Hörer ab und wurde zugetextet mit Vorwürfen: Gefühllos, egoistisch und kalt sei ich. So kalt wie ein Kühlschrank. Immer war er sturzbetrunken, und trotzdem versuchte ich immer zu argumentieren, vernünftig mit ihm zu reden, es uns leichter zu machen. »Du sagst, du leidest auch«, hatte er mir eines Nachts hasserfüllt ins Ohr gezischt, »aber ich kann dir das nicht glauben. Weil ich nicht glaube, dass du überhaupt etwas empfindest. Ich glaube, du kannst gar nichts empfinden. Zumindest keine Liebe.«

Zehn Jahre war das jetzt her. Hey, da hatte ich ja Schmerz-Jubiläum! Ich hatte Axel und unseren leidenschaftlichen Wettstreit um Aufmerksamkeit all die Jahre meilenweit weggeschoben, und plötzlich stand er mit einer Wucht neben mir, dass ich meinte, den Luftzug seiner Worte auf der wunden Haut zu spüren. Für einen kurzen Moment meinte ich auch, seinen Körper zu spüren: Wie er sich beim Einschlafen von hinten zwischen meine Schenkel schob, minutenlang so verharrte, bis ich wieder hellwach war. Dann stupste er mich an und ich tat so, als ob ich schlief. Das war ein Spiel, bei dem wir beide so taten, als berührten wir uns zufällig. Keiner wurde konkret. Er benutzte jeden tiefen Atemzug, um sich millimeterweise vorzuschieben, und ich öffnete wie unabsichtlich ein klein wenig die Beine. Wir waren so dicht davor, dass es schmerzte, und wir benahmen uns wie Fremde. Letzten Endes waren wir das auch.

Wir hatten uns von Anfang an missverstanden. Das ging schon damit los, dass ich eigentlich in seinen Mitbewohner verknallt war und er die Signale auffing, die nicht für ihn bestimmt waren. Auf der anderen Seite suchte er dringend eine Ersatzbefriedigung, nachdem ihn seine Jugendliebe verlassen hatte. Solange bloß im Bett die Funken flogen, war es aufregend. Es wurde schal, als er anfing, mit seiner Kumpel-Freundin zu vögeln, und anstrengend, als er begann, sich wieder mit seiner Ex-Freundin zu treffen. Ich zog mich mehr und mehr zurück, und er war nicht bereit, mir zu folgen.

Er stand fassungslos davor, dass ihm jemand den Rücken zukehrte, dabei konnte ich das alles rational erklären. Ich hatte nur nicht mit so viel Emotion gerechnet. Mit den tränenreichen Ausbrüchen, dem nächtlichen Telefonterror und vor allem nicht mit seiner tiefen Überzeugung, ich sei unfähig zu lieben. Das Urteil, das Axel damals über mich gefällt hatte, war so gewaltig, so niederschmetternd gewesen, dass mein Selbsterhaltungstrieb mir einfach untersagte, diesen Schmerz zu empfinden. Konsequent wurde die Sache verdrängt und war damit erledigt.

Also war Axel schuld daran, was ich jetzt mit Michael machte: Ich ließ ihn nicht an mich ran und nutzte seine Gefühle aus. Weil ich selbst keine hatte. Wie ein Vampir saugte ich Vertrauen, und zurück ließ ich nur zwei Wundmale. Ich kratzte mich am Hals. Die Frau im Spiegel guckte blöd und dachte wirres Zeug. Ich wandte mich von ihr ab.

Das war doch alles Schwachsinn. Aus mir sprach der Kater. Mein Kopf war nicht klar. Längst vernarbte Wunden wieder aufzustochern war nicht die Lösung. Mir blieb jetzt nichts anderes übrig, als reinen Tisch zu machen. Michael sollte erfahren, was für eine ich war, sich dann ein nettes Mädel in seinem Alter suchen, Kinder zeugen und kochen.

Ich zog mich aus und stieg in die Dusche. Während das Wasser heißlief, fing ich an, die Shampoo- und Duschgelflaschen zu ordnen: erst nach Sorte, dann nach Größe und zum Schluss nach Farbe. Die Nassrasierer waren ein Problem. Meiner hatte eine große, flache Schutzkappe über der Klinge. Damit konnte man ihn aufstellen und kerzengerade an die Kachelwand lehnen. Aber der von Kirsten war eine Wegwerfklinge, ein Einmalrasierer. Hellgrün, hässlich, billig. Beim Versuch, ihn aufzustellen, fiel er durch das metallene Ablagegitter, und wenn man ihn hinlegte, war der Stiel auf dem Gitter und die Klinge hing zwischen den Stäben herunter. Das war im Ungleichgewicht, schief, nicht richtig.

Während die schmutzige Brühe sich an mir hinunter in den Ausguss schlängelte, langte ich aus dem Duschvorhang und warf das störende Teil in den Abfall.

## Can you help me?

Lieber Michael,

lange drum herumzureden ist feige, deshalb sage ich es, wie es ist: Ich war gestern nicht bei einem Arbeitsessen. Ich habe dich angelogen.

Und das nicht zum ersten Mal, dachte ich. Eigentlich müsste es weitergehen mit: ›Ich fand dich schon damals bei der Party in der Schmiede nicht besonders attraktiv und hab dir meine Telefonnummer nur aus Eitelkeit gegeben. Bei unserem Date auf der Pfaueninsel hab ich dir was vorgespielt, und in Wahrheit mag ich keine Gnocchi an Trüffelschaum.‹ Aber darum ging es jetzt nicht.

Bevor ich dich kennen gelernt habe, bin ich einem Mann begegnet, der sich vor ein paar Tagen überraschend gemeldet hat.

Das Tippen war mühselig, weil ich die rechte Hand nicht richtig benutzen konnte. Und mein Gehirn funktionierte auch noch nicht hundertprozentig. Aber ich musste das hinter mich bringen. Du hast schon Anlauf genommen, jetzt spring!, redete ich mir zu.

**Um ihn zu treffen, war ich gestern in einer Hotelbar und**

ja, und was? Und er ist nicht gekommen? Und ich hab mich total zum Affen gemacht? Und er hat mich nicht gewollt?

Nein, das ging nicht. Schließlich wollte ich Michael abschrecken und nicht meinen Abfall bei ihm entsorgen. Mich ausgerechnet bei ihm auszuheulen, kam selbst mir schweinisch vor. Und ich war immerhin die Königin der Hartherzigkeit. Ich nahm die Brille ab und strich mir über die Augen. Die Schramme war immer noch da.

**und danach**

schrieb ich weiter,

**bin ich noch in verschiedenen Klubs gewesen. Allein. Mit dem Typen aus der Hotelbar ist nichts gelaufen, aber ich habe ziemlich viel getrunken, getanzt und geflirtet. Es gab auch ein paar Knutschereien.**

»Ich habe ziemlich viel getrunken, getanzt und geflirtet.« Das klang wie: »Waschen, Legen, Föhnen.« Nervös trommelte ich mit den Fingern auf der Tastatur herum. Dann schloss ich die Datei und drückte auf »Als Entwurf speichern«.

Die Uhr am Bildschirm zeigte 16.15 Uhr, und die Sonne knallte durchs Fenster auf meinen rechten Arm. Mir wurde es zu eng an meinem Schreibtisch. Wieso sollte heute nicht der Tag sein, an dem alles anders wurde? Schluss mit der Feigheit, der phlegmatischen Bequemlichkeit, diesem ewigen Durchwursteln; ein richtiger Job, vielleicht eine andere Wohnung. Ohne Kirsten. Und ein paar Kilo abnehmen konnte auch nicht schaden.

Ich hatte das dringende Bedürfnis, mich zu entgiften. Entschlossen rollte ich mit dem Drehstuhl zurück und ging zum Kleiderschrank. Seit der Kündigung im Fitness-Studio hatte ich keinen Sport mehr gemacht. Was brauchte ich ein Laufband, wenn draußen haufenweise Parks rumlagen?

Ich zog meine Sportklamotten an und marschierte Richtung Flur. Hatte nicht Michael gesagt »Wenn die Frau sich mal entschlossen hat, kann sie keiner mehr aufhalten.«? Michael. Erstaunlich, wie schnell ich ihn in meiner Aufbruchsstimmung von seinem Platz verdrängt hatte. Auf der Kommode lag mein Handy. Ich gab den Pin ein und setzte mich auf den Boden, um die Turnschuhe zuzuschüren. Gott sei Dank hatte ich die gestern nicht angehabt. Sonst müsste ich jetzt in Sandalen zum Walken gehen. Das Handy blinkte. Andererseits hätte ich die Turnschuhe wegen ein bisschen Bierschaum auf keinen Fall ausgezogen. War das eine SMS? Wahrscheinlich Michael, der mir auf der Mailbox gestern noch eine gute Nacht gewünscht hatte. Ich sah auf das Display: *1 Sprachnachricht.*

Das musste ich mir jetzt nicht antun. Ich beschloss, Michaels verliebtes Gesäusel später abzuhören. Eine Zeile weiter unten stand: *1 Kurznachricht.* Ich öffnete und las:

*Mein Chef sagt, wenn er geahnt hätte, wie schön du bist, hätte er mich nicht um den halben Erdball geschickt. Ich hoffe, er hat sich wie ein Gentleman benommen. John.*

Lächelnd klappte ich das Handy zu und hielt es wie einen zerbrechlichen kleinen Vogel in beiden Händen. Eine SMS von »um den halben Erdball«! Wo mochte er sein? In Burma? Ritt er in diesem Moment auf einem weißen Elefanten mit perlmuttbesticktem Zaumzeug durch den Dschungel? Bestimmt ganz schön schwierig, bei dem Geruckel die richtigen Buchstaben zu treffen. Auch wenn er gerade im Himalaja seinen dritten Achttausender ohne zusätzlichen Sauerstoff bestieg, war es doch ein großes Opfer, sich mit den Zähnen die Handschuhe auszuziehen und mit den halb erfrorenen Fingern auf eiskalte kleine Tasten zu tippen. Wahrscheinlich machte er das aber gar nicht. Er hatte eine Freisprechanlage. Als Geheimagent hat man so was. Immer die neueste Technologie. Ein kombiniertes Telefon, Datenbank und Nuklearbrennstoff-Transportbehälter in einem, wo man nur reinsprechen muss, und das Handy verschickt das dann per Spracherkennung als SMS.

Der Graumelierte war also sein Chef? Er schickte seinen Chef in die Hotelbar, um sich entschuldigen zu lassen? Entweder, das war ein Zwei-Mann-Betrieb oder die Sache war ihm wichtiger, als ich gedacht hatte.

Wieso eigentlich »die Sache«? »Ich«! ICH spielte bei ihm eine größere Rolle, als ich mir zugetraut hatte. Bisschen mehr Selbstvertrauen, Frau Nehrbach!, ermahnte ich mich innerlich, immerhin interessiert sich ein Geheimagent für dich! So was passiert einem ja auch nicht alle Tage. Er hätte Halle Berry haben können, aber er will dich. Sein Vorgesetzter hat gesagt: »Agent Depp: In Burma ist die Kacke am Dampfen! Schnappen Sie sich Ihr Uran-Brennstoff-Handy und die Kugelschreiber-Uzi. Ihre Maschine geht um zehn.« Noch nie in seiner neunjährigen Dienstzeit, inklusive der zwei Jahre Kampftaucher-Ausbildung vor der Insel Föhr, hatte er einen Befehl verweigert. Als sie damals seine Mutter beerdigten, lag er in einer Erdhöhle in Kasachstan und dechiffrierte die Funksprüche der mittelsibirischen Russenmafia. Aber dieses eine Mal erhob er sich aus dem dunkelbraunen Ledersessel, der gegenüber dem imposanten Schreibtisch stand, und sprach mit fester Stimme: »Sir, ich fürchte, es ist mir unmöglich, ihrem Befehl Folge zu leisten, Sir! Wenn ich heute Abend um zehn nicht in dieser Hotelbar erscheine, werde ich es mein Leben lang bereuen.« Der Raum war durch eine halb geschlossene Jalousie verdunkelt, und John konnte nicht sehen, wie Old Silberlocke hinter dem Schein seiner dunkelgrünen Schreibtischlampe schmunzelte, als er versprach, persönlich ins Hotel zu gehen, um seine Nachricht zu überbringen. John hatte keine Wahl. Burma rettete sich nicht von allein. Da musste er hin.

Das sah ich jetzt ein. Der Dönermann hatte eine zweite Chance verdient. Genau wie ich. Entschlossen legte ich das Handy weg und ging zurück in mein Zimmer. Ich holte die Mail an Michael aus dem Ordner »Entwürfe«, setzte noch ein »Tut mir Leid, dass ich dich enttäuscht habe. Du hast was Besseres verdient. Ute« drunter und schickte ab.

Auf dem Weg durch den Flur band ich mir hastig die Haare zum Zopf, schnappte mir den Schlüsselbund von der Kommode und verließ die Wohnung.

Die ersten paar Schritte auf der Straße kam ich mir blöd vor. Ich ging auch nicht schneller als die Leute, die auf dem Nachhauseweg noch schnell was einkaufen wollten, aber ich trug dabei Sportklamotten.

Sicher, es gab in dieser Ecke Berlins eine Menge Leute, die im Jogginganzug rumliefen, aber die waren in der Regel bierbäuchig und männlich und trugen Modelle aus lila und hellgrüner Fallschirmseide. Verschämt versuchte ich einen Blick aufzusetzen, der sagte: »Ich gehe nur das Stück bis zum Park in dem Tempo. Ab da vorne, von wo ihr mich nicht mehr sehen könnt, fang ich ganz sportlich an zu joggen; so richtig mit Rennen und so!«

Ach, was gingen mich die Loser auf der Straße an. Keiner von denen hatte jemals eine Geheimagenten-SMS bekommen.

Meine Knie piekten. Wie konnten die ahnen, dass ihnen Sport drohte? Gab es etwa so eine Art Kniescheiben-Gen oder den Nervus Joggus, der zwar ruhig blieb, solange man in Schlabberhosen vor dem Fernseher hockte, aber sofort Alarm schlug, wenn man in denselben Hosen Richtung Grünanlage marschierte? Nur noch zwei Ampeln und am »Sahara-Kebap-Salonu« vorbei, dann begann der Uferweg. Wenn ich zurück wäre vom Joggen, würde ich duschen, mir ein paar Eier in die Pfanne hauen und meine Stapel zurückschieben. Seit Michael bei mir ein und aus ging, hatte ich meine Türmchen aus Papieren, flachen Pappschachteln und alten Prospekten, die ich vor dem Wegwerfen unbedingt noch sortieren musste, alle aus dem Weg geräumt und an der Wand gegenüber von meinem Bett in Sicherheit gebracht. Es war mir von Anfang an zuwider gewesen, dass wir uns immer in meiner Wohnung trafen, aber aus Bequemlichkeit hatte ich nie daran gerüttelt. Und nun würde die Belagerung ja auch ein Ende haben.

Aus der geöffneten Tür vom »Sahara« duftete es nach gegrilltem Fleisch und mit warmer Butter bestrichenen, spinatgefüllten Teigfladen. Mir tropfte der Zahn.

Ich überquerte die Straße und trippelte die wenigen Steinstufen hinunter zur Spree. Am Fuß der Treppe lagen ein paar leere Bierflaschen und eine dreckige Wegwerfwindel. Eine merkwürdige Kombination. Ob sich hier eine frustrierte Alleinerziehende die Kante gegeben hatte? Wahrscheinlich war sie danach auf den sandigen Weg getaumelt und direkt ins Wasser geplumpst. Bei all den verrosteten Fahrrädern, toten Fischen und zerfledderten Plastiktüten, die darin trieben, war das dann auch gar nicht groß aufgefallen, und die Spree hatte sie gnädig verschluckt, ohne auch nur eine Luftblase zu hinterlassen. Es roch nach Pisse.

Um meine makabren Gedanken zu vertreiben, beschleunigte ich meine Schritte, und sofort fingen sämtliche Gelenke an zu meckern. Aber da mussten sie jetzt durch. Wenn mein neues Leben mit Schmerzen anfing, dann sollte das eben so sein. Rechts neben mir, auf dem schmalen Grünstreifen zwischen dem Uferweg und der dunklen Kanalbrühe, hockten ein paar fette, missgebildete Tauben und schauten mich mit schiefgelegten Köpfen an, als wollten sie sagen: ›Und, wem willst *du* hier was vormachen?‹

Ich schaltete einen Gang höher. Und damit meine ich wirklich nur einen Gang. Laufen konnte man das nicht nennen. Es sah mehr so aus wie jemand, der dringend aufs Klo muss und sich dabei ein bisschen von hier nach da bewegt, um das Ganze wie Jogging aussehen zu lassen. Wenn ich in dem Tempo weiterjuckelte, würde ich mindestens zwanzig Minuten brauchen, bis ich überhaupt im Park wäre. Und die linke Kniescheibe knirschte jetzt schon lauter als der Kies unter mir. Meine Reiterhosen flatterten im Wind, sämtliche in der trainingslosen Zeit wabbelig gewordenen Fleischmassen schienen sich von den Knochen lösen zu wollen und schlackerten schmerzhaft Richtung Erde, und alle zusammen riefen sie: ›Lass uns in Ruhe, du hast uns gestern Nacht genug geschunden.‹ Ich fühlte mich wie eine Kasperlepuppe, die von einem hyperaktiven Kind in einem hysterischen »Tri-tra-tralala« auf der autoaggressiven Hand geschüttelt wird.

Was für eine blöde Idee, verkatert Joggen zu gehen. Vor allem, wenn man so gut wie nichts im Magen hat. Meine Füße beschlossen, einfach stehen zu bleiben, und ich gab nach. Ich drehte mich einmal um die eigene Achse, um zu sehen, ob es Augenzeugen für mein Scheitern gab, dann nahm ich die nächste Treppe nach oben und ging auf der Straße zurück zum »Sahara«.

Der Imbissbuden-Besitzer fragte, während er das Gözleme auf dem kleinen Pappteller in anderthalb Meter Alufolie einwickelte, was mit meinem Gesicht passiert sei, und ich antwortete: »Sportunfall.«

An der Wohnungstür erwartete mich Kirsten, die gerade aufschloss und mal wieder abschreckend gute Laune an den Tag legte.

»Na, wer hat sich denn da in original Moabiter Streetwear geworfen?«, fragte sie fröhlich und warf schwungvoll ihre Jacke in den Flur.

»Ich komm vom Sport«, nuschelte ich mich an ihr vorbei und stellte mein aluverpacktes Imbisspäckchen auf der Kommode ab.

Kirsten schloss die Tür hinter mir und grinste. »Ich seh schon. Und wie nennt man die Sportart?« Sie streifte ihre Turnschuhe ab, ohne die Schnürsenkel zu lösen. »Döner Walking?«

»Das ist Gözleme«, sagte ich knapp und marschierte Richtung Küche.

Natürlich kam sie mir hinterher, warf einen braunen Umschlag auf den Tisch und öffnete die Kühlschranktür.

»Neue Anzeigen-Antworten. Aber die brauchst du ja jetzt nicht mehr. Ist wohl ganz schön spät geworden gestern«, sprach sie in den Kühlschrank.

Ich wickelte mein Essen aus.

»Boah, du machst es ja wieder spannend!«, beschwerte sie sich und setzte sich mit einem Päckchen Fleischsalat in der Hand an den Tisch. Dann sah sie mein zerschrammtes Gesicht. »Ach, du Schreck! Was ist denn mit dir passiert?«

Ich knüllte mit der unversehrten linken Hand die knisternde Alufolie zusammen.

»War das der Dönermann?«

Ich schob mir drei Stücke Spinatfladen in den Mund und schüttelte den Kopf. Kirsten stand auf, um sich eine Gabel zu holen.

»Nun sag schon, was war denn los?«

»Nichts«, sagte ich undeutlich, »ich hab 'n bisschen viel getrunken und mir beim Aussteigen den Kopf an der Autotür gestoßen.«

Kirsten würde jetzt nicht locker lassen. Also stand ich kauend auf und ging zurück in den Flur, um mein Handy zu holen. Auf dem Rückweg in die Küche schaltete ich es ein. Glücklicherweise piepste es sofort, und ich verzog mich mit einer abwehrenden Handbewegung in mein Zimmer, um die Mailbox abzuhören:

«Sie haben zwei neue Nachrichten. Erste Nachricht:

Hallo Frau Nehrbach, Leidinger hier. Folgendes: Ich sitze hier mit dem Kunden für das Lounge-Projekt in Mitte. Die Geschäftsleitung aus der Firmenzentrale in Hamburg hat uns einen Besuch abgestattet. Alles ganz kurzfristig. Wir zeigen denen jetzt die Büroräume und improvisieren einen kleinen Empfang. Nichts Aufgeblasenes. Der Cateringservice ist bestellt. Wir stellen denen kurz das Team vor, und um acht sitzen die wieder im Flieger. Ich erwarte Sie um halb fünf im Büro.

Ende der neuen Sprachnachricht. Zum Löschen sieben drücken. Zum Speichern –«

Ich drückte die Sieben.

»Nachricht gelöscht«, sang die Frau mit dem samtenen Ausrufezeichen in der Stimme. »Nächste Sprachnachricht:

Hi-i, Ute, ich bin's. Millie. Wo steckst du denn bloß? Ich hab's schon auf'm Festnetz versucht, aber Kirsten war auch nicht da. Pass auf, der Leidinger ist extrem stinkig. Der hat hier die Leute aus Hamburg sitzen und dich großkotzig als Starlayouterin angekündigt. Wenn du nicht kommst, macht das einen extrem schlechten Eindruck für uns alle. Immerhin hab ich dir den Job besorgt. Lass mich jetzt nicht hängen, okay? Also, bis gleich. Ich verlass mich auf dich!«

Ich sah auf die Uhr: Zehn vor fünf. Kleine Sünden straft der liebe Gott sofort. Dieser blöde Satz meiner Mutter half mir jetzt auch nicht weiter. Ich sah sie förmlich in der Ecke meines Zimmers stehen und sagen: »Also, mir wär's peinlich.«

Das würde es in der Tat werden, wenn ich Leidinger mit der uralten Ausrede »Ich hatte den ganzen Tag das Handy nicht an« kam. Auf der anderen Seite war ich nicht seine Angestellte und dazu verpflichtet, Tag und Nacht bereitzustehen. Tot stellen konnte ich mich auch nicht. Je länger ich wartete, umso peinlicher wurde es. Wenn ich jetzt anrief, würden sie mich überreden, doch noch zu kommen, und ich hatte keine Lust, ihnen wie ein kleines Mädchen stammelnd was vorzulügen. Hinzufahren war wohl das kleinere Übel. Ich zog mich im Bad um und versuchte, den Pony über die Schramme zu kämmen.

Kirsten lehnte sich in den Türrahmen. »Musst du noch mal weg?«

»Ich hab grad 'ne Geschäftsbesprechung verpasst«, antwortete ich, während ich überlegte, ob ich noch die Zeit hatte, mich zu schminken.

»Du solltest dir vorher die Zähne putzen«, sagte Kirsten, »du hast 'ne ziemliche Knoblauchfahne.«

Das Telefon klingelte.

»Wenn das Leidinger ist, sag, ich bin unterwegs!«, befahl ich und griff nach der Flasche mit dem Mundwasser.

Während das Wasser in den Zahnputzbecher lief, hörte ich, wie sie am Telefon sagte: »Hallo, Millie ...« Ich nahm einen großen Zug von der Mundwasserbrühe und streckte den Kopf aus dem Badezimmer. Kirsten stand mit dem Telefon in der Hand im Flur und sah mich an. Mit aufgeplusterten Backen bedeutete ich ihr, ich könne jetzt nicht sprechen. »Sie kann grad nicht ans Telefon kommen«, log sie in den Hörer und grinste mich dabei an. Ich spuckte aus, wischte mir hektisch mit dem Handrücken über den Mund und fegte an ihr vorbei Richtung Wohnungstür. Als ich sie öffnete, hörte ich Kirsten noch sagen: »Keine Panik, Mrs Nehrbach has just left the building.«

Auf dem Weg zur U-Bahn hielt mich ein verirrter Tourist an und fragte: »Excuse me, can you help me?« Ich beschloss spontan, ihm den Berliner zu machen, und antwortete: »Ick mach mir nüscht aus Fremdsprachen.« Das tat gut. Gleich fühlte ich mich besser.

Eine freundliche Omi kommentierte im Vorübergehen: »Ja, ja, da ham se janz recht. Det sind immer die Ausländer, die fragen. 'N Deutscher traut sich det ja jar nich mehr.« Nun fühlte ich mich wieder schlecht.

Und ich wurde auch gleich, als ich in die U-Bahn stieg, bestraft.

Der Wagen war fast leer, und kaum dass ich saß, hörte ich sie auch schon hinter mir.

Sie waren zu zweit, sie waren voll mit Testosteron, und sie unterhielten sich in einer mir unbekannten Sprache. Sie füllten mit ihren männlichen Organen das ganze U-Bahn-Abteil aus. Es klang aggressiv, aber ich wollte sie auch nicht aburteilen, ohne zu verstehen, worüber sie redeten. Vielleicht tauschten sie ja nur die neuesten Falafelrezepte aus. Schließlich kamen sie bis ans Ende des Wagens, wo ich gemütlich am Fenster saß. Einer ließ sich schwungvoll auf den Sitz mir gegenüber fallen, und sein Kumpel setzte sich ihm schräg gegenüber auf die Bank links neben mich. Sofort fingen sie ein Gespräch an, besser gesagt, sie schrien sich über die volle Distanz an. Quasi als Rahmenprogramm fuchtelte der eine ständig mit seinem Benzinfeuerzeug rum. Er machte es an aus an aus an aus, so als hätte er zum ersten Mal in seinem Leben so ein Teufelszeug in der Hand. Sein Kumpel mir gegenüber wippte nervös mit beiden Füßen und bewegte seine Knie dabei nach außen und wieder zusammen nach außen und wieder zusammen. Er schaute in meine Richtung, rechts an meinem Gesicht vorbei, zum Fenster raus und schrie dabei seinen Freund an, der links von mir, zwei Meter entfernt am gegenüberliegenden Fenster saß. Ich stellte mir die Untertitel zu diesem Gespräch vor:

»Oh Mann, dieses Flamme-in-der-Kiste-Ding ist wirklich fantastisch! Ich hab es jetzt schon 50 Mal an- und ausgemacht, und es funktioniert immer noch!«

»Ey, Alter, das is' echt 'n Scheißdreck gegen meine neue Stretchjeans, damit kann ich die Beine so weit auseinander machen, dass ich sogar in den U-Bahnen mit diesen Querbänken längs zur Fahrtrichtung den halben Wagen alleine besetzen kann.«

»Ich wette, man kann dieses Feuerdings 100 Mal benutzen, wenn nicht sogar 110 Mal.«

»Aber weißt du was: Es ist echt wichtig, dass du unter solchen Hosen auch die richtige Unterhose trägst.«

»58, 59 ...«

»Soll ich dir sagen, was ich drunter trage? Push-up-String! Das neueste aus den Staaten, Mann. Da verrutscht nix mehr. Und du brauchst auch deiner Mutter nicht mehr erklären, warum du immer einzelne Socken in die Wäsche tust. Ich mein, warum sollen nur die Mädels mogeln ...«

»64, 65, 66 …«

»Das is' keine Reizwäsche, das is' eher so wie 'n Suspensorium. Wenn man sich erst mal dran gewöhnt hat, ist es total klasse. Du packst einfach deine ganze Ausstattung in die linke Hand, ziehst sie hoch, so weit du kannst, und mit der Rechten streifst du dann den Push-up-String drüber, wie 'ne normale Unterhose.«

»84, 85, oh … jetzt ist die Flamme von allein ausgegangen, ob das zählt? Na, ja 85-einhalb, 86-einhalb, 87-einhalb …«

»Sorry übrigens, dass ich dauernd aus dem Fenster kucke, wenn ich mit dir spreche. Ich würde dich ja ansehen, aber ich kann den Hals nicht mehr nach rechts drehn. Ich hab doch jetzt eins von diesen neuen Handys. So 'n wasserdichtes. Stell dir vor, ich bin gestern unter der Dusche grad am Haarefärben, da ruft meine Ische an. Du weißt, wie das is', wenn man das nicht pünktlich auswäscht, war die ganze Arbeit umsonst. Also hab ich mir das Handy zwischen Ohr und linke Schulter geklemmt. Die sind aber auch verdammt klein, die Dinger. Und dann kam die Spülung drauf, und die muss man exakt drei Minuten lang einmassieren, und die Alte hörte nicht auf zu reden, du weißt ja, wie die Weiber sind, oh Mann, wenn die mal anfangen, ist kein Halten mehr, dann fängt sie noch an rumzumeckern, ich sei eitel, und so 'ne Scheiße, dabei färb ich mir die Haare nur wegen ihr. Ich finde mein Kastanienbraun völlig in Ordnung. Sie is' doch diejenige, die auf südländische Typen steht, glaubt die, ich hab mir diesen bescheuerten Akzent angewöhnt, weil ich das cool finde?«

»108, 109, 110 … hundert … WOW! Es is leer! ALTER! Genau bei 110 hat es aufgehört. Ich hatte Recht. Mann, ich bin ein Genie.«

»Echt, ich hab's langsam satt, soll sie sich doch mal ihre Weichteile in so 'n Korsett zwängen. Sie hat doch keine Ahnung, wie das is', den ganzen Tag sinnlos mit der U-Bahn durch die Gegend zu fahren und sich über drei Bänke hinweg mit seinem Kumpel anzuschreien, bloß um irgendeinem bescheuerten Image gerecht zu werden.«

»Ey, wollen wir hier aussteigen? Ich kenn hier 'n Waffengeschäft, die verkaufen so Messer im Etui. Da drückt man drauf, und dann springt die Klinge von alleine aus der Öffnung. So eines wollte ich schon immer haben. Ich wette, die kann man 1000 Mal raus- und reinspringen lassen, ehe der Mechanismus ausleiert.«

»Von mir aus. Mir tut sowieso schon der Hals weh von der Schreierei.«

Die automatischen Türen gingen auf, und sie ließen noch für zwei, drei Sekunden eine akustische Fahne zurück. Als sie schon außer Hörweite waren, sah ich sie noch die Rolltreppe hochfahren, und der eine zog gerade einen Kugelschreiber aus der Hosentasche. Ich dachte noch, wer weiß, wie oft man da oben aufs Knöpfchen drücken kann, ehe unten die Feder kaputt geht? Dann verschwanden sie nach oben.

Das orangefarbene Licht über den Türen blinkte, und sie rummsten krachend wieder zusammen. Für einen kurzen Moment hatte ich Ruhe. Ich konnte durchatmen und kam wieder zu mir. Das Stehrumchen mit Prosecco im Büro Leidinger würde ich schon hinter mich bringen. Das war nicht mein erster Belastungstest in einem Raum voller Wichtigtuer. Zur Not konnte man immer, unter dem Vorwand, aufs Klo zu müssen, für ein paar Minuten nach draußen gehen, frische Luft schnappen und beruhigt feststellen, dass es außerhalb der Büroräume, unter freiem Himmel, noch eine andere Welt gab, ohne dummschwätzende so genannte Kreative, die nichts anderes produzierten als sich selbst und ihr übergroßes Ego.

Ich hatte zu Hause das Gözleme aufgegessen, zwei Aspirin hinterhergeschoben und mich in ein weibliches, aber sachliches Businessoutfit geworfen, das jeder Bundeskanzlerin zur Ehre gereicht hätte. In ein paar Tagen würde ich meinen Entwurf abgeben, die Kohle abgreifen und mich nie wieder von Millie für irgendwelche Drecksarbeit ködern lassen.

Mein Handy bimmelte. Während ich es aus der Handtasche fummelte, formulierte ich im Geiste schon ein: ›Tut mir Leid, ich wurde aufgehalten, aber ich bin unterwegs.‹

»Nehrbach?«

»Ich bin's. Michael.«

»Oh, Michael.«

»Ich hab grad deine Mail gelesen. Da würd ich gerne mit dir drüber reden.«

»Äh, das ist grad ungünstig. Ich sitz in der U-Bahn.«

Die Türen gingen auf, und eine junge Frau mit einem unglaublich fetten Vieh von Kampfhund stieg ein.

»Wo fährst du denn hin?«

»Ach, ich muss kurz ins Büro, wegen 'ner Besprechung.«

»So spät noch?«

»Hm.«

»Was bespricht man denn samstagabends um halb sechs?«

»Das musst du Herrn Leidinger fragen.«

»Ich dachte, wir sehn uns heute Abend.«

Der Hund ließ sich mit seinem Frauchen direkt neben mir nieder. Ich zog die Füße ein.

»Lass uns doch später in Ruhe telefonieren, Michael. Ich bin grad mit ganz anderen Dingen beschäftigt.«

Der Kopf von dem Kampfköter war breiter als das Becken des Mädchens am anderen Ende der Hundeleine. Erleichtert stellte ich fest, dass er einen Maulkorb trug. So einen dunkelblauen aus

Stoff mit Klettverschluss. Wahrscheinlich liebte die Frau ihren Fluffi und wollte, dass er es schön bequem hatte.

Michael sagte jetzt so was wie: »Ich hab aber auch was mit dir zu besprechen.«

»Aber ich kann momentan nicht reden. Der Empfang ist so schlecht.«

»Dein Termin wird ja nicht den ganzen Abend dauern. Oder hast du was mit deinem Chef angefangen?«

»Quatsch, das ist so eine halb geschäftliche Sache. Ich muss da kurz hin und mein Gesicht zeigen.«

»Okay, dann hol ich dich um sieben ab.«

»Michael, ich geh da zum Arbeiten hin, nicht zum Spaß.«

»Ich auch nicht.«

»Also, gut. Bis gleich.«

Ich klappte zu. Der rotäugige Kampfhund gähnte genüsslich und sprengte dabei seinen Klettverschluss.

## Essen und Erotik

Als ich in den Hof des Fabrikgeländes einbog, konnte ich schon von weitem Leidingers geschmeidige Stimme hören: »Pfiffig muss man sein, mein Lieber, wo der Hamburger noch kocht, hat der Berliner schon bei Wurst-Kalle angerufen, hehehe.« Er stand in einer Gruppe von zehn, zwölf Leuten vor dem Treppenhausaufgang und machte den dicken Maxe.

Links vom Gebäudeeingang standen drei runde Stehtische mit weißen Tischdecken drauf, und dahinter, in der Ecke, wo das rote Klinkersteingebäude an eine hellbeige Mauer grenzte, brutzelte ein junger Mann mit einer albernen Kochmütze Scampi-Spieße auf einem kleinen Grill. Jedenfalls vermutete ich das. Bei solchen Anlässen gab es immer Scampi-Spieße. Die ironische Androhung von fettiger Thüringer im Zusammenhang mit einem angeblichen Berliner Original namens »Wurst-Kalle« war eben, was sich aufgeräumte Typen wie Leidinger unter bodenständigem Humor vorstellten.

Ich zuppelte nervös an meinem Businessjäckchen und warf einen raschen Blick auf die Uhr: zehn nach halb sechs. Ich war eine gute Stunde zu spät. Am besten, ich versuchte gar nicht erst, das zu erklären. Millie löste sich aus der Gruppe und kam quer über das Kopfsteinpflaster auf mich zu. Sie trug eine ausgewaschene Designerjeans, deren Reißverschluss kaum länger war als mein kleiner Finger. Darüber flatterte um ihren schlaksigen Körper eine mit Glitzersteinchen durchsetzte Bluse im India-

Look, von dem ich bislang geglaubt hatte, er sei Anfang der Achtziger aus der Mode gekommen.

»Mensch, Nehrbach! Da bist du ja endlich! Grade noch rechtzeitig. Wir gehen zum gemütlichen Teil über. Leidinger hat ganz schön was aufgefahren.«

Sie musterte meinen konservativen Aufzug. Wenn ich nicht Rede und Antwort stehen wollte, musste ich ihr schnell zuvorkommen:

»Kannst du mir sagen, wieso die samstagabends einen Bürobesuch machen?«

»Ham sie nich«, antwortete Millie und marschierte Richtung Eingang, »Leidinger hat zufällig erfahren, dass sie in der Stadt sind und sie eingeladen. Und aus welcher Landfrauentagung haben sie dich deswegen gerissen?« Sie lachte: »Sorry, den konnt' ich mir nicht verkneifen. Achtung! Leidinger auf zwei Uhr. Ich kenn den Blick. Der wittert Kohle. An dem Auftrag hängt garantiert mehr als die Lounge in Mitte.« Leidinger kam uns entgegen, und Millie setzte ein verbindliches Lächeln auf. »Vergiss das mit den Klamotten. Du siehst auf jeden Fall seriös aus.«

Leidinger begrüßte mich, in dem er meine lädierte Rechte mit beiden Händen ergriff und beherzt drückte. Eine Berührung, bei der ich laut aufschreien wollte, vor Schmerz und vor Widerwillen. Er stellte mich den drei Hamburger Geschäftsleuten vor, die nicht viel Interesse an mir zu haben schienen. Ein, zwei Smalltalkfloskeln, und sie wandten sich wieder dem Chef und ihren Proseccogläsern zu.

Ich schnappte mir ein Glas Orangensaft von einem Tablett, das von Dietrich, einem der Grafiker, herumgetragen wurde, und setzte mich auf eine kleine Holzbank, etwas abseits, rechts vom Eingang.

Dietrich war der Einzige, der noch biederer angezogen war als ich. Was bringt eigentlich Männer ab einem gewissen Alter dazu, senfgelbe Breitcordhosen zu tragen? Läuft das so, dass sie eines Tages aufwachen und sagen »So. jetzt bin ich 40. Neues Lebensprojekt: Selbstverhunzung!«? Vielleicht stellen sie, aus Protest gegen die Welt der Schönen und Erfolgreichen, subversive Regeln auf. Sie machen eine Liste. Erstens: Schnäuzer wachsen lassen. Zweitens: Nur noch mit Sonnenbrille einkaufen gehen und dann das nehmen, was ich beim Betreten des Ladens als Allererstes ertasten kann! Schließlich werden sie süchtig, schleichen bei Wohnungsauflösungen vor dem Haus herum und legen sich einen Vorrat an Pullundern mit V-Ausschnitt zu. Am Anfang ist das bestimmt schwierig, diese Pullis zu finden, die gleichzeitig unmodern und trotzdem nicht retro sind. Hässlich und doch zu unauffällig, als dass das jemand für kultig halten könnte. Aber mit der Zeit bekommen sie dann ein Gespür dafür, dass es auf die Kombination ankommt; und sie fangen an zu komponieren. Ein an sich ganz neutraler, glatter Rollkragenpulli zum Beispiel verschandelt sich wunderbar durch eine darüber getragene beige Wildlederweste mit kleinen, silbernen Indianerköpfen als Knöpfe.

Da saß ich nun, in meinem unbequemen Damensakko, und suchte nach jemandem, auf den ich herabsehen konnte. Bestimmt war Dietrich ein ganz lieber Mensch. Ich schämte mich für meine oberflächlichen Gedanken. Man konnte doch sehen, wie nett er war. Während die anderen Mitarbeiter sich wichtig machten, bediente er alle mit Getränken. Er war eben nicht so einer, der sich ständig in den Vordergrund drängelte. Er war ein anständiger Kerl. Was ihm an Ehrgeiz fehlte, machte er wett durch Sorgfalt und Zuverlässigkeit. Bald nach seinem Büroeintritt hatte er angefangen, den Kollegen kleine Dienste zu tun, um Freunde zu gewinnen, und er war schnell überall beliebt. Mit der Zeit wurde es allen zur Gewohnheit, unangenehme Arbeiten auf Dietrichs Schreibtisch zu legen, und als die Sekretärin wegen Schwangerschaft kündigte, übernahm er vorübergehend deren Aufgaben. Es wurde nie eine neue Sekretärin eingestellt. Wenn neue Mitarbeiter kamen, führte man sie zu seinem Tisch und sagte: »Das ist Dietrich. Die Seele des Büros! Wenn du Sorgen und Nöte hast oder nicht weißt, wo der Kaffee steht, kannst du dich vertrauensvoll an ihn wenden. Wenn du immer nett zu ihm bist, macht er dir vielleicht selbst welchen.« An der Stelle lachte er meistens schüchtern, rückte mit dem Stuhl zurück, gab dem Neuen gebückt die Hand und sagte: »Scheiße noch mal, das muss ja wirklich eine wilde Nacht gewesen sein!«

Millie stand mir in der Sonne, die gerade hinter ihr über der Toreinfahrt zu sinken begann. Sie ließ sich neben mich auf die Bank fallen und erwartete offenbar einen vollständigen Bericht. Ich zog das Sakko aus. Für Anfang Juni war es um die Uhrzeit noch erstaunlich warm. Die Draußen-Sitz-Saison hatte begonnen. Ganz Berlin würde sich die nächsten drei Monate locker geben und überall Sand hinkippen. Alle würden Caipirinha, -roschka, -russka trinken, keiner würde wissen, was der Unterschied ist, aber alle könnten sofort ein Urteil darüber abgeben, wie stylish die neue Strandbar wäre, wenn in Friedrichshain wer drei Liegestühle und einen Satz Grillfackeln in eine Baustellengrube gerammt hätte. Ich wollte hier weg.

Vor allem jetzt, wo Millie neben mir saß.

»Du hattest also gestern ein Blind Date?« Sie stellte das rechte Bein auf die Bank und positionierte sich in Superbreitbeinstellung seitlich zu mir. »Kirsten sagt, du hättest gut getankt gehabt, wärst aber allein nach Hause gekommen.« Sie machte eine Pause und strahlte, als hätte sie eben ein Mittel gegen den Hunger in der Welt entdeckt. »Und nun die Details, bitte!«

Ich hatte allmählich genug davon, mich unter dieser permanenten sozialen Kontrolle wegzuducken und beschloss, in die Offensive zu gehen:

»Ich will's mal so ausdrücken: Ich hatte einen wirklich schönen Abend und danach eine wunderbare Nacht.«

»Soll das heißen, ihr habt das Hotel gar nicht verlassen?«

Ich lehnte mich zurück, blinzelte in die letzten Sonnenstrahlen und schwieg.

»Du bist mit ihm aufs Zimmer gegangen?«

Ich schloss die Augen. »Ich wusste, du würdest von selbst drauf kommen.«

»Wie? Gleich, sofort? Ohne vorher Essen gehen und sich gegenseitig die Lebensgeschichte erzählen?«

»Doch, wir haben schon was gegessen«, murmelte ich geheimnisvoll.

Millie nahm das andere Bein mit auf die Bank und umfasste ihre Knie mit beiden Armen.

»Nehrbachel! Du hast doch nicht die 9 1/2-Wochen-Nummer gebracht?«

Sie fraß alles, was ich ihr hinwarf.

»Ich hätte nicht gedacht, dass man dich mit so was beeindrucken kann«, nuschelte ich, so cool ich konnte.

»Natürlich bin ich beeindruckt!« Sie klatschte sich beidhändig die Hüften. »Was du immer für Sachen erlebst! Ich könnte mich nie in eine Badewanne mit Mousse au Chocolat legen. Das ist so regressiv, irgendwie. Ehrlich, ich krieg da ganz merkwürdige Assoziationen.«

Ich öffnete die Augen und sah sie vorwurfsvoll an.

»Von Schoko-Pampe hab ich kein Wort gesagt!«

»Aber von Erotik und Essen.«

»Es gibt auch Lebensmittel, die nicht kleben und schönere Farben haben.«

»Hat er Erdbeeren von deiner nackten Haut geknabbert? Cool! Wie Rolf Eden in den Siebzigern!«

Ich zog es vor, diese Anspielung auf einen über achtzigjährigen Playboy nicht zu kommentieren, und schloss wieder die Augen.

Was Millie nicht daran hinderte zu dozieren: »*Essen und Erotik. Die doppelte Fleischeslust.* Wär eigentlich ein schöner Titel für ein Buch.«

*Vier Raumschiffe, die dich von mir fortbringen* wär auch ein schöner Buchtitel, dachte ich, aber ich sagte nichts. Wieso eigentlich gleich vier Raumschiffe? Doch; es müssten schon vier sein. Jedes Raumschiff würde ein Viertel von Millie transportieren. Sie im Ganzen mitzunehmen, wäre zu riskant. Sie würde die Marsmenschen so lange zutexten, bis sie ganz hellgrün würden und sich aus den Bullaugen ihrer fliegenden Untertassen in den Weltraum übergäben.

»Hängt alles zusammen mit der oralen Phase«, hörte ich sie weiterquasseln. »Ah! Da gibt's doch diesen total kitschigen Film mit der französischen Schauspielerin, wie heißt sie noch mal ...«

Ob sie mir von mir abließe, wenn ich anfinge, leise Schnarchgeräusche zu machen? Wahrscheinlich nicht. Und selbst wenn: Wieso sollte sie aufhören zu labern, bloß weil ich eingeschlafen war? Millie würde selbst die Toten noch über Verwesung belehren. Mit der französischen Schauspielerin! Wie kam sie darauf, dass ich nach der Beschreibung wissen könnte, wen sie meinte? Genauso gut hätte sie fragen können: ›Von wem ist nochmal der Song mit der Gitarre?‹

Ich stellte mich schlafend.

»... jedenfalls eröffnet sie dort einen Schokoladenladen, eigentlich ein lustiges Wort, ›Schokoladenladen‹, und sie bringt das Liebesleben der verknöcherten Dorfbewohner wieder in Schwung; sie weiß nämlich genau, wer bei welcher Sorte heiß wird, bis auf Johnny Depp, den kann sie zuerst nicht knacken, aber dann ...«

Bei dem Namen Johnny Depp horchte ich auf und öffnete die Augen. Das Erste, was ich sah, war Michael, der quer über den Hof auf uns zuschlenderte. Er trug eine locker auf seinen schmalen Hüften sitzende dunkelblaue Jeans und so eine Art Bauarbeiter-Unterhemd: hellgrau, gerippt, kurzärmelig und mit geöffneten Knöpfen am Halsausschnitt. Der Stoff spannte sich über seinen nicht sehr breiten, aber muskulösen Schultern und wellte sich leicht an seinem flachen Bauch bis knapp über den Hosenbund, wo beim Gehen ab und zu ein Stück glatte Haut hervorblitzte. Aus der Hosentasche baumelte das rote Schlüsselband. Er sah geil aus, und Millie hatte ihn bereits entdeckt, als mir bewusst wurde, dass mein Plan, kurz vor sieben das Büro zu verlassen, um Michael an der Straße abzufangen, nun nicht mehr aufging.

»Ich fand den Film scheiße«, sagte ich. Und Millie, ohne den Blick von Michael abzuwenden, dozierte: »Auf die orale Phase fixierte Menschen zeichnen sich durch eine niedrige Frustrationstoleranz aus und geben schnell auf.«

Ich stand auf und ging Michael die letzten drei Schritte entgegen. Millie kam mit.

Er legte die linke Hand an meine Hüfte und küsste mich flüchtig auf die Wange. Charmant lächelnd raunte er: »Hey, du siehst ja scharf aus.«

Ich schlug verschämt die Augen nieder, bereute das im selben

Augenblick und wollte irgendwas Erwachsenes erwidern, aber Millie war schneller:

»Du müsstest erst das schicke Jäckchen sehen!« Dann lachte sie ihr selbstbewusstes Was-kostet-die-Welt-Lachen, und ich suchte mit den Augen den Himmel nach Raumschiffen ab. »Hallo, ich bin Millie.« Sie streckte ihm die Hand hin, und ich sah förmlich, wie hinter ihrem gierigen Blick versaute Küchensexfantasien aufflammten. »Ich hab grade schon zu Ute gesagt, wie ich sie für ihren Mut bewundere. Ich find's toll, wenn man sich traut, neue Sachen auszuprobieren.« Ich warf ihr einen scharfen Seitenblick der Sorte »Halt sofort die Fresse oder ich töte dich« zu, und sie versuchte, sich auf ihre Art herauszuretten: »Aber ich fürchte, ich bin für so was zu faul. Das wär mir einfach zu unbequem. Ich wüsste auch gar nicht, wo man solche Klamotten kriegt.«

Michael fiel dazu offenbar kein Kommentar ein, und ich wechselte das Thema: »Du bist ein bisschen zu früh.«

»Tschuldige«, sagte er verlegen, »ich war mir nicht mehr sicher, ob wir halb sieben oder sieben abgemacht hatten.«

»Sieben«, antwortete ich eine Spur zu schnell, versuchte ein ausgleichendes Lächeln und fuhr mir mit der Hand über den Pony.

»Willst du mir deinen Freund nicht vorstellen?«, schaltete sich Millie wieder ein.

»Michael: Millie; Millie: Michael«, rasselte ich herunter und kämmte mir dabei mit den Fingern die Haare wieder über die Schramme.

»Bist du auch in der Werbebranche?«, fragte sie neugierig.

Michael lachte und antwortete: »Nein. Ich bin Koch.«

Das einzige Mal, seit ich sie kenne, nie vorher und nie wieder hinterher, ich schwöre, sah ich Millie sprachlos, und ich fand, dafür hatte sich der verkorkste Nachmittag gelohnt.

»Komm, lass uns abhauen«, sagte ich zu Michael, »ich bin hier fertig.«

Ich schnappte mir meine Jacke, und wir verließen den Hof Hand in Hand.

## Halbnackte Bauarbeiter

Das klärende Gespräch mit Michael verlief nach unserem trauten Abgang aus Leidingers Hofempfang anders, als ich mir das vorgestellt hatte. Natürlich hatte ich mir vorgestellt, es würde gar nicht stattfinden. Der Plan war, dass Michael meine schnöde Computernachricht als das auffassen würde, was sie war: eine feige Art, sich aus einer Affäre zu ziehen.

Das Gegenteil war der Fall. Michael wertete mein Geständnis als Vertrauensbeweis. Er vergab mir großzügig meinen »Ausrutscher«, freute sich darüber, dass ich so offen zu ihm sei, tröstete mich und küsste mich sacht auf die zerschrammte Stirn. Er behandelte mich wie einen unkontrollierten Teenager, der nach Hause kommt zu Papa. Dass ich weder reumütig noch willens war, meine Eskapade zu rechtfertigen, ignorierte er, und ich war zu müde, ihm zu widersprechen.

In sechs Tagen würde ich erst mal nach Köln verschwinden. Ja, ich hatte ein schlechtes Gewissen, ihn in dem Glauben zu lassen, wir hätten eine Zukunft. Aber schließlich war er ein erwachsener Mensch. Er konnte mir nicht die Verantwortung zuschieben. Wenn er an mir kleben wollte, obwohl ich ihm keinen Millimeter entgegenkam, war das seine Entscheidung. Jedenfalls hatte ich ihm nie vorgelogen, ich sei verliebt in ihn.

Ich gebe aber zu, dass ich die SMSe, die John Döner mir mittlerweile häufig schickte, immer sofort löschte, für den Fall, dass Michael mir hinterherspionierte. Ich traute ihm das nicht unbedingt zu, aber wenn er gelesen hätte »Denk dabei an mich«, hätte ich nicht gewusst, wie ich das erklären sollte. Meine erste Nachricht an John hatte gelautet:

*Jedenfalls war er mehr Gentleman als du. Deswegen ist er wahrscheinlich auch der Chef, und du wirst in der Welt herumgeschickt.*

Aber statt der erwarteten Entschuldigung erschien auf meinem Display:

*Wenn du ehrlich bist, willst du keinen Gentleman. Du willst ein Abenteuer.*

Und er lag richtig. Ich war überrascht über den Ton, aber auch darüber, dass er mich so gut kannte. Oder hatte er mich gar nicht durchschaut, und das Ganze war nur ein psychologischer Taschenspielertrick? Waren nicht alle Frauen kurz vor der großen Vier auf ein Abenteuer aus, bevor sich ihre Nippel endgültig Richtung Südpol neigten? Baggerte er gezielt solche Frauen an, weil sie leichte Beute waren: Willig, dankbar, frei von Kinder- und sonstigen, anstrengenden Beziehungswünschen?

Ich versuchte, mich zu erinnern, wie er vor meiner Haustür an dem Auto gelehnt hatte: lässig, selbstbewusst, den Mundwinkel zu einem halben Lächeln hochgezogen, als hätte er mir aufgelauert und gedacht: Ich krieg dich ja doch!

Hatte er wirklich so gut ausgesehen? Ich wusste nicht mehr, welche Farbe seine Augen hatten. Johnny Depp hatte jedenfalls braune Augen. Einer, der aussieht wie Johnny Depp; so was ist eine Fantasie. Gut für 'n feuchten Traum. Aber so einer materialisiert sich nicht. Das ist ein Klischee. So wie diese halbnackten

Bauarbeiter, die einem jetzt ständig im Werbefernsehen vorgegaukelt werden. Komisch, wenn bei mir zu Hause gebaut wird, ist immer Winter. Und selbst wenn man so einen mal zu sich in die Wohnung kriegen würde. Klar, wär's geil, wenn er in seiner blauen Latzhose, wo der eine Träger abgerissen ist, ohne T-Shirt an einem heißen Sommertag ganz nah vor dir stünde. Wenn er sich den groben Lederhandschuh auszöge und ohne den gierigen Blick von dir zu wenden nach der eiskalten Coladose griffe, sie mit einer Hand öffnete und sich das schäumende Zuckerwasser in den weit geöffneten Mund gösse. Du würdest einen Schritt näher rangehen und mit der eigenen Zunge auflecken, was ihm in einem dünnen Rinnsaal den zurückgebogenen Hals runterliefe. Dann würde er die Dose absetzen und mit starrem Blick einen ohrenbetäubenden Rülpser von der Rampe lassen. Und wenn du ihn darauf entsetzt anblicktest, würde er sagen: »Reine Selbstbeherrschung. 'N anderer hätt jekotzt!«

Je intimer unsere Mitteilungen wurden, desto weiter rückte John für mich aus der Realität. Ohne dass wir es abgesprochen hätten, kam keiner von uns beiden auf die Idee, den anderen anzurufen. Wir blieben bei unseren knapp formulierten Nachrichten per Handy: Eine Art anonymisierter Schlagabtausch, der in einem eigenen, wirklichkeitsfernen Raum stattfand.

Hauptsächlich stellte er mir Fragen, und ich antwortete. Dabei schien er überhaupt nichts über mich wissen zu wollen. Es war mehr ein Abfragen: »Wo bist du gerade?« »Was hast du eingekauft?« »Wann gehst du ins Bett?« Je direkter die Fragen wurden, desto stärker verspürte ich den Drang, ehrlich zu antworten.

Unser stummer Dialog endete stets damit, dass er mir einen kleinen Auftrag erteilte. Anfangs war es nur: »Schick mir morgen um zwölf die nächste SMS.« Aber schon am dritten Tag las ich:

»Lass heute Nacht deinen BH an.« Und ich tat es. Wieso? Zuerst fand ich es witzig. Es war heimlich, es war anders und es gehörte nur mir.

Darüber hinaus kam es zu keinen Anzüglichkeiten. Nicht drüber zu reden, aber insgeheim darauf zu warten, machte es noch spannender.

Er schrieb mir, er hätte die nächsten Tage in der Nähe von Köln zu tun, und wir könnten uns am Samstag dort treffen. Das war zwar der Tag der Geburtstagsfete, aber ich sagte zu. Für das, was wir vorhatten, würden wir nicht den ganzen Abend brauchen.

Am Tag vor meiner Abreise meldete er sich, wie immer mit einer Frage:

*Wo bist du?*
*In der U-Bahn.*
*Wo fährst du hin?*
*Ich treff mich mit Michael.*
*Denk dabei an mich.*

## Aufbruch

Selten in meinem Leben hatte ich so dringend weggewollt wie jetzt. Das letzte Mal, glaube ich, nach dem Abitur aus meiner Heimatstadt.

Nicht, weil sie mir zu eng geworden wäre oder ich mich unter ständiger Beobachtung gefühlt hätte. Ich hab schon immer gemacht, was ich wollte, und es hat mich nie gestört, dass meine Umgebung darüber urteilte. Im Gegenteil: Mein pubertäres Abgrenzen funktionierte in meinem 12.000-Seelen-Nest wunderbar. Ob ich meine Haare plötzlich grün färbte, wäre in einer Stadt wie Berlin doch gar niemandem aufgefallen. Wenn ich zu Hause im Kurhessischen Bergland als Nina Hagen verkleidet an der Bushaltestelle rumhing, erntete ich zumindest scheele Blicke von der Mutti, die auf der schmalen, grauen Holzbank saß. Und ihr kleines Töchterchen fragte: »Mama, wieso hat das Mädchen kaputte Hosen an?« Wenn man anders sein will, das Gefängnis der spießbürgerlichen Normen überwinden, um frei zu sein von den Zwängen einer beengenden Gemeinschaft; wenn man Autoritäten ins Gesicht spucken, der Welt den Stinkefinger zeigen will und sagen »Ihr kotzt mich an, ihr mit euren blöden Kirchweihfesten, und zum Jugendkreis geh ich auch nicht mehr!«, dann hat man nirgendwo auf der Welt ein besseres Publikum als in einer hessischen Kleinstadt. In die Großstadt gehen, um anders zu sein? Das ist wie wollig werden unter Schafen. Was nützt es, dir eine Sicherheitsnadel von Hand durchs Ohrläppchen zu jagen, wenn sich schon zwei Sekunden, nachdem du ausgestiegen bist, keiner im U-Bahn-Wagen mehr an dein Gesicht erinnert? Nein, ich suchte keine Anonymität. Ich war einfach naiv! Ich wollte hinausziehen in die Welt, fremde Kulturen erforschen, exotische Völker kennen lernen: »Ah! Berliner! Was mögen die wohl essen?« Ich dachte, anderswo seien die Leute anders. Ein großer Irrtum. Die Menschen sind überall gleich. Außer dass sie in Berlin dazu noch unfreundlich sind.

Michael hatte die Nacht bei mir verbracht, und als er morgens im Halbschlaf wieder anfing, an meinen Fingernägeln rumzuknabbern, beschloss ich, ihn nach einer schnellen Tasse Kaffee im Stehen loszuwerden. Das ging nicht ohne die üblichen Klammerversuche à la »Ich kann dir doch beim Packen helfen« und die darauf folgende höfliche, aber bestimmte Abfuhr meinerseits ab. Ich versprach ihm aber, ihn gleich anzurufen, wenn ich in Köln wäre.

Mein Zug ging um zwölf, und ich lief hektisch durch die Wohnung, um meine Sachen für das Wochenende zusammenzusuchen. Eigentlich war Koffer packen im Sommer relativ einfach: keine dicken Pullis, kein zweites Paar Schuhe für den Schneespaziergang, keine Westchen und Jäckchen für das »Ich-zieh-mich-wie-eine-Zwiebel-an«-Prinzip. Mittlerweile war es so warm, dass die Presse von einem Jahrhundertsommer sprach. Genau wie letztes Jahr. Die Jahrhunderte schienen täglich mehr zusammenzuschrumpfen. Mein Gepäck tat das nicht. Ein Spagettiträgertop ist toll, wenn es warm ist, aber in der prallen Sonne möchte ich damit nicht sitzen. Gegen Sonnenbrand holte ich noch ein T-Shirt mit engem Halsausschnitt und halben Ärmeln aus dem Schrank und legte es aufs Bett. Für die Feier brauchte ich etwas Schickes, aber ich war unsicher, ob mein dunkelblaues Abendkleid zu elegant war für eine Gartenparty. Also griff ich mir noch einen geblümten Rock, eine helle Leinenhose mit der dazu passenden Bluse, ein T-Shirt mit V-Ausschnitt für den Rock und ein paar Feinstrumpfhosen, falls es abends doch kühl wurde. Jetzt brauchte ich auf jeden Fall ein zweites Paar Schuhe. Ich besaß nur ein paar hochhackige, und die hatten Blümchen an den Schnallen. Die konnte ich nicht zu der Leinenhose tragen. Und meine Sandalen ließen sich in der Moabiter Gosse von den Ratten rumschubsen.

Schnaufend stand ich vor dem Bett und blickte auf den Klamottenhaufen. Mit meinem kleinen, grünen Rucksack würde ich nicht auskommen. Andererseits hasste ich es, meinen großen Ziehkoffer nur halb voll zu machen. Dabei flogen die Sachen durcheinander, und er war im Zug schwer durch die engen Gänge zu bugsieren. Ich beschloss, die Notebooktasche zu den Klamotten zu packen. Auf diese Weise wurde der Koffer voll, und ich war für alle Eventualitäten gerüstet.

Auf dem Weg durch die Küche entdeckte ich den braunen Umschlag mit den restlichen Antwortschreiben auf die Suchanzeige. Ohne zu Zögern nahm ich sie vom Küchentisch und warf sie in den Müll.

Gegen fünf rollte der ICE mit letzter Kraft über die stählerne Rheinbrücke und kam direkt neben dem Kölner Dom zum Stehen.

Mein Bruder hatte angeboten, mich abzuholen, aber ich fand, ich könnte auch allein ins Taxi steigen. Ulrich hat genau wie ich noch nie ein Auto besessen, und mein Hotel lag nicht weit vom Hauptbahnhof. Ich hatte auch nicht vor, es an diesem Abend noch zu verlassen. Am nächsten Morgen sollte es einen Brunch in Ulrichs Wohnung geben mit meiner Mutter und Georg. Da sie ebenfalls schon am Freitagabend anreisten und bei Ulrich übernachteten, war es unmöglich, ihn zu sehen, ohne auf meine Mutter zu treffen. Und das war mir nach fünf Stunden Bahnfahrt einfach zu viel. Meine Schwester Gudrun und ihr Mann wollten die Gelegenheit nutzen und sich in Köln irgendein Musical ansehen. Sie wohnten im selben Hotel wie ich. Von meinem Vater und seiner Witwe hatte niemand gesprochen, und es hätte mich auch sehr gewundert, wenn er nach so langer Zeit plötzlich einen auf Familie gemacht hätte.

Im Hotelzimmer packte ich das Notebook aus und versuchte, noch ein bisschen zu arbeiten. Leidinger hatte mich vor zwei Tagen gebeten, als Dreingabe für den Kunden noch einen Entwurf für eine zweiseitige Getränkekarte mit dem Clublogo zu basteln. Daraufhin hatte ich ihm die als endgültig titulierte Fassung des Folienplakat-Entwurfs geschickt und ihm meine Rechnung gemailt. Eigentlich hatte ich mir vorgenommen, keine Maus mehr für den Job anzufassen, aber er faselte wieder was von Folgeaufträgen, und es war mir zu anstrengend gewesen, mit ihm zu diskutieren. Also hatte ich versprochen, ich würde sehen, was ich tun kann.

Und das tat ich jetzt. Ich starrte auf das Display und sah zu, wie ein bunter Ball von einer Ecke in die andere hüpfte. Morgen würde also der große Tag sein. Der Dönermann war von einer Möglichkeit zu einer realen Person mutiert, und ich würde zu ihm rüberhüpfen wie der bunte Ball. Von Michael zum Dönermann. Hops. Obwohl es eher so aussah, als ob der Ball geschubst wurde. Immer wieder knallte er an den Rand und wurde zurückgeworfen. Rüber zu Leidinger, Richtungswechsel Michael, kurz von Kirsten abspringen und quer die blanke Fläche hin zum Dönermann. Ein Ausbrechen war nicht mehr möglich.

Als ich am nächsten Morgen den Frühstücksraum betrat, bemerkte ich als Erstes Gudrun, die mit einem Teller in der Hand zum Büffet ging. Obwohl ich sie nur von hinten sah, erkannte ich sie sofort. Sie hat eine Art zu gehen, die mich jedes Mal, wenn ich sie beobachte, in wehrlose Bewunderung für meine Schwester verfallen lässt. Sie ist einen halben Kopf größer als ich; ihr nussbraunes, kräftiges Haar fällt fast bis zur Taille, und sie hat einen weit ausladenden, schwungvollen und doch leicht tänzerischen Gang. Immer, wenn ich im Fernsehen eine Giraffe sehe, muss ich an meine Schwester denken. Aber ich habe ihr von diesem Vergleich nie erzählt. Dafür habe ich zu viel Respekt vor ihr.

Sie entdeckte mich, als sie sich nach dem Saft umsah, und winkte dezent.

Ich ging auf sie zu und sagte: »Na, schwänzt ihr auch den Brunch?«

»Nein«, antwortete sie und hielt sich an ihrem Teller fest, »ich hole Obst für Jobst.«

Und dann prusteten wir los. Gudrun steht mir von meinen Geschwistern sicherlich am nächsten, auch wenn wir uns selten sehen. Wir haben uns mit den Jahren weit auseinander entwickelt, aber wir machen deswegen bei unseren seltenen Begegnungen kein Fass auf. Das Lachen ist unsere Umarmung.

Als wir am Tisch saßen, kam Jobst zu uns und reichte mir freundlich die Hand:

»Guten Morgen! Wie findest du es, dass es in diesem Hotel nicht möglich ist, ein Zimmer ohne Frühstück zu buchen!«

Statt zu antworten, sah ich zu meiner Schwester hinüber. Sie lächelte tapfer.

»Ich sehe nicht ein«, fuhr mein Schwager fort, »dass ich für eine Leistung bezahle, die ich gar nicht in Anspruch nehme.« Er schnitt ein Brötchen auf. »Gudrun hat beschlossen, mich zu boykottieren. Du bist also herzlich eingeladen, ihren Teil des bereits bezahlten Frühstücks zu dir zu nehmen.«

»Ich habe nicht beschlossen, dich zu boykottieren«, schaltete sich Gudrun ein, »aber wenn ich hier frühstücke, boykottiere ich den Brunch meines Bruders.«

»Sei mein Gast!«, sagte Jobst, ohne Gudrun anzusehen.

»Ich hab auch mit Frühstück gebucht«, antwortete ich kleinlaut.

Gudrun räusperte sich, und Jobst fuchtelte nach der Kellnerin, die ihm Kaffee bringen sollte.

»Meint ihr, es ist schlimm, wenn ich nicht zu dem Brunch gehe?« Ich sah Gudrun an.

Sie ließ den Teebeutel aus dem heißen Wasser in ihrer Tasse auftauchen und wieder verschwinden. »Wie ich es verstanden habe, hat Ulrich das so geplant, dass wir uns alle in seiner Wohnung treffen, um gemeinsam in dieses Lokal zu fahren.«

Fasziniert sah ich Jobst dabei zu, wie er seine drei Teller mit Wurst, Käse, kleinen in Silberpapier verpackten Butterstückchen, allerlei Backwaren, einer Schüssel voll Müsli und das Schälchen mit dem Obst auf dem Tisch vor sich hin- und herschob, dabei konzentriert die Serviette, Messer und Gabel sowie den großen und den kleinen Löffel neu arrangierte. Was für ein Pedant. Meine Schwester war wirklich eine sehr geduldige Frau.

»Ute! Möchtest du ein Minicroissant?«, fragte er, als er fertig war, und lächelte zufrieden.

»Nein«, wehrte ich mit einem Blick auf seinen überladenen Teller ab, »ich hol mir lieber selber was.«

Eine höchstens 16-jährige Auszubildende kam mit einer dunkelblauen Thermoskanne in der Hand an unseren Tisch und suchte hilflos nach einer Stelle, wo sie sie abstellen konnte.

»Sei so nett und nimm mir was ab«, bat Jobst , »ich glaub, alles, was es am Büffet gibt, findest du auch hier.«

»Nein, danke«, sagte ich abwesend, sah hoch zu dem Mädchen und erlöste es von der Kaffeekanne. »Ich mag es nicht, wenn Salziges und Süßes auf demselben Teller liegt.«

Er sah mich verdutzt an, griff nach einem Croissant und wandte sich an meine Schwester: »Ich dachte, du bist die Spleenige in der Familie.«

Sie wickelte das weiße Schnürchen um den Teebeutel, den sie auf dem kleinen Löffel balancierte, und sagte liebevoll: »Du bist mein einziger Spleen, mein Schatz!«

Er küsste sie geräuschvoll auf die Wange.

Gudrun und Jobst. Ein glückliches Paar. Sie passen zwar zusammen wie Erdbeerschaum auf eine Frühlingsrolle, aber sie sind ein glückliches Paar. Seit sie 16 waren, sind die beiden zusammen, und es funktioniert immer noch. Sie haben den Spott ihrer Klassenkameraden darüber weggesteckt, dass er einen Kopf kleiner als sie ist, und später die Kinderlosigkeit ihrer Ehe gemeinsam ausgehalten. Ob sie das erst recht zusammengeschweißt hat? Keine Ahnung. Ich glaube nicht, dass Schicksalsschläge notwendig sind, damit eine Beziehung zwischen zwei Menschen funktioniert. Ich denke, es funktioniert vor allem aus dem Grund, dass meine Schwester und ihr Mann es wollen.

Unter dem Vorwand, noch an einem dringenden Auftrag arbeiten zu müssen, beendete ich das gemeinsame Frühstück. Wir machten aus, dass ich gegen 18 Uhr auftauchen würde, und ich bat meine Schwester, mich bei Ulrich, Georg und meiner Mutter zu entschuldigen.

So hatte ich Zeit, mich in Ruhe auf den großen Augenblick vorzubereiten. Diesmal würde ich nicht rumstammeln. Diesmal würde ich Sex haben mit Johnny Depp. Tollen, bewusstseinserweiternden Sex. Sex, der nie mehr abgeht. Sex, der ein Leben lang hält. Und wenn er nicht toll wäre, würde ich eben die ganze Zeit ihn ankucken und ihn mir ganz genau einprägen, damit ich mir hinterher vorstellen könnte, wie ich tollen Sex mit ihm hätte.

Während ich den Hotelflur entlangging, machte ich das Handy an. Das Klick, Klick beim Eingeben des Pincodes war das einzige Geräusch in der teppichbewehrten Zimmerflucht. Als die Tür hinter mir ins Schloss fiel, kam die SMS.

*21.32 Uhr. Bahnhof Bergniembach. Gruß, John.*

Jetzt brauchte ich nur noch eine Straßenkarte und ein Auto.

## Das Fest

Die Feier fand in einem Lokal mit Biergarten statt. Mein Bruder hatte die Hälfte der Terrasse, die sich L-förmig um das Gebäude zog, für seine gut 40 Gäste gemietet. In der anderen Ecke war normaler Kneipenbetrieb.

Als ich die drei kleinen Treppchen zum Eingang hochging, hielt mir jemand das hüfthohe, hölzerne Jägerzauntürchen auf: klein, schwammig, männlich, rundes Gesicht, uninteressant. Er machte einen kleinen Diener und stellte sich vor: »Herzlich willkommen, ich bin Alexis.«

»Danke«, murmelte ich, ging an ihm vorbei und sah mich um.

»Kann ich dir irgendwie behilflich sein?«, fragte er hinter mir. »Soll ich dir was zu trinken holen?«

»Nein, danke«, ich drehte mich halb zu ihm um, »ich suche das Geburtstagskind.«

»Na, dann woll'n wir doch mal nachsehen, wo der liebe Ulrich sich wieder rumtreibt.«

Er stützte die Hände mit den Handrücken zur Taille und den Fingerspitzen nach außen in die Seiten, und ich dachte, na, mal sehen, wie schnell die kleine Schwuchtel ihn findet, und drehte mich wieder nach vorn.

Und da kam er uns auch schon federnden Schrittes entgegen: Seine strohblonden Haare, die mit Hilfe, wie ich schätzte, mindestens einer halben Tube Gel in wilden Strähnen von seinem Kopf abstanden, setzten das Strahlen, das von seinem Gesicht ausging, nach außen hin fort. Er fuchtelte, als wollte er sich dringend bemerkbar machen, und rief von weitem: »Finger weg, Alex! Das ist meine Schwester!« Dann beugte er sich zu mir, umschlang mich mit den Armen und drückte mich so heftig, dass ich für eine Sekunde fürchtete, mir den Hals zu verrenken. »Schön, dass du da bist, große Schwester! Meinen Freund Alex hast du ja schon kennen gelernt. Ich sage nur: Vooorsicht! Der größte Herzensbrecher diesseits des Rheins, wenn man mal von mir absieht.« Er legte den rechten Arm um mich, sodass wir diesem Alex gegenüberstanden, und ich hoffte, man konnte mir nicht am Gesicht ablesen, wie schnell ich ihn ein- bzw. aussortiert hatte.

Aber er hob beide Hände, verbeugte sich gespielt vor meinem Bruder und heischte untertänig: »Der Meister! Der Meister!« Dann tat er so, als nähme er Ulrich beiseite, damit ich nicht hören konnte, wie er sagte: »Ich hätte deine Schwester nie erkannt. Du hast immer gesagt, sie sei älter als du.«

»Siehst, du? Siehst du?«, scherzte Ulrich, »ich habe dich gewarnt. Der Mann ist Halbgrieche!«

Und dann knufften sie sich ein bisschen mit den Fäusten. Es sah aus, als hätten sie sich das aus kitschigen Filmen abgekuckt. Köln ist ja die Medienhauptstadt Deutschlands.

Meine Gedanken schweiften schon wieder ab. Im Geiste überschlug ich, wann ich die Fete verlassen müsste, um pünktlich zu meiner Verabredung zu kommen, und ob die helle Leinenhose die richtige Wahl gewesen war. So richtig Eindruck schinden konnte man damit nicht. Auf der anderen Seite konnte ein geblümter Rock auch sehr schnell tantig rüberkommen, und in Hosen fühlte ich mich irgendwie sicherer.

Jetzt hatte ich verpasst, was dieser Alex mich gefragt hatte. Also lächelte ich einfach. Ulrich ließ uns allein, um irgendjemanden zu begrüßen, und ich hatte ihm noch nicht mal zum Geburtstag gratuliert.

In die daraufhin eintretende kurze Stille fragte ich: »Ist Alexis dein richtiger Name?«

Und gleich darauf dachte ich: was für eine blöde Frage, wie soll er denn heißen: Alexandria? Alexandriner? Alexopulos?

Er ließ sich nicht anmerken, wie oft er diese Frage schon gehört hatte. »Alexis ist in Griechenland ein gängiger Vorname. Du kennst bestimmt Alexis Sorbas«, er lächelte und zog dabei eine Augenbraue hoch. »Meine Eltern waren große Anthony-Quinn-Fans. Im Deutschen klingt es ungewöhnlich, aber das hat auch Vorteile: Ich wurde nie zur Bundeswehr gezogen, weil irgendein Beamter beim Übertragen meiner Geburtsurkunde aus dem Griechischen hinter meinen Vornamen fälschlicherweise ein f für feminin gesetzt hat.«

Das wundert mich nicht, dachte ich, er sieht auch irgendwie aus wie ein Mädchen. So rundlich, weich gepolstert, ohne jeden Ansatz von Bartstoppeln. Ich konnte nicht erkennen, wo da der feurige Halbgrieche steckte. Er besaß zwar alle Attribute eines Südländers: schwarze Haare, dunkler Teint etc., aber sie wirkten auf eine merkwürdige Art unglaubwürdig. Es sah aus, als hätte man einen Deutschen genommen und ihn braun angemalt. Unter dem Vorwand, meine Familie zu suchen, ließ ich ihn stehen.

Schon nach drei Schritten erkannte ich meine Mutter. In ihrem weißen Hosenanzug mit den großen aufgesetzten Taschen saß sie auf der Terrasse, am äußersten Rand des Gebäudes, da, wo das L einen Knick machte, praktisch am einzigen Tisch, der an den nicht reservierten Teil grenzte: die Hände über Kreuz auf den Schoß gelegt, mit dem Rücken zur Wand und den Perlohrringen unter den kurz geschnittenen, blonden Haaren.

Ich schlängelte mich durch die bislang noch leeren Tische zu ihrem Platz durch und sagte schon vier Stühle, bevor ich sie erreicht hatte, »Hallo Mama!«, um uns beide nicht in die Verlegenheit zu bringen, wie zwei Stücke Holz voreinander zu stehen, ohne uns zu berühren. Ich weiß nicht, wann die Umarmerei aufgehört hat oder ob es das bei uns je gegeben hat, aber ich hatte den Verdacht, dass meine Mutter sich aus genau demselben Grund so unerreichbar hinter dem Tisch verschanzt hatte.

Ohne aufzustehen, konstatierte sie: »Eine Familienfeier zwischen fremden Leuten. Also, mir wär's peinlich.«

Ich hielt mich an der Stuhllehne fest, blickte suchend zur Seite und fragte: »Wo ist denn Georg?«

»Der ist mit Gudrun irgendein Geschenk aus dem Auto holen, ich weiß nicht, was die da treiben«, beteuerte sie und machte mit den Händen eine abwehrende Geste.

Das war wieder typisch Gudrun! Wir hatten abgemacht, Ulrich zu dritt einen Gutschein für eine Ballonfahrt zu schenken, und nun hatte sie offenbar im Alleingang noch ein Einzelgeschenk besorgt. Wahrscheinlich hatte sie in ihrem Kaff irgendwo in der Fußgängerzone eine riesige Yuccapalme gesehen und ohne groß darüber nachzudenken, ob sie das mit mir oder Georg absprechen müsste, gekauft. Sehen → Machen. Meine Schwester agiert gern im Telegrammstil.

»Ich geh sie mal suchen«, sagte ich und ließ meine Mutter allein zurück. Obwohl: Sie war nicht allein. Sie hatte ja sich und ihre Scham. Meine Mutter ist erst dreiundsechzig. Sie hat durchaus noch eine sportliche Figur, auch wenn sie stets etwas gebückt geht. Weil sie es immer eilig hat. Weil sie ständig irgendwohin wuselt. Um irgendwem irgendwas zu holen. Sie kann einem, wenn man am Kaffeetisch sitzt, noch den Zucker von der Tischmitte die zehn Zentimeter bis vor die Tasse stellen. Aber nicht, weil sie so unterwürfig wäre, sondern damit sie sich nichts nachsagen lassen muss. Möglich, dass diese ständige Angst, nicht zu genügen, die sie mit einem ausgeprägten Hang zur Perfektion kompensiert, sie davon abgehalten hat, je wieder zu heiraten. Jedenfalls hatte sie von Anfang an keinen Zweifel daran gelassen, dass sie meinem Vater keine Träne nachweinte, und wir Kinder hatten uns schnell daran gewöhnt, ohne ihn auszukommen.

Georg und Gudrun wuchteten gerade ein mit braunem Packpapier umwickeltes großes Etwas, an dem eine lächerlich kleine, grüne Geschenkbandschleife klebte, aus dem Kofferraum von Georgs silbernem Nobelauto, als ich auf den Parkplatz kam.

Ich schlenderte auf sie zu: »Hey!«

Georg wandte den Kopf zur Seite und ächzte zurück: »Hey.«

Sie setzten das Ding ab, und er schloss mit der Linken den Kofferraum. Mit der ausgestreckten rechten Hand tätschelte er mich an der Schulter, und ich rubbelte ihm mit der Linken kurz über den Rücken.

»Alles klar?«, fragte er mit ruhiger Miene.

»Mmh«, bejahte ich harmlos.

Georg war der Einzige, den ich eingeweiht hatte, und er machte erfreulicherweise kein großes Gewese um meine etwas ungewöhnliche Verabredung. Zumindest hatte er heute Morgen am Telefon so getan, als fände er überhaupt nichts dabei, mir viel Spaß gewünscht und sich umstandslos bereit erklärt, mir seinen Wagen zu überlassen.

»Habt ihr statt des Gutscheins gleich einen ganzen Ballon gekauft?«, fragte ich und zeigte auf das sperrige, verpackte Monstrum auf dem Boden.

»Das ist Vaters alter Grill«, antwortete Georg und schien mit den Augen durch die Verpackung zu starren, »der stand ewig bei mir im Keller rum.« Er machte eine bedeutungsvolle Pause. Dann schien er sich innerlich zusammenzureißen und hob den Kopf. »Ulrich war schon lange scharf auf das Ding.«

Ich war perplex. Nicht nur, dass mir bis jetzt verborgen geblieben war, dass mein zweitjüngster Bruder sentimentale Züge hatte, nun erfuhr ich auch, dass Ulrich anscheinend ein Grillfetischist war.

»Wir haben ihn aufpolieren lassen«, sagte Gudrun stolz, »das ist jetzt ein richtiges Schmuckstück.« Aber ihre feinen kleinen Schwesterantennen funktionierten wohl noch, denn sie schob schnell hinterher: »Ich wollte dich anrufen, aber das war so 'ne Spontanaktion, und ich war mir sicher, du hast nichts dagegen, oder?«

Hatte ich nicht. Und ich verkniff mir auch die Bemerkung, dass der Grill ja dann mehrere Tage spontan in der Schmiede gestanden haben musste. Es war ja auch vollkommen egal, ob sie mich um Rat fragten; ich hätte das sowieso abgenickt. Ich war nur nicht gewohnt, dass meine Schwester sich mit jemand anderem innerhalb der Familie zusammenschloss als mit mir.

Gudrun und Georg schleppten das eiserne Teil in Richtung Fete, und ich dackelte hinterher. Mittlerweile ging es auf den Abend zu, und der Nehrbachsche Teil der Terrasse füllte sich langsam mit hauptsächlich männlichen Gästen in Ulrichs Alter. Eigentlich war es ziemlich gemütlich: Auf jedem der hellbraunen Holztische, die wie Gartenmöbel wirkten, stand ein dunkelblaues Keramikschälchen mit Wasser, darin runde Kieselsteine und eine abgeschnittene orangefarbene Gerbera-Blüte. Die weitläufige Terrasse wurde ringsum von einem niedrigen Jägerzaun begrenzt. Alle paar Meter hatte man dort Fackeln angebunden, und ich stellte mir vor, dass das am Abend sehr heimelig aussehen würde. Rechts vom Gebäude lag der von Kastanienbäumen umstandene Parkplatz, und an der linken Hausseite ragte ein kleiner Anbau vor. Unter seinem gelblich-durchsichtigen Vordach aus gewelltem Plastik befand sich eine nach vorne und zur Seite hin offene Theke. Dahinter stand der Wirt mit einer dieser »Hier-kocht-der-Chef-selbst«-Schürzen am stattlichen Körper neben einem großen runden Schwenkgrill, auf dem Steaks und Würstchen brutzelten. Eine alt gediente Kellnerin in weißer Kittelschürze und mit Brillenkette um den Hals zog frisch gezapftes Kölsch aus den Vertiefungen eines runden Tabletts. Es sah aus wie ein kleines Bierkarussell. Sie trug es an einem in der Mitte angebrachten Henkel und verteilte die schlanken 0,1-Gläser flink unter die frisch angekommenen Gäste, die sich alle untereinander zu kennen schienen und sich gut gelaunt im Stehen miteinander unterhielten.

Eine Weile lang saß ich in der Ecke und sah zu, wie jeder Einzelne der Freunde meines Bruders geherzt, gedrückt und auf den Rücken geklopft wurde, während wir Geschwister schweigend mit meiner Mutter am Tisch saßen und uns unwohl fühlten.

Ulrich schlenderte zu uns herüber und fragte, ob alles gut sei, ob wir mit Getränken versorgt seien, was Jobst dazu veranlasste, seiner Fassungslosigkeit darüber Ausdruck zu verleihen, dass man in Köln anscheinend kein Kristallweizen kenne! Er habe ja schon an vielen Orten Bier getrunken und bringe größtes Verständnis dafür auf, wenn man Hefeweizen verschmähe, das sich ja mittlerweile auf jeder Getränkekarte breit mache, sogar in mehreren Sorten: hell und dunkel und mit Bananensaft, eine Pest sei das, mit der sich bereits das ganze Land infiziert habe wie mit Punktesammeln, nichts als ein Modegetränk, süßlich, pappig, geradezu ein Mädchenbier, man solle ihn da nicht falsch verstehen, aber ein Kristallweizen! Ein klares, helles, frisch wie

Quellwasser sprudelndes Kristallweizen, das sei doch wirklich das Erfrischendste, was es gebe an einem schönen, heißen Sommertag wie heute; da müsse man ihm erst mal das Gegenteil beweisen!

Nun bin ich nicht unbedingt Fan von Menschen, die gleich anfangen zu heulen, wenn sie nicht ihr Lieblingsspielzeug bekommen, aber immerhin hatte seine Nörgelei einen hohen Unterhaltungsfaktor.

Angesteckt von der lockeren Stimmung, die rund um mich herrschte, warf ich Gudrun ein verstohlenes »Wie schaffst du es eigentlich, so einen Pedanten zufrieden zu stellen?«, zu, und sie quittierte mir das ungerührt mit: »Ich hatte eine kleine Schwester zum Üben.«

Sie hatte ja Recht. Manchmal muss mein Zubettgeh-Ritual, bei dem drei verschiedene Kissen auf eine bestimmte Art und Weise geschüttelt und nach einem genauen Plan angeordnet werden mussten, für Gudrun ganz schön nervig gewesen sein. Also verkniff ich mir einen Kommentar und bemühte mich, die kleine Spitze wegzulächeln, bekam aber ungebetenen Beistand von meiner Mutter, die jetzt quer über den Tisch rief: »Kritisier nicht an ihr rum, Gudrun. Unsere Ute ist halt ein bisschen umständlich.« Sie lächelte mich mitfühlend an, und an meine Schwester gewandt mahnte sie: »Auf krummen Wegen kommt man auch ans Ziel.«

»Ja, dann geh ich mir mal was zu Essen holen«, lenkte ich ab und schob meinen Stuhl zurück.

Ich reihte mich in die Schlange vor dem Grill ein und überlegte, was ich essen konnte. Steak kam nicht in Frage. Ich wollte bei meinem Date auf keinen Fall Fleischfasern zwischen den Zähnen haben. Wenn ich mich auf Salat und Brot beschränkte, hätte ich am Abend bestimmt Kohldampf – und ein knurrender

Magen ist auch nicht die passende Begleitmusik, wenn man eine erotische Atmosphäre kreieren will. Ein paar Meter vor mir stand Alexis mit einem Teller in der Hand und machte mir Zeichen. Er zeigte abwechselnd auf mich und seinen Teller. Ich interpretierte, dass er mir was mitbringen wollte. Also hielt ich beide Zeigefinger hoch, in Wurstlänge voneinander entfernt. Dann bedeutete ich eine Zwei mit Daumen und Zeigefinger. Er nickte. Ich zeigte stumm lächelnd in die Richtung meines Tisches und war gespannt, was ich bekommen würde.

Gudrun erzählte meiner Mutter und Georg gerade, wie wundervoll der vorangegangene Abend für sie und Jobst gewesen sei. Da sie für das Musical keine Karten mehr bekommen hatten, waren sie in einem dieser Gastronomie-Zelte gelandet, wo sie zu einem meiner Meinung nach überteuerten 4-Gänge-Menü eine Show mit Artisten, Komikern und singenden Köchen servieren. Gudrun war begeistert. »Es war ständig irgendwo was los«, berichtete sie, »man wusste gar nicht, wo man zuerst hinkucken soll. Das war wirklich sein Geld wert!«

Kein Wunder, dachte ich, wenn man 120 Euro bezahlt hat, reißt man sich zusammen und hat gefälligst Spaß. Ich selbst war einmal mit einer Betriebsfeier bei so einem Essen mit Gehampel und fand, wenn ich mich beim Essen stören lassen will, kann ich auch allein erziehende Mutter von vier Kindern werden.

Georg beugte sich etwas nach vorne und fragte leise in die Runde, wann es denn an der Zeit sei, Ulrich den Gutschein für die Ballonfahrt zu überreichen? Ob jemand bei der Geschenkübergabe kurz ein paar Worte sagen solle? Aber keiner von uns war erpicht darauf, eine peinliche Rede zu halten. Jobst ließ sich gerade von der Kellnerin sämtliche vorrätigen Biersorten aufzählen, und Ulrich versuchte, ihn währenddessen zum Kölsch zu bekehren.

Georg nutzte die Gunst der Stunde und zog den Umschlag aus seinem Jackett: »Für dich. Von uns allen«, sagte er ein wenig schmucklos und überreichte ihm den Gutschein.

Ulrich freute sich riesig, betonte, der Grill wäre doch Geschenk genug gewesen, und wollte gerade ansetzen, sich bei uns allen einzeln auf irgendeine ungewohnte körperliche Art zu bedanken, da überfielen ihn sein Kumpels mit einem riesigen Holztablett, auf dem eine fettglänzende autoreifengroße Bratwurst in Form einer 30 lag. Unter großem Gejohle wurde ihm die mit Senfhäubchen garnierte Zahlenwurst überreicht, und er musste mit dem Brett an den Nebentisch, um sie fachgerecht zu tranchieren. Dahinter sah ich Alexis, der sich, mit zwei Tellern und Besteck in der Hand, versuchte seinen Weg da durch zu bahnen. Ich stand auf und ging ihm entgegen. »Welcher ist denn für mich?«, fragte ich.

»Der mit den vielen kleinen Salathäufchen«, antwortete er, »ich hab einfach mal von allem etwas genommen. Leider hat dann kein Brötchen mehr draufgepasst.«

»Macht nichts.« Ich griff mir den Teller, und wir setzten uns an den nächsten freien Tisch.

»Gott sei Dank hatten sie nur zwei Sorten Würstchen«, plapperte er weiter, »sonst hätte ich anfangen müssen, die halbieren zu lassen.«

Ich biss in meine Bratwurst und sah verstohlen auf seine riesige Armbanduhr: halb sieben. Noch zwei Stunden, und ich würde mich verdrücken.

Eine junge, hübsche Frau mit Augenbrauenpiercing setzte sich zu uns. Wir tauschten ein höfliches »Hallo« aus, und dann unterhielt sie sich mit Alexis über Menschen, die ich nicht kannte.

Zügig aß ich meinen Teller leer und trug ihn ein bisschen über die Terrasse spazieren. Ich stellte mich mal in diese, mal in jene

Ecke, lehnte jeden mir angebotenen Alkohol ab, und die Zeit schien mir endlos langsam zu vergehen. Nach dem zehnten »Ich bin die Schwester von Ulrich«, »in Berlin«, »mit dem ICE viereinhalb Stunden« und einem schleppenden Gespräch mit Georg über unsere ereignislosen Karrieren war es endlich so weit. Um nicht dauernd auf die Uhr sehen zu müssen, hatte ich den Wecker auf zwanzig Minuten bevor ich los musste gestellt, und mein kleines tapferes Telefon piepte jetzt pünktlich.

Ich machte mich auf den Weg zur Toilette, um einen Kontrollblick in den Spiegel zu werfen. Dabei lief ich Ulrich in die Arme, der gerade dabei war, alle zusammenzusammeln für ein großes Familienfoto. Er hatte extra einen befreundeten Fotografen dafür verpflichtet, und wir mussten an drei verschiedenen Orten posieren: unter einem Baum, vor einer mit Scheinwerfern ausgeleuchteten Leinwand in der Kneipe und neben Vaters Grill.

Mein Plan war eigentlich gewesen, ganz locker für ein, zwei Stunden von der Fete zu verschwinden, aber jetzt wurde mir klar, dass das für Ulrich ein wichtiges Familientreffen war und es allgemein als unhöflich empfunden würde, wenn ich mich einfach so aus dem Staub machte. Man setzte sich wieder an den Tisch, wo die patente Kellnerin mit der Brillenkette gerade Sekt servierte, damit wir auf unsere Zusammenkunft anstoßen konnten. Auf keinen Fall wollte ich mit einer Sektfahne zu meiner Verabredung kommen und beschloss, plötzlich einsetzende, starke Kopfschmerzen zu haben. Zwar bot man mir Aspirin an, aber ich bestand darauf, nur Paracetamol zu vertragen. Aspirin würde mir zu sehr auf den Magen schlagen und ohnehin bei mir schon lange nicht mehr helfen. Unter dem Vorwand, in die Notapotheke zu fahren, schob ich meinen Stuhl an die Tischkante, aber meine Mutter bremste mich aus.

»Das ist bestimmt eine Stirnhöhlenvereiterung«, sagte sie, »bück dich mal runter.«

»Ich bin nicht erkältet«, wand ich ein, »ich hab einfach nur Kopfschmerzen.«

»Das werden wir gleich sehen«, befand sie, »bück dich.«

»Wieso?«

»Wenn es schlimmer wird, wenn du dich bückst, ist es eine Stirnhöhlenvereiterung. Da hilft nur Inhalieren.« Ich klappte den Mund auf, um etwas zu sagen, aber Mutti war nun nicht mehr zu stoppen. »So eine Stirnhöhlenvereiterung wird gerne mal übersehen. Das ist ja das Gefährliche. Grade im Sommer!«

»Ich hatte diesen Sommer auch schon eine Erkältung«, schaltete Jobst sich ein, »sogar schon im Frühjahr!«

Gudrun sagte gelangweilt: »Du hast Heuschnupfen, Jobst.«

»Dat is doch Kappes, Mädchen«, servierte die Kellnerin, »um die Jahreszeit fliegen schon längst keine Pollen mehr!«

»Das können Sie nicht wissen«, widersprach meine Mutter. »Es gibt auch Gräserpollen und Spätblüter.«

»Ich bin aber nicht allergisch«, fuhr ich dazwischen.

»Da gibt es nur einen Weg, das rauszufinden: Bück dich!«, befahl sie.

Bevor sich jetzt womöglich alle Partygäste im Kreis um mich aufstellten und unter drohenden Zuprost-Gesten im Chor »Bük-ken! Bük-ken! Bük-ken!« skandierten, gab ich nach und beugte mich vornüber.

Mutti lehnte sich seitlich über ihren Stuhl zu mir runter: »Und? Wird's schlimmer?«

Ich schüttelte den Kopf und fragte: »Kann ich wieder hochkommen?«

Aber ich bekam keine Antwort, weil meine Mutter und die Kellnerin nun ihr Fachgespräch darüber, ob Baumblüten auch

Allergien auslösten und ob es zu ihrer Zeit so etwas überhaupt gegeben hätte, wieder aufgenommen hatten.

Ich fragte Georg nach dem Autoschlüssel, damit ich zur Apotheke im Hauptbahnhof fahren könnte.

»Ach, wenn du zum Bahnhof fährst«, bat Jobst, »könntest du mir ein paar Flaschen Kristallweizen besorgen? Warte, ich geb dir Geld mit.« Er fummelte in der Hosentasche nach seinem Portemonnaie.

Ich winkte ab und marschierte mit dem Autoschlüssel in der Hand zügig davon.

## Der große Moment

Nun war ich wirklich kribbelig. Nicht nur, dass sich gleich eine Fantasie für mich realisieren würde, die mir schon wochenlang im Kopf rumspukte, ich musste mich dazu auch noch, nachdem ich seit zig Jahren nicht mehr Auto gefahren war, zum ersten Mal wieder hinters Steuer setzen. Zweimal machte ich beim Anfahren einen Satz und musste den Motor neu anlassen. Nach ein paar hundert Metern soff mir der Karren im dritten Gang fast ab, obwohl ich mich beim Schalten enorm konzentrierte, die Kupplung ganz durchtrat und den Schalthebel schön nach rechts vorne schob. Es dauerte ganze sechs Kilometer, bis mir klar wurde, dass das Auto fünf Gänge hatte und ich vor lauter nach rechts drücken immer vom zweiten in den fünften geschaltet hatte.

Schließlich war ich glücklich auf der Ausfallstraße, diesmal im vierten Gang, und wurde etwas ruhiger. Was konnte schon groß schief gehen? Das war schließlich kein Blind Date. Der Kerl wollte mich, und er wusste auch genau, was er da bekommen würde. Im Vergleich zu unserem ersten Treffen vor meiner Haustür sah ich heute umwerfend aus. Kondome hatte ich auch dabei, obwohl ich nicht auf eine schnelle Nummer fixiert war. Zum einen wollte ich mich diesmal nicht selber unter Druck setzen, und zum anderen gefiel mir das kleine Katz- und Mausspiel, das sich zwischen uns entwickelt hatte.

Plötzlich ging mein Handy los. Vor lauter Schreck machte ich eine hektische Lenkbewegung, worauf hinter mir sofort jemand hupte und überholte. Ans Telefon zu gehen und gleichzeitig das Auto zu steuern, traute ich mir nicht zu. Ich hoffte, John würde so lange dranbleiben, bis ich irgendwo halten konnte. Es musste wirklich dringend sein, wenn er statt einer SMS selbst anrief. Nach dem fünften oder sechsten Klingeln tauchte eine Tankstelle vor mir auf, und ich fuhr raus. Noch während ich auf die Bremse trat, fummelte ich das Handy aus der Hosentasche.

»Hallo?«

»Frau Nehrbach! Leidinger hier, ich grüße Sie!«

»Hallo,« brachte ich heraus, und er legte los:

»Frau Nehrbach! Ich habe ja gerade mit Entsetzen festgestellt, dass bei unserer Zusammenarbeit Extrakosten für den Proof und was sie da nicht alles aufgelistet haben auf uns zukommen. Da muss ich Ihnen leider sagen: Das ist in unserem Budget überhaupt nicht vorgesehen. Wissen Sie, Frau Nehrbach, wir haben im Moment hier zwölf Projekte am Laufen, die alle auf den letzten Cent durchkalkuliert sind. Da ist absolut kein Platz für Extravaganzen.«

Ich schluckte und versuchte so ruhig wie möglich zu antworten:

»Ich würde ein Probeexemplar, auf dem man sehen kann, wie das Plakat im Druck tatsächlich rauskommt, nicht als Extravaganz bezeichnen. Schließlich ...«

»Sie müssen verstehen, Frau Nehrbach«, unterbrach er mich, »dass wir für jeden Auftrag bereits einen fertigen Etat haben, und ich sehe nicht, wo wir da noch was abzweigen können. Wir müssen einfach zusehen, wo wir da die Kosten für Ihr Material noch unterbringen.«

Jetzt wurde es haarig. Offenbar ging er davon aus, dass ich mit meinem schmalen Honorar auch noch die 40 Euro für den

Probeausdruck selber zahlen sollte. Ich beschloss, eine neue Strategie einzuschlagen, und ging in die Offensive:

»Tja, wie machen Sie das denn bei den fest angestellten Mitarbeitern? Ziehen Sie denen die Proofkosten vom Gehalt ab?«

Innerlich wusste ich, dass ich jetzt eine Spur zu weit gegangen war, aber der Typ sollte nicht versuchen, mich für blöd zu verkaufen.

»Wissen Sie, Frau Nehrbach«, belehrte er mich, »wir haben hier sieben Grafiker am Start, die ihre Projekte alle eigenverantwortlich durchziehen. Für diese Geschichte hier haben wir den Kreativteil outgesourct, aber wir wollen ja kein zweites Büro aufmachen!«

»Das sollen Sie auch gar nicht«, gab ich flink zurück. »Ich könnte die Arbeiten auch bei Ihnen im Haus erledigen. Dann kann ich das vorhandene Arbeitsgerät benutzen und die Druckerei über Ihr Büro beauftragen.«

»Frau Nehrbach, nicht dass wir Sie nicht gerne bei uns hätten, aber wir haben leider keine Bürokapazität übrig.«

Das Gespräch fing an, mich mächtig zu nerven, und wenn er noch einmal meinen Namen zitierte, würde ich ausrasten, das wusste ich.

»Also«, fasste ich zusammen, »wenn ich zu Hause arbeiten soll, benutze ich mein eigenes Material: Papier, Stifte, Computer, Telefon, E-Mail, das hab ich alles da. Nur einen Proof kann ich nicht machen. Ich unterhalte ein Büro, das ich Ihnen momentan zur Verfügung stelle. Das kostet Geld. Ich sehe nicht, wie ich bei einem Honorar, das gerade mal meine Arbeitskraft abdeckt, und auch das nur, wenn der Kunde den Entwurf absegnet und keine Sonderwünsche hat, auch noch die notwendigen Druckarbeiten selbst bezahlen soll.«

»Schauen Sie, Frau Nehrbach«, sagte er, »wir haben ständig Arbeitsverhältnisse mit Grafikern außerhalb unseres Büros und wir hatten in dieser Hinsicht nie Probleme.«

Es reichte. Ich hatte keinen Bock auf dieses ganze Rumgeeiere, weder im Job noch privat.

»Schauen Sie, Herr Leidinger«, antwortete ich kühl, »die anderen Grafiker interessieren mich nicht. Ich bin ich. Frau Nehrbach. Das haben sie ja schon gut erkannt. Und wenn Sie meinen Namen noch dreimal wiederholen, kriegen Sie meine Arbeit trotzdem nicht umsonst. Schon gar nicht am Wochenende.«

Dann legte ich auf. Okay, das war kindisch gewesen. Mehr als das. Ich fing an, mit den Fingern aufs Lenkrad zu trommeln. Das war peinlich. Und es war unprofessionell. Von dem würde ich auf jeden Fall nie wieder einen Auftrag kriegen. So viel war klar. Na und? Ich hatte mir den Scheißjob nicht ausgesucht! Genauso wenig wie die Beziehung mit Michael. Warum ließ ich mich ständig in irgendwelche Sachen reinziehen, die ich überhaupt nicht wollte? Eitelkeit? Feigheit? Die Unfähigkeit, nein zu sagen?

Ich stieg aus, um mir Zigaretten zu kaufen. Als ich vor dem Auto stand, wusste ich überhaupt nicht, wohin. Zigaretten kaufen. So ein Blödsinn. Wegen dem Arschloch wollte ich keinen Lungenkrebs kriegen. Auf dem Beifahrersitz dudelte das Handy. Ich kroch in den Wagen und schaute aufs Display: Gott sei Dank. Das war nur Michael.

»Hi«, sagte ich genervt und stützte mich mit der freien Hand auf die offene Wagentür.

»Na, das klingt ja nicht grade erfreut«, kam es vom anderen Ende zurück.

»Ich dachte, es sei jemand anders«, sagte ich tonlos.

»Und jetzt bist du enttäuscht, dass ich es bin.«

»Quatsch. Ich bin nur grade ziemlich im Druck.«

»Mal wieder«, sagte er geknickt, und ich dachte, oh nein, bitte nicht wieder die Mitleidsnummer.

»Komm, Michael«, sagte ich angespannt, »ich kann nichts dafür, dass du grade jetzt anrufst.«

»Wann soll ich dich denn anrufen? Deine Mailbox kenn ich auswendig. Vielleicht gibst du mir einfach 'n Termin.« Er redete sich in Rage: »Obwohl nein. Das geht nicht. Es könnte sein, dass ich dich dann frage, ob wir uns treffen können, und dann musst du mir wieder ausweichen.«

Stille. Ich schnaufte.

»Michael, bitte, was soll das denn jetzt? Du weißt, dass ich beschäftigt bin.«

»Nein, Ute. SEHR beschäftigt. Das sagst du doch immer, oder? Tut mir Leid, aber ich bin im Moment SEHR beschäftigt.« Er wurde laut. »Oder: Es ist grad ungünstig! Den Satz mag ich am liebsten. Das klingt so persönlich: Es ist grad ungünstig! Wenn du nicht mehr mit mir zusammen sein willst, dann sag doch: Ich will nicht mehr mit dir zusammen sein, Scheiße noch mal!«

Mein innerer Schutzwall brach zusammen, und ich sagte leise: »Ich will nicht mehr mit dir zusammen sein.«

Und nach einer kurzen Pause, in der ich mir an die Stirn fasste, flüsterte ich: »Scheiße noch mal.«

Bevor ich mich wieder ins Auto setzte, stellte ich das Handy auf stumm und steckte es in die Tasche.

## Park & Ride

Ich war zu früh dran. Gegenüber vom Bahnhofsgebäude war ein Ladenkiosk, offenbar der örtliche Alkoholnotdienst. Wie praktisch, dachte ich, da brauchen die Penner die Bahnhofsgegend gar nicht mehr zu verlassen. Allerdings war nirgendwo einer zu sehen. Es war überhaupt niemand zu sehen. Ich kam zu dem Schluss, dass sich ein so kleiner Bahnhof einfach keine Penner leisten konnte. Zuerst musste der Park & Ride-Parkplatz bezahlt werden. Der war Anfang der Neunziger gebaut worden, als man noch hoffte, sympathische junge Kleinfamilien würden scharenweise aus dem Großstadtmoloch Köln hinaus aufs Land ziehen, aber dann war nicht einmal der Bahnhofsvorsteher zum Parken gekommen; der wohnte nur zwei Häuser entfernt und ging zu Fuß zur Arbeit. Georgs Wagen war der einzige auf dem kleinen Schotterplatz mit den ausgeblichenen rotweißen Plastikketten und dem einsamen, blauen Park & Ride-Schild, auf das jemand mit Eddingstift gekritzelt hatte: *Siggi Krummbach ist ein Dealer.*

Auf dem Weg zu dem eingeschossigen, würfelförmigen Gebäude fragte ich mich, ob ich den Angeschwärzten dort antreffen würde und ob er inzwischen Täter oder Opfer war. Der Siggi: eine verkrachte Existenz, die keiner im Dorf mehr ernst nimmt. Immer da, wenn man den Kiosk betritt; hängt Tag für Tag an dem kleinen Stehtisch neben der Ladentheke rum und ernährt sich von Pils und Korn. Oder hatte er sich nach dem Schulabbruch hochgearbeitet, und Generationen von Landjugendlichen hatten bei Herrn Krummbach, dem Besitzer des Schnapsladens, mit zittrigen Fingern, das unter den Kumpels zusammengesammelte Kleingeld für eine Flasche Apfelkorn auf die Theke gezählt?

Ich ging rein, kaufte sechs Flaschen Kristallweizen für meinen Schwager und kam mit einer fleischfarbenen Plastiktüte wieder raus.

Da stand er: Mit verschränkten Armen lehnte er lässig auf dem Kühlergrill von Georgs Wagen. Die Hüften in knallenge Jeans verpackt, und sein Gesicht zierte noch immer dieses unverschämt jungenhafte Grinsen. Genau wie beim ersten Mal.

Aber diesmal wollte ich das Heft in der Hand behalten.

Auf den letzten drei Metern rief ich ihm zu:

»Lehnst du immer an parkenden Autos?«

Er grinste:

»Hast du immer Bier in Tüten dabei?«

»Kann man Bier auch anders transportieren?«

»Ist das eine ernsthafte Frage?«

»Was glaubst du?«

»Ich glaube«, antwortete er, stieß sich von der Motorhaube ab und kam näher, »das ist der längste und dümmste Frage-Gegenfrage-Dialog, den ich jemals geführt habe. Noch dazu in einem Moment, in dem Reden völlig fehl am Platz ist.«

Er stand jetzt dicht vor mir. Ich konnte sein Aftershave riechen. Es kam mir irgendwie bekannt vor. Es roch nach Obst, ganz frisch, nach Zitrone. Aber Moment, war da nicht auch eine andere, herbere Note? Nein, das war nicht herb, das war bitter.

Und trotzdem roch es nach Obst.

Nach altem Obst.

Roch das nicht irgendwie schimmelig?

Doch, jetzt erkannte ich es deutlich: Er roch, als hätte er sich mit einer schimmligen Zitrone eingerieben. Das war die Seife aus dem Regionalexpress-Klo, ganz klar! Offenbar hatte er sich damit das Gesicht gewaschen. Na, toll. Erst die Dönerwolke und nun das. Sollte jede unserer Begegnungen durch einen ekligen Duft gekennzeichnet sein?

Behutsam setzte ich die Tüte mit den Bieren ab und hob zögernd den Blick. Ich sah direkt in diese wunderschönen Augen, die, wie ich jetzt feststellte, nicht nur braun waren. Sie hatten rund um die Pupille honigfarbene Inseln, in denen sich schwarze Punkte sammelten, was niedlich aussah. So niedlich wie bei einem Panther. Ich beschloss, mutig zu sein, und fragte:

»Sagst du das zu jeder Frau, die dich vom Bahnhof abholt?«

Er pflückte mit dem rechten Zeigefinger sein Jackett vom linken Unterarm und schwang es sich über die Schulter:

»Schon wieder eine Frage?«

Dabei legte er den Kopf schief und lächelte.

Ich konterte:

»Angst, sie zu beantworten?«

Er machte den winzigen Schritt, der noch zwischen unseren Körpern möglich war, sah mir auf den Mund und flüsterte:

»Findest du nicht, dass das jetzt langsam albern wird?«

Und ich wollte ohne aufzusehen zurückwispern ›Ich weiß nicht. Was meinst du?‹, aber mir versagte plötzlich die Stimme.

Er ließ sein Jackett in den Staub fallen.

Ich widerstand dem Impuls, es aufzuheben und abzuklopfen. Ich sah nicht hin, sondern heftete meinen Blick stur auf seinen Mund. Seine Lippen waren von einem fast unnatürlich kräftigen Rot. Sah aus wie Permanent-Make-up, aber ich konnte mir nicht vorstellen, dass er bei seinen weltumspannenden Einsätzen noch

Zeit für einen Termin bei der Kosmetikerin fand. Auf jeden Fall passte es hervorragend zu seinem olivfarbenen Teint.

Mein ganzer kleiner Körper war nun so restlos in Panik, so in heller Aufruhr, dass mein Hirn und meine Muskeln im Sekundentakt schwankten zwischen ›Lauf weg, so schnell du kannst!‹ und ›Anspringen und sofort verschlingen!‹.

Aber wir standen so eng beieinander, dass ein Anspringen unmöglich war. Ich hätte ein paar Schritte rückwärts gehen müssen, um Anlauf zu nehmen. Das sähe doch ziemlich albern aus, dachte ich, das mach ich nicht. Ich bleib einfach so lange stehen, bis er was macht. Scheiß auf die Emanzipation. Nur schnell müsste es gehen. Lang halt ich das nicht mehr aus. Mein Unterleib vibriert ja schon.

»Willst du nicht rangehen?«, fragte er und zeigte auf das Handy in meiner Hosentasche.

Ohne nachzudenken, zog ich es hervor. Ich wollte es eigentlich ausmachen, aber es war eine SMS. Die konnte ich schnell ankucken. War ja nur ein Knopfdruck und ein Blick. Ich klappte auf. Sie war von Michael:

*Hab schon wieder Mist gebaut. Vergis, was ich am Telefon gesagt hab. Ich liebe dich und will dir dienen Freiraum lassen. Schick mir ein J. Wenn nicht hör ich auf dich zu nerven und machs Handy aus.*

Viel zu langsam, viel zu sanft, mit beiden Händen, schloss ich das Handy. Mit halb gesenktem Blick stand ich da: stillgelegt, unfähig zu irgendeiner Entscheidung.

Wie bei einem Kind, das durch ein Papprohr kuckt, tauchte in meinem Blickfeld seine Handfläche auf. Er hielt sie mir geöffnet hin, und wie ferngesteuert legte ich das Handy darauf. Ich kann nicht sagen, wohin er es steckte; es genügte, dass es verschwunden war.

Er griff mit seiner linken Hand um meine Taille und zog mich zu sich. Ich hob den Kopf nur so weit, dass ich seinen Hals und das Kinn sehen konnte. Er drehte mir sein Gesicht entgegen, und als sein großer, dunkelroter Mund näher kam, dachte ich, mein Gott, das ist wie im Kino. Bloß dass er mir nicht mit beiden Händen im Gesicht rumtatscht. Wie schön.

Kurz bevor sich unsere Lippen berührten, flüsterte er:

»Wir fahren in dein Hotel.«

Ohne meine Lippen von den seinen zu wenden, wisperte ich:

»Lass uns lieber woanders hingehen.«

Er hob das Kinn, lehnte die Wange an meine Schläfe und sagte mit fester Stimme:

»Steig ins Auto.«

Mit gesenkten Lidern und klopfendem Herzen stand ich da und lächelte verlegen.

»Hopp!«, sagte er, gab mir einen kleinen Klaps auf den Po und schlenderte zur Beifahrerseite.

Ich bückte mich nach der Tüte, schloss auf, und wir stiegen ein.

»Wohin?«, fragte ich mit beiden Händen am Lenkrad.

»Hab ich das nicht grade gesagt?«, antwortete er und blickte reglos zur Windschutzscheibe hinaus.

»Meine Schwester und ihr nerviger Mann wohnen auch in dem Hotel. Ich hab keine Lust, denen über den Weg zu laufen«, entschuldigte ich mich.

»Und ich hab keine Lust, dir alles zweimal sagen zu müssen.«

Das kam etwas zu schnell. Das war nicht mehr spannend. Es hatte nichts Spielerisches, nichts, was einen neugierig machte, wohin die Reise ging. Mit einem Mal war ich angekommen. In einer Sackgasse.

»Pass auf«, sagte ich langsam und nahm die Hände vom Lenkrad. Ich setzte mich umständlich etwas seitlich, damit ich ihm besser ins Gesicht sehen konnte. »Wenn das so eine Art Rollenspiel werden soll, dann haben wir ein Problem. Ich lass mich nicht so gern rumkommandieren.«

»Du hast ein ganz anderes Problem«, antwortete er etwas leiser. Er wandte mir das Gesicht zu und fixierte mich mit seinen traumhaften Augen.

Erst jetzt fiel mir auf, wie lang und seidig seine Wimpern waren. Seine Augenbrauen sahen aus wie gemalt. Er war real, er war perfekt, er war verfügbar und er sagte:

»Du hast keine Ahnung, wer du bist. Hinter deiner desinteressierten Fassade steckt ein kleines Mädchen, das sich danach sehnt, dass es jemand an die Hand nimmt und ihm sagt, wo es lang geht.«

In dem Augenblick regte sich in mir ebenjenes kleine Mädchen, stampfte beleidigt mit dem Füßchen auf und meckerte: ›Du hast mir gar nichts zu sagen!‹, und die große Ute zog die Augenbrauen hoch, imitierte mit den Mundwinkeln ein Grinsen und antwortete:

»Kann schon sein. Aber ich glaube, wir haben nicht denselben Weg.«

Er verzog die Hälfte seines formvollendeten Mundes zu seinem eindrucksvollen, spöttischen kleinen Lächeln.

»Unterwerfung ist für Frauen etwas ganz Natürliches«, belehrte er mich. »Du hast es nur verlernt.«

Ich schnappte mir die knisternde Plastiktüte vom Rücksitz und sagte: »Steig aus. Ich brauch den Platz für das Bier.«

Er zögerte keine Sekunde.

Sowie sein Arsch den Autositz verlassen hatte, stellte ich die klirrende Tüte an seine Stelle und spürte den Luftzug der zuschlagenden Tür im Gesicht. Ich fuhr los, und es war mir egal, wie er von dem gottverlassenen Bahnhof wegkam. Er hatte ja ein Handy und konnte sich ein Taxi rufen.

Und er hatte *mein* Handy! Ich wendete den Wagen und fuhr zurück auf den Parkplatz. Er war verschwunden. Wie war das möglich? Ich war höchstens zehn Sekunden weg gewesen! So ein Mist! Ich schlug mit der Faust auf den Schaltknüppel. Dabei rutschte mir die Hand ab und landete auf dem Plastikfach zwischen den Vordersitzen. Und da lag mein silbernes Eichen. Erleichtert atmete ich auf und spähte durchs Seitenfenster nach John.

Der Schotterplatz lag leer zwischen dem alten Bahnhofsgebäude und dem Laden. Vielleicht stand er ja da drin, prostete Siggi mit einer Flasche Bier zu und sie grummelten gemeinsam: »Versteh einer die Weiber.«

Mir war's egal. Ich fuhr in einem dicken Auto allein mit ein paar Flaschen Bier durch eine ereignislose Landschaft und fand diese Gesellschaft gar nicht so schlecht. Ein, zwei Kilometer lang erwog ich, einfach irgendwo in der Pampa zu parken und mich voll laufen zu lassen, aber schließlich siegte die Vernunft und ich brachte Georgs Wagen heil zurück.

## Am Wasser

Als ich in Köln auf dem Parkplatz den Motor ausmachte, war es fast dunkel und ich konnte durch die Windschutzscheibe die Terrasse mit den brennenden Partyfackeln sehen. Es sah wirklich hübsch aus. Einen Gedanken lang, in dem ich versuchte, die geistige Distanz zu dem Ort, an dem ich mich körperlich befand, zu überbrücken, hielt ich mich mit beiden Händen am Lenkrad fest. Dann atmete ich tief durch und schnappte mir die Tüte vom Beifahrersitz.

Obwohl es erst kurz vor zehn war, hatte sich die Menge der Partygäste bereits erheblich reduziert. Die Fete befand sich in der typischen Übergangsphase, in der diejenigen Gäste, die ihren Pflichtbesuch schon am Spätnachmittag angetreten hatten, das Gefühl hatten, sie seien lange genug da gewesen, um sich ohne schlechtes Gewissen verabschieden zu können. Dann gab es die üblichen Nachzügler, die jetzt erst kamen und sich mit der Handvoll Kampftrinker, die schon so weit waren, dass sie jeden Neuankömmling wie Freibier begrüßten, festsetzen würden, bis irgendwer sie rauswarf. Ulrich stand am ziemlich abgeernteten Salatbüffet in einer Gruppe von vier, fünf Leuten und erzählte gerade die Geschichte von seiner Führerscheinprüfung. Ich kannte sie schon und trug wohl einen dementsprechend leeren Gesichtsausdruck zur Schau. Einer von den Leuten, die bei ihm standen, war dieser Alexis, der mich nun freudig begrüßte.

»Ute ist wieder da! Die Party ist gerettet!«

Ich lächelte stumm und konzentrierte mich darauf, Ulrich in der nächsten Gesprächslücke anzusprechen. Als er die Pointe rausgehauen hatte und seine Kumpels lachten, hielt ich die Biertüte hoch und fragte: »Meinst du, das ist okay, wenn Jobst hier sein mitgebrachtes Bier trinkt?«

Ulrich drehte sich nach schräg hinten, wo die Kellnerin grade die leeren Schüsseln abräumte: »Hannelörschen, wat meinste, wollen wir meinen Schwager hier verdursten lassen oder ihm sein Kristallweizen gönnen, wo meine Schwester extra zum Bahnhof dafür gefahren ist?«

»Kein Problem«, sagte sie jovial. »Mer ham hier noch jeden zufrieden jeschdälld. Jeder Jeck is anders.«

»Hannelore«, lallte mein Bruder euphorisch, »du bist einmalig! Dafür kriechste jetzt von mir e Bützche«. Er drückte ihr einen Kuss auf die Wange, und sie ging mit zwei leeren Schüsseln in der Hand davon.

Ich setzte mich an unseren Familientisch, wo noch alle in derselben Sitzordnung saßen wie vorher, und stellte die Tüte mit den Bierflaschen dezent neben meinen Stuhl.

»Schwägerin, du hast was gut bei mir!«, sagte Jobst fröhlich und griff sich ein Kristallweizen. »Trinkst du eins mit?«

»Ach, jetzt wollte ich dir grade einen Bailey's auf Eis bringen«, sagte Alexis, der mit zwei kleinen Cognacschwenkern in der Hand hinter mir auftauchte.

»Danke«, antwortete ich, »ich kann einen gebrauchen.«

Er setzte sich zu uns, und wir stießen alle gemeinsam an, bis auf meine Mutter, die in der Gesprächspause, in der wir tranken, äußerte, jetzt, wo ich mit dem Auto wieder da sei, könne Georg sie ja nach Hause fahren. Sie sei müde, die Hitze mache ihr zu schaffen und wir jungen Leute könnten ja auch ohne sie weiterfeiern.

Ich lieferte einen kurzen Bericht über die Fahrt ab; log, ich hätte den Bahnhof unter der Zuhilfenahme von Georgs Navi problemlos gefunden und die Kopfschmerztabletten hätten geholfen, alles sei in Ordnung.

Georg und meine Mutter standen auf, und ich begleitete sie zum Wagen. Vorher verabschiedeten sie sich von Ulrich, der mich, als meine Mutter mit Georg Richtung Parkplatz wegging, mit glasigen Augen ansah und sagte: »Haust du auch schon ab?«

»Ich weiß noch nicht«, improvisierte ich, und er schlug vor:

»Wenn's dir besser geht, komm doch morgen zum Brunch zu mir.« Und an sein Publikum gewandt, sagte er fröhlich: »Dann hab *ich* wahrscheinlich die Kopfschmerzen!«

Sie brachen in Gelächter aus und prosteten sich zu.

»Na, die ham ja Spaß da drüben«, sagte Jobst, als ich zurück an den Tisch kam. »Dem Rheinländer liegt die Fröhlichkeit ja quasi im Blut.«

»Schade«, klagte Gudrun, »dass man nicht tanzen kann.«

»Ja, das wird hier wohl heute nix mehr«, sagte Alexis.

»Au ja, tanzen«, schwärmte ich, »das wär jetzt genau das Richtige.«

»Lass uns doch zum Aachener Weiher fahren«, schlug er vor, »da ist heute Salsaparty.«

Es war, als würde jemand den Strom wieder anschalten. Gudrun zögerte eine Weile und wollte dann doch lieber bei Jobst bleiben. Meinem Bruder Ulrich machte es nichts aus, und so setzte ich mich mit Alexis in ein Taxi, um diesen verkorksten Abend vielleicht doch noch zu retten.

Während der Fahrt saß ich alleine auf der Rückbank, und Alexis unterhielt sich vorn mit dem Fahrer, was mir sehr recht war, denn so konnte ich für ein paar Minuten abschalten. Als wir ankamen, zückte ich mein Portemonnaie, aber Alexis war schneller. Er zahlte, wir stiegen aus und blieben stehen, bis das Taxi wegfuhr.

Auf der anderen Straßenseite lag in der Dunkelheit ein kleiner Park, in dessen Zentrum orangefarbene Lichterketten leuchteten. Beim Überqueren des Asphalts spürte ich, wie meine Schritte elastischer wurden. Ich hatte auf einmal den Eindruck, endlos viel Zeit zu haben. Die Lichter gehörten zu einem quadratischen Pavillon, an dem Getränke verkauft wurden. Wir besorgten uns zwei große Kölsch und schlenderten davon, auf einem in der Dunkelheit schwach leuchtenden Kiesweg am Wasser entlang. Am Ufer des dunklen Weihers saßen Grüppchen von jungen Leuten, die sich leise unterhielten, Bier tranken oder einen Joint kreisen ließen. Von Salsamusik war nichts zu hören. Entweder sie machten gerade Pause oder Alexis hatte sich im Tag geirrt, aber das störte mich nicht. Der Ort an sich war mir Ablenkung genug. Wir gingen um die erste Biegung des Weges und setzten uns auf die Wiese direkt an dem kleinen Mäuerchen, von dem der Weiher rundum eingefasst wurde.

Alexis zündete eine Zigarette an und hielt sie mir hin. Morgen würde ich es bereuen. Kopfschmerzen, Schleim im Hals und schlechter Atem würden der Preis sein für das bisschen Endzeitstimmung. Mit ausgestreckten Fingern übernahm ich die Zigarette aus seiner Hand. Sollte doch jemand anders mal für mich an morgen denken. Das war mein erstes Bier heute Abend. Es war schön kühl, und ich nahm gleich einen zweiten Schluck. Mit feuchten Lippen zog ich an der Zigarette in meiner Rechten und hielt mich mit der Linken an meinem Kölsch fest. Dann stellte ich das Glas ins Gras, zog die Schuhe aus und schlug die Beine unter zum Schneidersitz.

Das Abenteuer war vorbei und in mir kehrte langsam Ruhe ein. In ein paar Tagen würde ich darüber lachen. Ich hatte keinen Kratzer abbekommen. Vor mir lag eine weite Fläche von schwarzem, glänzenden Wasser. Das andere Ufer verlor sich in der Dunkelheit.

»Es ist wirklich schön hier«, sagte ich zu Alexis, dessen Gesicht ich im Halbdunkeln grade noch erkennen konnte.

»Tut mir Leid wegen der Salsamusik«, sagte er und rupfte ein bisschen Gras aus.

Ich sah wieder aufs Wasser hinaus: »Lass mal, ich glaube, ich hatte genug Trubel heute.«

Wir redeten ein wenig über die Fete, meinen Bruder, der ein toller Kerl war, da waren wir uns einig, über Mütter und ihre Tricks, wobei ich mit meiner Mutter noch gut bedient sei, darauf bestand er. Ich gab zu, dass ich mich mit griechischen Müttern nicht auskannte, und er stellte die Theorie auf, dass jedes Jahr am 30. Mai in einem Fünf-Sterne-Hotel am Fuße des Blocksberges die geheimen Weltfestspiele der Mütter stattfänden. Sie wetteiferten im »Kinder kritisieren«, »Um Enkel betteln« und gäben die neueste Ausgabe von »Schlagwort« heraus.

»Schlagwort?«, hakte ich nach und streckte die Beine aus.

Er nickte. »Das ist eine Broschüre mit vernichtenden Floskeln, die man immer benutzen kann, wenn einem die Argumente ausgehen. Sie verwurzeln ein schlechtes Gewissen im Kind derart tief, dass man es für den Rest seines Lebens im Bedarfsfall nur noch antippen muss, um es wie eine Marionette vor sich tanzen zu lassen.« Er hob und senkte abwechselnd die Hände, wie eine Puppe. »Das ist wahnsinnig praktisch. Man muss das schlechte Gewissen beim Kind dann lediglich ab und zu wieder anfachen, und dafür findet man in ›Schlagwort‹ altbewährte Standards.

Zum Beispiel: ›Ihr Kinder wisst gar nicht, wie gut ihr es heutzutage habt.‹«

»›Nein, ich bin dir nicht böse, ich bin nur sehr enttäuscht.‹«, fügte ich weise nickend hinzu.

»Oder«, fiel er ein, »für berufstätige Mütter: ›Ich lasse dich nicht gern allein, aber ich *muss* arbeiten gehen, damit *du* es später einmal besser hast als ich.‹«

Wir schaukelten uns hoch, und ich behauptete: »Auch wenn das Kind seinerseits Mitleid verdient hat und sagt: ›Mama, mein dreifach gebrochener Unterkiefer tut wirklich höllisch weh!‹, weiß Schlagwort die passende Antwort: ›Solange du noch keine Wehen gehabt hast, weißt du nicht, was Schmerzen sind!‹«

Er lachte. Wir waren uns einig darüber, dass die Mütter in den alten Zeiten diese geheimen Codes nur unter der Ladentheke im Tausch gegen Rabattmarkenheftchen bekamen, heute laufe das ja alles übers Internet.

»Entschuldigung«, sagte er und zeigte auf das blinkende Handy an seinem Hosenbund. »Ja? … Hallo, Helge!« Er sah mich an. »Ich sitze hier am Aachener Weiher mit einer wunderschönen, charmanten jungen Dame.« Er grinste. »Ich glaube nicht, dass du uns störst«, er schaute weiter in meine Richtung. Ich schüttelte den Kopf. »Wir sind, wenn du reinkommst, auf der linken Seite vom Biergarten, direkt am Ufer … ja … bis gleich!« Er drückte die Auflegen-Taste und steckte das Telefon zurück in seine Gürteltasche.

Es entstand eine Gesprächspause, die nicht im Geringsten unangenehm war. Die Luft war warm. Ich saß mitten in der Großstadt mit nackten Füßen im Gras. Auf der schwarzen Oberfläche des Sees tanzten ein paar Lichtreflexe.

Alexis schnappte sich unsere leeren Biergläser und stand auf. »Willst du auch noch eins?« Ich nickte.

Als ich alleine war, zückte ich mein Handy und schaltete es ab. Zum ersten Mal seit meiner Abreise von Berlin fühlte ich mich entspannt. Die Dunkelheit, das stille Wasser, das kaum hörbare Rauschen der Pappeln, längsseits des Weihers, wenn ein warmer Windhauch durch die laue Nachtluft wehte; das alles gab mir ein heimeliges Gefühl. Auf einmal war Berlin so weit und Köln so kuschelig.

Alexis kam zurück mit einem Mann, der ihn um mehr als einen Kopf überragte und eine Decke unterm Arm trug. Als sie näher kamen, rief er: »Alles weed joot, et wird jemütlisch!«

»Hallo, ich bin Helge«, sagte der Mann mit der Decke, und ich stand auf, um ihm die Hand zu geben.

»Ute.«

Es war eine ziemlich große Hand, und ihr Druck war angenehm. Ich trat beiseite, damit die beiden die Decke ausbreiten konnten. Von hinten war Helges Statur noch beeindruckender. Er musste mindestens eins neunzig groß sein, und seine Arme hatten die Spannweite eines Albatros. Sofort hörte ich im Geiste Möwen schreien und stellte ihn mir in einem blauweiß gestreiften T-Shirt an Bord eines Viermasters vor.

Alexis bückte sich nach den Kölschgläsern und sagte: »Setz dich doch schon mal in die Mitte, dann reiche ich die Getränke an.«

»Willst du mich der Dame nicht vorstellen?«, fragte Helge, an Alexis gewandt.

»Oh, Verzeihung! Also: Ute ist die Schwester meines lieben Freundes Ulrich und eigens für dessen Geburtstagsfete aus Berlin angereist.«

Helge sah mich an. Er mochte ungefähr in meinem Alter oder etwas darüber sein. Seine hohen Wangenknochen und die schlitzförmigen Augen gaben seinem Gesicht einen harten Ausdruck. Sein Haar war, soweit ich erkennen konnte, braun. Was aber deutlich hervorleuchtete, waren zwei ausgedehnte Geheimratsecken, wenn man sie überhaupt noch so nennen konnte. Nur ein paar Flusen in der Mitte standen der Halbglatze noch im Weg.

»Und? Ist die Fete schon vorbei?«, fragte er erstaunt.

»Für mich ja«, gab ich knapp zurück, und wir wechselten das Thema.

Ein paar Sätze lang unterhielten wir uns über Berlin, wie es sich verändert hätte seit der Maueröffnung, wie es mich dorthin verschlagen hätte und wie lange ich noch zu Besuch in Köln bliebe. Es stellte sich heraus, dass Alexis und Helge sich schon seit ihrer Kindheit kannten und altersmäßig nur zwei Jahre auseinander waren.

Die nächste Runde Kölsch besorgte ich. Ich musste sowieso mal pinkeln. Wie üblich herrschte auf dem Frauenklo großer Andrang, und nicht einmal der Gedanke daran, wie viel Zeit ich in meinem Leben schon in diesen endlosen Toilettenschlangen verbracht hatte, konnte meine ausgeglichene Laune trüben.

Als ich mit drei großen, überschwappenden Biergläsern zurückkam, lagen die Jungs mit hinter dem Kopf verschränkten Armen auf dem Rücken nebeneinander auf der Decke. Die Mitte hatten sie mir freigelassen. Sie setzten sich kurz auf; wir nahmen jeder einen Schluck Bier und stellten die drei Gläser zusammen auf das Mäuerchen, in sicherem Abstand zu unseren Füßen.

Um zu dritt auf die Decke zu passen, mussten wir relativ dicht zusammenrücken. In Fühlweite lagen wir nebeneinander auf dem Rücken. Viele Sterne waren nicht zu sehen an diesem diesigen Junihimmel, aber ihr Anblick dämpfte trotzdem unsere

Gespräche. Wir wechselten von unseren Lieblingseissorten, als wir noch Kinder waren, über Film- und Rockstars, die wir als Teenies besonders attraktiv fanden, zu Orten, an denen wir jetzt gern wären.

»Im Moment möchte ich nirgends anders sein als hier«, sagte ich verträumt.

»Wenn du zwischen uns liegst, ist es mir auch egal, wo wir sind«, erwiderte Alexis, und Helge sagte angewidert: »Boah, er probiert es wieder auf die uralte Tour.«

Ich gluckste vor mich hin. »Nein, das war süß, und dafür kriegt er jetzt von mir ein, wie heißt das bei euch?«

»Bützche«, sagte Alexis und hielt mir seine Wange hin.

Ich drückte ihm ein Küsschen auf und stellte fest: »Du riechst gut.«

»Ehrlich?«, grinste er. »Riech noch mal!«

Ich zögerte kurz und schnupperte dann an seinem Gesicht.

»Ehrlich«, sagte ich, »was ist das?«

»Ich glaube, am Hals ist es intensiver«, forderte er mich auf.

Ich beugte mich nach rechts zu ihm rüber und hielt vorsichtig meine Nase an seinen Nacken. Dann drehte ich mich wieder auf den Rücken und zuckte die Achseln: »Keine Ahnung. Calvin Klein?«

»Bei mir ist es einfacher«, sagte Helge und hielt seinen Hemdkragen auffordernd vom Hals weg.

»Jungs, ihr seid albern!«, witzelte ich.

»Ja, aber gerecht«, bemerkte Helge, und Alexis ergänzte brav: »Es wird alles geteilt!«

Ich rollte mich zu Helge rüber und schnüffelte. »Ich krieg's nicht raus«, sagte ich und zog mein T-Shirt über den Bauchnabel.

»Ooch«, machte Alexis, »jetzt zuppel doch nicht dauernd an deinem T-Shirt rum. Gönn uns doch auch mal was.«

»Wir hätten fast den Rand von deinem Slip gesehen!«, merkte Helge an.

»Was ihr alles im Dunkeln erspähen könnt«, spottete ich.

Wir blubberten weiter, über Unterwäsche, ob man einem Typen ansehen könnte, dass er Boxershorts trug, und ob Männer, die G-Strings erotisch fänden, erst mal selbst einen tragen sollten, bevor sie so was behaupteten.

Irgendwann drehte ich mich zur Seite, und Helge legte seine Hand auf meinen Rücken. Genau zwischen die Schulterblätter, warm und angenehm. Während Alexis mich betrachtete, strich Helges Hand meine Wirbelsäule entlang. Als ob sie da zu Hause wäre, fuhr er mit einer langsamen, gleitenden Bewegung auf und ab. Keine Scheu, kein aufgeregtes Fordern lag darin. Als sei ihr dieser Weg von Natur aus vorgezeichnet, streichelte seine Hand hoch bis zu meinem Nacken, dann unter den Haaransatz und kraulte mir langsam und rhythmisch den Kopf. Ich schloss die Augen und lehnte mich ein klein wenig zurück. Seine Fingerspitzen gruben kleine, zarte Furchen meinen Rücken runter und wieder rauf bis zum Hals, und ich fühlte, wie Alexis' Mund sich meinem näherte. Dann spürte ich seine Lippen, die fest waren und doch leicht nachgaben wie zwei Kissen, sich mir anpassten, sich küssen ließen und mich zurückküssten. Ich musste lächeln, aber ich wollte nicht lächeln, weil das beim Küssen störte. Er machte kleine Angebote, und ich holte mir mehr davon.

Helge schmiegte sich von hinten an mich, und wir begannen, uns zu bewegen, während Alexis mit dem Handrücken sanft über meine Stirn, Wange und den Hals bis zum Dekolletee glitt. Ich fühlte mich vollkommen ausgeliefert und gleichzeitig umgeben von der Sicherheit, dass keiner von uns einem Plan folgte, nicht weiterdachte. Es gab keinen nächsten Schritt, nichts, was drängte. Alles stimmte. Es war, als würde ich mich selbst küssen.

Außer dass meine Fußsohlen anfingen zu kribbeln und ich nicht wusste, wie lange ich das noch aushalten konnte, ohne mir die Klamotten vom Leib zu reißen.

Ohne ein Wort zu sagen, lösten wir uns aus der Umarmung, rollten die Decke ein und fuhren in Helges Wohnung.

## Casey

Eine knappe Woche war vergangen, seit ich aus Köln zurück war, und ich steckte mitten im Großreinemachen. Zwei meiner Papierstapel hatte ich schon durchsortiert und bis auf Knöchelhöhe abgebaut. Leidinger musste inzwischen meine erste Mahnung im Briefkasten haben. Und Kirsten hatte ich bei einem gemeinsamen Doppel-G mit den nötigsten Informationen versorgt. Doppel-G ist ihre selbst erfundene Abkürzung für Gözleme und Golden Girls.

Gleich nach meiner Rückkehr hatte ich sie auf Dönerentzug gesetzt. Aus purem Eigennutz. Statt nach fettigem Fleisch riecht Gözleme angenehm nach Spinat, ist nicht mit negativen Erinnerungen behaftet, und die Tropf- und Schmiergefahr, die von Kirstens Fingern ausgeht, sobald sie Nahrung zu sich nimmt, reduziert sich auf ein Minimum.

Dass ich statt mit dem Dönermann mit zwei Männern, die ich kaum kannte, ein sexuelles Abenteuer erlebt hatte, servierte ich ihr häppchenweise in den Werbepausen. Aus zwei Gründen: Erstens wurde unsere Unterhaltung dadurch zeitlich begrenzt. Zweitens verschlang sie ihre salzigen Teigfladen genauso gierig wie meine Neuigkeiten, das heißt, sie hatte die meiste Zeit die Backen voll und konnte nicht so viel nachfragen.

Mein Leben ging in Berlin einfach weiter, wie der Ausdruck eines Seismografen in einer Erdbebenmessstation kontinuierlich vom Drucker weitergeschoben wird: ein paar Meter Endlospapier, im letzten Drittel ein, zwei zackige Ausschläge nach oben und unten, und dann wieder die gerade, ruhige Linie.

Zwischen Michael und mir schien es endgültig aus zu sein. Nach meiner Abfuhr am Telefon hatte er sich nicht mehr gemeldet, und mit jeder Stunde, die verging, in der ich nichts zurücknahm, nichts erklärte, festigte sich in mir die Überzeugung, dass es besser so war. Es war vorbei.

Mir kam es komisch vor, dass ich ausgerechnet am Tag der Deutschen Einheit an unsere Trennung dachte. Eigentlich haben sie den schon seit Jahren in den Oktober verlegt, aber ich bin ein sturer Mensch, und der siebzehnte Juni hat sich in mein Hirn eingebrannt wie überkochende Milch in einen Emailletopf.

Draußen waren zweiunddreißig Grad und hier drinnen mindestens noch achtundzwanzig. Ich lief in meinem kurzen Trägerkleidchen schwitzend durch die Küche und suchte Michaels Kochutensilien zusammen. Ich hatte keine Verwendung dafür. Außerdem waren sie mir beim Kaffeemachen im Weg. Sein großes Schneidebrett, der elektrische Handmixer mit dem Kabel dran und dieses unförmige Metallsieb mit Stielgriff und so 'ner komischen Kurbel. Ihn herkommen zu lassen, um sein Zeug aus meiner Wohnung zu schaffen, fand ich zu demütigend. Außerdem wollte ich ihn nicht in meiner Küche haben, wo ich nicht ausweichen konnte.

Ich stapelte die Gerätschaften auf dem Tisch und wählte seine Nummer. Im Radio sagten sie durch, dass in vier Tagen offizieller Sommeranfang sei. Gut, dass ich es weiß, dachte ich, sonst hätt' ich noch den Mantel mitgenommen.

»Hallo?«

»Hi, Michael. Ich bin's.«

»Wie geht's dir?«

»Gut!«

Mist. Das hätte ich fragen sollen! Ich war diejenige, die per Handy mit ihm Schluss gemacht hatte.

Ich setzte noch mal an: »Und du? Kommst du klar?« Ich verdrehte die Augen. Das klang, als ob gerade seine gesamte Familie bei einem Flugzeugabsturz über dem Atlantik umgekommen wäre. Ich musste unbedingt einen Tonfall finden, der mitfühlend, aber nicht mitleidig klang. »Tut mir Leid, dass ich mich so spät erst melde, aber ich wusste nicht, ob es dir recht ist.«

»Äh, Ute, warte mal kurz, ja?« Ich hörte, wie er den Hörer vom Ohr nahm und mit jemandem sprach: »Nimm das normale Sieb, das steht unten links.« Was die andere Person sagte, konnte ich nicht hören. »Tut mir Leid, Schatz, ich hab jetzt nur das.« Schatz? Ich hielt den Kopf schräg, als könnte ich dann aus dem Hörer mehr herausholen. »Da bin ich wieder«, sagte er hektisch, »sag mal, kann es sein, dass ich mein Passiersieb bei dir liegen lassen hab?«

»So was zum Kurbeln?«

»Genau das. Wenn's dir nichts ausmacht, komm ich mal vorbei und hol es ab.«

»Weißt du, deswegen ruf ich eigentlich an. Da sind auch noch 'n paar andere Sachen von dir, und ich bin heute sowieso in Tempelhof. Ich kann dir das vorbeibringen«, log ich.

Ich bin nie *sowieso* in Tempelhof. Ich kenne gebürtige Berliner, die glauben, Tempelhof sei eine Erfindung der Amis.

»Cool, komm doch zum Kaffee vorbei, dann kannst du Casey mal kennen lernen.«

Jetzt war ich verwirrt. Casey? Schatz? Wie viele Überraschungen hortete der Junge in seiner Wohnung, für die ich mich vorher nie interessiert hatte?

»Ach, weißt du«, tastete ich mich vor, »ich will euch nicht stören.«

»Nee, nee, das passt schon. Casey probiert zwei neue Kuchenrezepte aus. Ist viel zu viel für uns. Bring doch Kirsten mit!«

»Ja, okay«, stammelte ich, »dann komm ich so gegen vier.«

Als ich aufgelegt hatte, stand ich mit dem Hörer in der Hand und hängender Kinnlade in meiner Küche. Casey war der neue Schatz und backte Kuchen? Mir klang im Ohr, wie er ein-, zweimal erwähnt hatte: »Ich geh mit Casey ins Kino« oder »Ich bleib heute zu Hause. Casey kommt nachher vorbei und bringt 'n paar DVDs mit.« Und ich hatte Casey selbstredend für Michaels Kumpel gehalten. Ich war nie auf die Idee gekommen, mal nachzufragen. Prima, hatte ich an solchen Tagen gedacht, dann ist er ja versorgt!, und war davon ausgegangen, er würde mit jemand Gleichaltrigem gleichaltrige Dinge tun.

Mir blieb nichts anderes übrig, als Kirsten darum zu bitten, mich zu begleiten. Was, wenn Casey gar keine Sie war, sondern ein zierlicher Konditor mit kurzem weißen Schürzchen? Es war sicher besser, mich mit dem Schutzschild von Kirstens großer Klappe zu wappnen, wenn ich mich ins Pfefferkuchenhaus der Bäckerin wagte.

Kaum dass wir das Haus verlassen hatten, tönte meine spottsüchtige Mitbewohnerin mit Blick auf die Küchengeräte in meinem Leinenbeutel: »Du hast wohl keine Verwendung mehr für seinen Pürierstab!«, und ich bereute sofort, dass ich ihr Zutritt zu meinem Leben verschafft hatte. Trotzdem war es mir lieber, sie riskierte ein paar dumme Sprüche, als mich meiner eigenen Sprachlosigkeit auszusetzen, wenn ich zum ersten Mal die Wohnung meines Ex-Freundes betreten würde, ohne darauf vorbereitet zu sein, was ich dort vorfände.

Während der endlosen sechzehn U-Bahnstationen beruhigte

sich Kirsten, und ich ließ mich dazu hinreißen, ihr zu sagen: »Danke, dass du mitkommst.«

»Tempelhof«, sagte sie trocken, »wer kann da widerstehen?«

Michaels Haus stand in einer Straße, in der sich in einer lang gezogenen Rechtskurve ein Dreißiger-Jahre-Bau an den anderen reihte. Kein Restaurant oder Kino störte die Monotonie der drei Stockwerke hohen grauen Mietshäuser mit den kleinen dunkelroten Eingangstüren. Man zog nicht nach Tempelhof, um am Nachtleben teilzunehmen.

An der Wohnungstür im Erdgeschoss hing ein Yin-Yang-Symbol aus Emaille: Ein schwarzer und ein weißer Tropfen, die ineinander verschlungen einen Kreis bildeten. In der Mitte des schwarzen Tropfens stand in weißer Schrift »Casey« und in der weißen Hälfte mit schwarzer Schrift »Michael«.

Kirsten machte mit der geöffneten Handfläche eine präsentierende Geste in Richtung des Schildes und nickte mir ironisch zu. Ich steckte mir kommentarlos eine Haarsträhne hinters Ohr und drückte auf den Klingelknopf.

Beinahe im selben Moment ging die Tür auf.

Michael strahlte: »Hallöchen, kommt rein, wir sind in der Küche.«

Es ging durch einen kurzen, kahlen Flur, in dem mindestens sieben Paar Turnschuhe auf dem Boden lagen. In der kleinen, quadratischen Küche stand Casey, bewaffnet mit einem Schüsselchen und einem Backpinsel: eine Frau Anfang bis Mitte vierzig, schulterlanges, dunkelbraunes Haar mit Mittelscheitel und helle Augen. Sie war genau so groß wie ich. Wir hatten sogar fast dieselbe Figur. Um die Hüften war sie etwas breiter, um nicht zu sagen, sie hatte einen Mordshintern, aber diese Frau sah mir ähnlicher als meine eigene Schwester.

»Hallo, ich bin Casey.« Sie legte den Pinsel in die Schüssel und reichte mir die Hand. »Wir sind gleich fertig. Ich muss nur noch ein bisschen glasieren.«

»Wir können ja schon mal vorgehen, ins Wohnzimmer«, schlug Michael vor.

Das war das Stichwort, das mich aus meiner Trance riss, und ich erwiderte mit einem Hilfe suchenden Blick zu Kirsten: »Weißt du, wir können nicht so lange bleiben.«

Statt der erhofften brillianten Ausrede kam von Kirsten nur ein bestätigendes »Mmmh«.

Michael schien es uns nicht übel zu nehmen.

»Hier sind die Sachen!« Ich hielt den Leinenbeutel hoch.

»Danke«, sagte er, und während er mit einer Hand hineingriff, sah es aus, als würde er die Gegenstände darin neu justieren. »Ihr wisst nicht, was ihr verpasst«, mahnte er und stellte den Beutel weg. »Ich bin vielleicht der Koch im Haus, aber an Caseys Kuchen komm ich nicht ran.«

*Caseys Kuchen*, dachte ich, das klingt wie aus dem Landhaus-Produktregal im Supermarkt. Und wenn man die Packung umdrehte, stände da: *Casey's real Canadian Cheesecake – yummy!*

»Du brauchst dir wegen mir keine Sorgen zu machen«, sie stellte die Backutensilien weg und hängte sich an Michaels Arm. »Michael und ich haben schon immer eine sehr offene Beziehung geführt. Er hat mir von dir erzählt. Das ist mit ein Grund, warum diese kleine Auszeit für uns so wichtig war. Wir konnten endlich wieder miteinander reden, ohne den sexuellen Druck.«

Sie sah mich aufrichtig an, aber mit ihrer ernsthaften Ansprache hatte sie anscheinend ein inneres Ulkfass in mir entkorkt, denn jetzt lief mein Hirn über vor Albernheiten. Ich stellte sie mir in einem weißen Laborkittel vor. Sie trug ein Namenschild am Revers, auf dem »Dr. Casey Cheesecake« stand, und dozierte in einem Hörsaal voller tropfender Backpinsel anhand einer komplizierten Schalttafel über sexuellen Druck. Niemand konnte wissen, welche Dummheit aus meinem Mund käme, wenn ich ihn jetzt öffnete, also ließ ich ihn zu, und sie wertete das offenbar so, als würde ich aufmerksam zuhören.

»Die Trennung auf Zeit war genau das Richtige für uns«, fuhr sie fort und sah ihren Michael verliebt an. »Wir haben beschlossen, endlich Nägel mit Köpfen zu machen und zusammenzuziehen.«

Einer der Backpinsel sauste wie eine Rakete durch die Hörsaaldecke.

»Ja«, bemühte ich mich, »ich hab das Schild an der Tür gesehen.«

»Das hat mir Casey heute zum Geburtstag geschenkt, aber nur als Symbol«, sagte Michael mit weicher Stimme und seligem Lächeln im Gesicht. Er griff nach Caseys Hand, knipste mit seinem Daumen an ihren Fingernägeln herum und fuhr fort: »Wir suchen uns natürlich was Größeres, wo wir unser Nest bauen können.«

Sämtliche Backpinsel flogen von ihren Sitzen auf, jagten mit jaulenden Pfeiftönen kreuz und quer durch den Hörsaal und verspritzten ihren klebrigen Teig. Eine ziemliche Sauerei.

»Hättest du doch was gesagt«, beschwerte ich mich, »dann hätten wir ein Geschenk mitgebracht.«

»Ja«, stieß Kirsten aus, »was Kleines!«

Ich sah sie an, sie zuckte unschuldig mit den Schultern, und wir brachen in das albernste Gegacker aus, seit Petzi Schlickenbach in der 5. Klasse bei einem Unterstufenkonzert in der Schulaula auf offener Bühne gepupst hatte.

Michael und Casey sahen uns milde lächelnd zu. Während ich noch ein wenig mit den Schultern nachzuckte und mir verstohlen eine Lachträne aus dem Augenwinkel wischte, fragte Kirsten: »Und? Geht ihr noch feiern heute?«

Casey winkte ab. »Aus dem Alter, wo wir uns die Nächte in lauten Clubs um die Ohren schlagen, sind wir doch raus.«

»Also«, setzte Michael noch mal an, »wollt ihr euch nicht doch kurz setzen? Ich mach Eiskaffee mit Bailey's, das kommt derbe gut bei dem Wetter.«

»Nein, danke«, wehrte ich ab, »das ist lieb, aber wir müssen jetzt wirklich los.«

»Dann nehmt ihr aber wenigstens was von dem Kuchen mit«, beschloss Casey und bückte sich nach einer Schublade, »wieso sollen wir alleine dick werden?«

Sie schnitt ein paar Stücke von jedem der beiden Kuchen ab und packte sie sorgfältig in eine große, rechteckige Tupperdose. Michael griff unterdessen nach dem Leinenbeutel und packte seine Sachen aus. »Hier Schatz«, sagte er und reichte ihr den leeren Beutel. Keine Frage: Sie waren ein eingespieltes Team.

Casey übergab mir stolz ihr Westpaket. »Ich hab die Stücke etwas größer gelassen«, verriet sie, »dann kannst du sie zu Hause leichter glasieren und dann noch mal durchschneiden.«

Wir bedankten uns artig, wünschten noch einen ganz schönen Abend und sie sollten noch schön Geburtstag feiern, und die beiden versicherten, es sich zu zweit ganz schön und gemütlich zu machen. Sie brachten uns schön zur Tür und winkten uns noch schön den Hausflur hinunter.

Als wir draußen standen, atmete ich tief durch und sagte bestimmt: »Die Tupperdose sehen die nie wieder.«

# Epilog

Alexis und Helge sind jetzt schon zum dritten Mal bei mir zu Besuch gewesen. Sie behaupten immer, Berlin sei die unfreundlichste Stadt in ganz Deutschland. »Nächstes Mal kommst du wieder zu uns nach Kölle«, haben sie auf dem Bahnsteig gesagt. Und Helge wollte unbedingt noch ein Foto von uns dreien haben. Entweder hatte der Bahnschaffner einen guten Tag oder er war einfach zu perplex. Ich hoffe, es ist ein schönes Bild geworden. Dann hab ich was zum in die Küche hängen, um Millie zu ärgern, wenn sie mal wieder vorbeikommt. Dass sie sich mit Kirsten angefreundet hat, ließ sich leider nicht vermeiden. Vielleicht such ich mir eine neue Wohnung. Aber auf keinen Fall ziehe ich zu den Jungs nach Köln. Die 500 Kilometer Abstand tun uns gut. Ich will auch gar nicht wissen, wen sie mit ihrem verspielten Charme betören, wenn ich nicht dabei bin. Mir geht es gut hier. Ich hab mich eingerichtet.

Damals, als ich vor 18 Jahren nach Berlin kam, war ich zuerst geschockt. Zum einen von dem rauen Umgangston, der hier herrscht. Vor allem aber war ich überfordert von dem unglaublichen Tempo, von dem man hier überrannt wird. Aber dann hab ich mich hochgerappelt und mir gesagt: Entweder du bestehst hier oder du gehst unter. Diese Stadt bedeutet Kampf, und am Ende kann es nur eine Siegerin geben – Berlin oder mich.

Ich lasse den Bahnhof Zoo hinter mir, biege ein in den Tiergarten, vorbei an den stinkenden Vogelvolieren, und denke: Zweiter Platz ist auch ganz schön.

## Danksagung

Bevor ich dieses Buch geschrieben habe, dachte ich, Schriftsteller seien bärtige Wesen, die einsam in einer Blockhütte sitzen und Pfeife rauchend nur aus sich und ihrer Bräsigkeit heraus Werk um Werk erschaffen. Ich hätte meinen ersten Roman nicht schreiben können ohne Susanne Halbleib, meine Lektorin, die mich zuerst ausgegraben und dann gehegt und gepflegt hat, Ulli Lohr, der mich inspirierte, und Manfred Binder, der zahllose Male Korrektur gelesen hat und sich nicht wenige Male dafür von mir »Korinthenkacker« schimpfen lassen musste. An dem Bart arbeite ich noch.